旺宅閒妻

1

文創風 576

落日圓 著

目錄

序

落日圓

試問，如果大家能夠重新回到過去，你們最想要回到哪個時候？改變什麼事情？是想回到年少時，認真讀書，考上更理想的學府？還是想回到少年時和喜歡的人告白，而不是讓那段暗戀無疾而終？又或者是，想要彌補過去的某個遺憾，收回那一句傷人的話語……

其實我們都不能保證，回到過去便能讓未來成為我們想要的樣子，我們都沒有那麼大的能耐。

不管重來多少次，決定命運的都是我們的性格。重生，不過是因為過去的經歷讓自己的性格多了一些改變，是以成就了不一樣的未來。

就這個故事來說，葉如濛性子軟弱善良，重生歸來，因為有了想要保護的人，所以變得堅強；祝融，他的性子其實並未有太多的改變，只是因為前世的猶豫和失去，所以這世變得更加果斷和懂得珍惜；文中許多人都是如此，種什麼因，便得什麼果。譬如葉如蓉跟葉如瑤，前世的她們用空虛的內心強撐起華麗的外表，今世層層虛偽轟然倒塌，可是造成這一切的原因並非他人所害，追本溯源正是自己貪得無厭的性格所致。

其實，大家都無法獲得重生，我們都活在當下。想要學習，現在就可以重新拾起書本，七老八十都來得及；想要愛戀，試問，現在你身邊有人陪伴了嗎？是要珍惜眼前人，還是追求心中那道白月光？再設想一下，如果當初一起攜手走下去，現在的你們還在一起嗎？至於遺憾，能彌補的便去彌補，不能彌補的便謹記，再也不要輕易互相傷害。

人生沒得重來，但求問心無愧。就讓現在的我們親手種下善因，等待來日收穫善果，祝大家都能得到濛濛那樣的幸福。

第一章

楠木雕花美人床上，梳著雙丫髻，穿著淺綠色齊腰襦裙的葉如濛微微縮著身子，有些失神地看著自己手中的月白色繡青竹香囊，香囊鼓鼓的，裡面塞滿了薄荷葉，透過精緻的棉布散發著淡淡的清涼香氣。

忽而，外面傳來急促的腳步聲，很快地，珠玉垂簾被一青衣丫鬟挽起，走進來一個十三、四歲的小姑娘，小姑娘身穿水藍色繡蓮花及胸襦裙，梳著精緻的垂掛髻，髻上綴著粉色的珠花，模樣溫婉可人，眉心一顆硃砂痣，為她秀麗的鵝蛋臉添了幾分驚豔。

這是葉國公府的五小姐葉如蓉。葉如蓉小碎步過來落坐在一旁，向來和善的面上添了幾分關切。「四姊姊，妳好些了嗎？」

今日的葉如濛一如既往地乖巧，唯有眼神與以往有些不同，似是多了幾分犀利的防備。葉如蓉還未細看，葉如濛眸中的防備便驟然散去，仰起頭來對她淺淺一笑，大眼睛還是水濛濛的。「我沒事，就是頭還有點疼。」她說著，手輕輕揉了揉前額。

她剛剛只是還有些沒回過神來，沒想到自己死後竟然重回三年前的七月初六、嫡祖母六十大壽這一日。

這是在作夢嗎？可是，看著眼前葉如蓉還有些稚氣的臉蛋，再摸摸自己胸前小辮上綴著的流蘇，她們兩人都是未及笄的裝扮，還是十四歲的小姑娘。她還記得這小辮是今日出門前母親幫她編的，一想到母親，她便忍不住紅了眼眶。

葉如蓉以為她額頭還在痛，有些心疼地掀起她齊整黑亮的劉海，果見額上還一片紅腫，她俯下身子幫她輕輕吹了吹。「還疼嗎？」

葉如蓉面容親切，做起這親密的動作似是再自然不過，葉如濛腦海中忽然浮現起前世她在靜華庵冷嘲熱諷的尖酸面孔，一時間有些恍神。

她輕輕搖了搖頭。「不疼了，剛剛桂嬤嬤給我搽了百花油。」桂嬤嬤是她母親的陪嫁丫鬟，跟在母親身邊三十多年了。

葉如蓉蹙著柳眉，低聲埋怨了句。「表弟他們真是，玩蹴鞠也不分一下場合。」

葉如濛低下頭，淡淡地道：「沒事了，他們也不是故意的。」

一如前世那般。

今日是祖母葉國公府老夫人的六十大壽，府中張燈結綵，擺設盛宴，好不熱鬧，幾乎是所有的兒孫都到齊了。眾人給祖母賀完壽後用了飯，年紀小一些的表弟、堂妹們聚在一塊兒玩耍，其他稍大一些、還未出閣的小姐們便結伴在園子裡到處走走，消消食。

不知是誰開的頭，竟在庭院裡蹴鞠，葉如濛和葉如蓉結伴路過抄手遊廊的時候本有意避開，忽然有人喊了一聲「小心」，結果她頭剛轉過去就結結實實地挨了一球。所幸這球是皮革包米糠製成的，若是藤球，只怕要破相了。

「咦？妳這個……是給容世子的嗎？」葉如蓉突然眼睛一亮，抓起她手中的香囊。

葉如濛連忙奪了回去，紅著臉道：「別胡說了，這是繡給我爹爹的。」說著將香囊塞入袖袋中。

葉如蓉拿著帕子掩嘴笑，低聲道：「這有什麼，雖說容世子不愛說話，可我看他，待妳真的不太一樣呢！」

葉如濛低下了頭。「五妹妹，妳這話可不能亂說，要是讓三姊姊知道了，可是害慘我了。」

兩年前的元宵節，她隨爹娘上街賞花燈，不經意被人潮沖散，幾個流氓纏上了她，就在她被逼得走投無路、幾欲投河時，幸得容世子出手相救。彷彿從天而降，他一身墨髮玄衣，衣袖翻飛，冷若冰霜的臉，美得如同不食人間煙火的謫仙，不過三、兩下，便俐落地打得那幾個漢子落荒而逃。那時的他，雖然身量夠高了，可也不過是一個十六歲的少年。

此事連她爹娘都不知，她只有告知五妹妹葉如蓉，前世就是葉如蓉一直慫恿她去向容世子表白心意，她才會繡了香囊，在今日傻傻地跑去向容世子表白——

「世子，你、你還記得我嗎？兩年前元宵那日，你救了我……我想……你、你可能忘記我了，可、可是……我一直沒忘記你……謝謝你救了我。這個，是我……自己繡的……」她紅著臉結結巴巴地說著，終於鼓起勇氣將香囊遞到他面前。

他一動不動，她抬眼看他，卻見他微微蹙著眉，淡淡說了一句。「不要。」

話音一落，她身後突地有人嗤笑出聲，她一回頭，兩邊草叢後赫然冒出一群表兄弟、堂姊妹們，也不知在這兒躲多久了，但定是全都聽到了，她當即羞得落荒而逃……

「可是……」葉如蓉有些羨慕道：「妳說容世子先前救過妳，我覺得，他救了妳，妳送他一個香囊，這也沒什麼呀！」

葉如濛托腮，皺了皺秀眉。「不過我想了一下，我好像認錯人了。妳說像容世子那樣一個人，不愛說話也從來不笑，平時冷冰冰的，怎麼可能會出手救一個素不相識的人呢？」

葉如蓉一聽，頓時有些錯愕，這都能認錯？世上有幾個人能長得像容世子那般絕色？

「蓉蓉，這事我可沒告訴過別人，妳千萬別說出去。」葉如濛鄭重其事道。「要是讓容世子知道了，我肯定丟臉丟死了。」

葉如蓉一聽，當即面色有些尷尬，這事她已經和三姊姊說了呢！

「蓉蓉，妳不會已經說出去了吧？」葉如濛一張小臉都快皺成苦瓜了。

「沒有啦！」葉如蓉面色很快恢復如常。「我們是好姊妹，妳的秘密我怎麼可能會告訴別人呢？」

葉如濛笑咪咪道：「那我就放心了。」

葉如蓉有些心虛地移開眼，葉如濛裝作沒看到，歪頭趴在欄杆上，雖然面色沒什麼變化，心思卻是千迴百轉。

她因為自小在府外長大，和府中的堂姊妹們並不親近，五妹妹模樣生得乖巧可人，從小便比別的姊妹溫柔懂事，她獨獨與葉如蓉交好，從小到大有什麼秘密都會告訴她，一直把她當成自己最好的姊妹，卻沒想到，這個最好的姊妹竟一直幫三姊姊害她。

七叔葉國公生了五個女兒，三姊姊葉如瑤是七房的長女，也是唯一的嫡出，模樣生得極美，在府中最受寵；但不知為什麼，這個美若天仙的三姊姊從小就看她不順眼，小時愛捉弄她，長大後更可怕，竟要了她的命。

葉如濛現今想來，或許是自己的身分害了自己吧……

「四姊姊，等一下會放煙火哦！」葉如蓉見她背對著自己，忙找了個話題聊，她等一下還得把她引出去和容世子表白呢！

「嗯。」葉如濛淡淡應了，趴在欄杆上沒有回頭看她。她現在不想看什麼煙火，她只想快點回家。不知回家後，她爹娘還活著嗎？是吧，三年前的今天，他們當然還沒死；可是就快了，爹爹明天就會出事，她一定要攔著他，不能讓他出門。

葉如濛吸了吸鼻子，收拾好心情轉過頭來。

這會兒門外進來一個梳著丱髮（注）的小丫鬟，這是葉如瑤院中的二等丫鬟，名喚夏荷。夏荷手中捧著花梨木魚洞紋托盤，托盤上的掐絲琺瑯花卉紋高腳盤上堆著一小簇紅彤

注：丱髮為兒童或未婚少女之髮型。

彤、紅豔豔的荔枝。

夏荷福了福身，輕聲道：「給四小姐、五小姐請安，這是容世子送來的掛綠荔枝，三小姐說吃不完，便命奴婢送來給兩位小姐嚐嚐鮮。」

葉如蓉一聽，當即有些欣喜地站起來，按捺不住雀躍的心情，歡喜道：「辛苦妳了，三姊姊真是有心。」

「五小姐言重了，若沒有其他吩咐，奴婢先回去了。」夏荷福身後，畢恭畢敬退下。

葉如濛站了起來，看著盤中鮮豔奪目的掛綠荔枝，若有所思。

掛綠是大元朝最名貴的荔枝品種，因果身中間有一道綠痕而得名，其品種珍貴且產量稀少，價格奇高。這個時節，荔枝已越來越少，尋常人家連普通荔枝都吃不到了，更何況是這掛綠。這是南方才有的珍品，想來是從嶺南八百里加急進貢而來，只供宮中貴人享用的，沒想到容世子從宮中得了後便送來給葉如瑤，可見有多寵她了。

「四姊姊，這可是掛綠荔枝呀，我聽母親說，一顆掛綠一粒金，這可比金子還珍貴呢！」葉如蓉很開心，落坐在紫檀木鑲大理石鼓凳上，小心翼翼地拿起一顆，禮貌地先遞給葉如濛。

葉如濛也不客氣，從容落坐後，道了聲謝便接了過來。

見她這般自在，葉如蓉心下有些吃驚，按照往常，葉如濛看見這珍貴的掛綠荔枝，應當會有幾分小心謹慎的，可如今卻是一副漫不經心的模樣，反倒顯得她自己有些小家子氣了。

不就一盤荔枝嗎，雖然只要一顆，便能抵上尋常人家幾個月的開銷了。

饒是葉如蓉心底有些不滿三姊姊這種炫耀式的「施捨」，但拿起掛綠荔枝後，心下仍有些緊張，這掛綠荔枝外殼紅中帶綠，四分微綠、六分紅，殼上繞有一圈綠痕，小心剝開，只見裡面潔白如玉、晶瑩剔透，入口後爽脆如梨，清甜幽香。

葉如蓉默數了一下，盤上只有九顆，吃了兩顆後，她便不吃了，口張了幾張，欲言又止；可葉如濛卻沒搭理她，自顧自吃著。

眼看著葉如濛拿起了第三顆，葉如蓉終於忍不住開口，面色有些羞赧。「四姊姊，我……我想，這麼難得的掛綠芙姨娘肯定沒吃過，我想帶兩顆回去給她吃。」芙姨娘，正是葉如蓉的親娘。

葉如濛聽了，點點頭，應了聲「好」，又乾脆俐落地將手上那一顆剝了殼送入口中。葉如蓉看著葉如濛如牛嚼牡丹般，頓時覺得心疼不已，難道她不知掛綠有多珍貴？

葉如濛當然知道，前世這麼珍貴的掛綠她根本就捨不得吃，只想帶回去給爹娘吃，可是又不好意思開口，結果葉如蓉先開了口，她便順水推舟，只吃了一顆，將剩下的四顆裝入荷包，準備帶回家。

可是沒一會兒，她便被慫恿著去給容世子送香囊了，葉如蓉還非常好心地幫她打探到容世子待會兒會在哪個地方出現。

被容世子拒絕後，她落荒而逃，跑的時候不知道被誰絆了一下，害得她極狼狽地摔了一跤，荷包中的掛綠壓爆了兩顆不說，還在眾目睽睽之下滾了兩顆出來，緊接著，便有一個眼尖的婆子撿了起來，叫道：「呀！這不是容世子給三小姐送來的掛綠荔枝嗎？」

她當時羞得只想找個地洞鑽進去，覺得便是偷了些金銀珠寶被人當場揭穿都不會這麼難堪，所幸她還記得解釋。「不是，這個、這個是三姊姊送過來的……我只是……」

「妳胡說八道！」葉如瑤立刻站出來道：「融哥哥送我的東西我怎麼可能會送給別人！」言下之意便是她偷的。葉如瑤說完三兩步跑到祝融身旁，知他不喜人觸碰，也不敢碰他，只站在他身旁仰頭天真道：「是吧融哥哥？」

葉如濛一聽，便知自己百口莫辯，抬頭一看，葉如蓉在人群中低著頭不敢說話，當下連最後一絲希望也破滅了。

「算了。」祝融淡淡道，抬腳便走，沒有多看她一眼。

「融哥哥！」葉如瑤連忙跟上。

「明日再命人給妳送來。」她聽見他雲淡風輕的聲音。

「謝謝融哥哥！」葉如瑤像尾巴一樣跟在他身後，不忘回頭看了趴在地上的她一眼，神色得意。

眾人散去後，葉如蓉才上前去將她扶了起來，紅著眼與她道歉。「對不起，四姊姊我……」

「沒關係，就算妳說了，也不會有人相信的。」全府上下都將葉如瑤當成寶，又怎麼會聽她們兩個的話。葉如濛頗委屈地擦乾眼淚，顫著腿站起來，她剛剛摔到膝蓋了，好疼。

見她有些站不穩，葉如蓉連忙扶住她。「可有摔到哪了？」

葉如濛強忍著痛搖頭。「沒事。」

最後，葉如蓉扶著她回到廂房休息。這事當晚便傳開來，祖母甚至沒有召見她，直接派了一個管教嬤嬤來，將她送回家……

不過一會兒的事，葉如濛已經心安理得地吃下了四顆掛綠，見葉如蓉目瞪口呆地看著她，她甜甜一笑。「這荔枝真好吃。」反正不吃白不吃，吃了不白吃，吃完她要早點回府，要看到她爹娘好好的，她才能安心。

葉如蓉有些愣怔。「妳、妳不帶點回去給妳娘嗎？」這葉如濛，平日可不像這麼沒心沒肺的人呀！

葉如濛一聽，這才恍然大悟道：「呀！瞧我，居然沒忍住！」說著神情頗懊惱。「都怪這荔枝太好吃了！」

「沒關係。」葉如蓉將盤子往她方向推了推，故作大方道：「這三顆妳帶回家去吧！」

「這……」葉如濛猶豫了一下，便笑納了。「那就謝謝五妹妹了。」

葉如濛說著，打開荷包俐落地將荔枝裝進去，又迅速收好口掛回腰間，整個動作一氣呵成，看得葉如蓉目瞪口呆。這……這個葉如濛怎麼好意思！她才吃了兩顆，她一個人竟然要了七顆！

不等葉如蓉說些什麼，葉如濛站了起來，往簾外喚桂嬤嬤進來，對葉如蓉道：「我覺得頭有點暈，我還是先回家了。」

葉如蓉一聽有些心急了，怎麼能讓她先回去呢！可是很快地，簾子被人掀開，進來了一個約莫四十來歲、身材微微發福的嬤嬤。桂嬤嬤今日穿著一身秋香色葫蘆紋褙子，面容圓潤和善。

葉如蓉知道，葉如濛家中總共就三個下人，這個桂嬤嬤平日是在葉如濛娘親身邊服侍的，只有葉如濛外出時才會讓她跟著。別人不清楚，為什麼她一個十幾歲的小姐身邊沒有丫鬟，反而是跟著一個婆子，卻不知道葉如濛身邊根本就沒有丫鬟。

「小姐，您先在這兒等一會兒，嬤嬤去和管事的說一聲。」桂嬤嬤溫和道。

葉如濛乖巧地點點頭，她知道要等管事安排馬車將她們送回去。

京城裡寸土寸金，她爹在城北處置辦了一個兩進的院子，地段偏遠些，但價格就沒那麼令人咋舌；只是這樣一來，倒離位於城南的葉國公府有些遠了，坐馬車差不多都要一個時辰。其實她們家也有一輛馬車，只是太舊了，實在不好意思在這種場合出現丟葉國公府的臉。

桂嬤嬤一走，葉如蓉又卯足了勁好一陣勸。「妳再多待一會兒嘛，我們還沒看煙火呢，火樹銀花可漂亮了；而且今天容世子也會過來，妳都繡好香囊，不如藉這個機會給他，不然下次再見到容世子也不知是什麼時候了……」葉如蓉鼓舌如簧，知她的心思，每一句話都說到了重點，可惜葉如濛已今非昔比了。

葉如濛假裝頭疼，葉如蓉只能不了了之，雖然面上一副遺憾惋惜的模樣，但眸中卻隱隱含著怒意，後來趁葉如濛不注意時，偷偷地將她荷包解開。哼，不送香囊也沒關係，等一下看妳怎麼出糗吧！

兩人靜待了好一會兒，便聽見外面傳來煙火、爆竹的聲音，見葉如蓉有些坐立不安，葉如濛體貼笑道：「蓉蓉妳快去看煙火吧，桂嬤嬤等一下就回來了。」

葉如蓉遲疑了一下點了點頭，她才不是急著去看煙火呢，她是因為沒有說服四姊姊，得先去和三姊姊交代一聲。

葉如蓉走後沒多久，葉如濛即將荷包中的掛綠掏出來放回盤子上，她可不想重蹈覆轍，給她們這個算計自己的機會。

沒一會兒，桂嬤嬤便和一個年約十六、七歲的青衣丫鬟回來了，這丫鬟是七嬸身邊的二等丫鬟，名喚槿芳。

三人走在抄手遊廊上，槿芳走在最前頭，葉如濛和桂嬤嬤在她身後一前一後跟著。今日老夫人大壽，長廊處每隔十步便掛著一盞六角花燈，畫屏上繪有福壽延年、吉祥如意等喜慶圖案，連綿不斷的花燈將長廊照得一片火紅明亮。

快拐彎時，葉如濛忽然發現前面的槿芳停下了腳步，隨後恭敬喚了一聲。「容世子。」

葉如濛猛地止步，果見長廊地面上燈光照出一個男子被拉得極其修長的身影，如同暗夜中的猛獸般緩緩行來，一步步臨近，眼看著就要、就要拐過彎來了！

「小姐？」見她停住，身後的桂嬤嬤喚了她一聲。

「嬤嬤，我、我想起來我落了東西！」葉如濛回過神來，連忙拔腿就跑。

那是容世子啊！就是兩年後那個號稱冷酷嚴厲、能止小兒夜啼的祝相啊！

前世太子繼位後，容世子便以弱冠之齡拜相，開始了權傾朝野之路。先前她也不知道他做了什麼，坊間只傳言他冷酷嚴厲、手段殘忍，直到臨死前不久，她才聽說了一件事——吏部尚書彈劾他草菅人命、藐視皇恩、恃寵而驕等十七宗罪，結果皇上震怒，將其罷官——罷的是吏部尚書的官。第二日，那吏部尚書的人皮便被人發現掛在自家府前，從那時起，上自達官貴人、下至平民百姓，只要一提起祝相，便噤若寒蟬。

而她自從聽說了這件事，對他僅餘的一些愛慕也徹底消散得無影無蹤，以至於如今重生後，見到他的影子便驚出一身冷汗。

祝融拐過轉角，便見一個小小的綠衣背影跑得飛快，毫無淑女形象，身後追著個微胖的婆子，跑起來有些不穩，看來有幾分可笑。祝融摸摸鼻子，總覺得有些不對勁的地方。

他的香囊呢？難不成——是跑回去取香囊了？

「小姐，您落了什麼樣的東西呀？我幫您找找。」桂嬤嬤邊找邊道。「下次若是落了東西，可不能在外面這般跑了，這裡不比家裡，若是讓哪位主子看見了，少不得怪夫人管教不嚴。」

「嬤嬤我知道了，下次不會了。」葉如濛連忙應道。上輩子無論遭遇何事，桂嬤嬤一直陪在她身邊，在她走投無路時，桂嬤嬤甚至帶她去投靠自己已經出家的女兒，最後，還用自己的命換來了她求生的機會……

桂嬤嬤看著葉如濛，總覺得她今日有些不一樣，只是仍免不了絮絮叨叨道：「知道就好，您向來是懂事的。」

「嗯，以後濛濛不會讓嬤嬤擔心了。」葉如濛有些撒嬌道。

看見她這樣，桂嬤嬤欣慰一笑。她是看著小姐長大的，雖然小姐平日在家中有些調皮，但出了府外，倒是很有分寸。

葉如濛自是沒有落下什麼，可仍裝模作樣找了許久，最後才恍然大悟從袖中掏出繡竹香囊來。「呀！原來在這兒，瞧我這記性。」

桂嬤嬤失笑。「您呀！」又看了一眼。「這個香囊是……」月白色，上面還繡著翠綠色的青竹，看就不像姑娘家的。

「這是我繡給爹爹的。」葉如濛甜甜笑道。

其實這會兒冷靜下來想一想，她覺得自己有些擔心過頭了，如今的容世子還沒成為容王爺，也沒拜相，就算之後手段再殘忍，也是兩、三年後的事。不過，這是聽完人皮故事後第一次見到他，難免被嚇得拔腿就跑，她暗暗告誡自己，下次再碰到他，可不能這樣冒失了。

「桂嬤嬤，原來妳們在這兒。」簾外，槿芳掀了珠玉垂簾進來。她自是鬱悶，不過轉了個彎，她們人便不見了，害她一番好找。

桂嬤嬤連忙笑著解釋一番，葉如濛也面有歉意。「讓槿芳姐姐擔心了。」

「奴婢不敢。」槿芳畢竟是下人，而且這四小姐雖不受寵，可身分擺在那兒，她多少懂些分寸。

臨走時，葉如濛故意「咦」了一聲。「這兒還有荔枝呢，正好我口有點渴，就帶著在路上吃吧！」說著笑咪咪地當著槿芳的面將幾顆荔枝塞入荷包中，態度自然從容。

槿芳不知這掛綠荔枝之事，並未覺得有什麼不妥之處，只當她是真的口渴了，笑道：「四小姐放心，等一下馬車上還有瓜果、糕點呢！」

「嗯，也是……」葉如濛被她提醒了才想起來，不過她已經將東西裝入荷包，哪有再掏出來的道理呢，便笑盈盈道：「槿芳姐姐，我們走吧！」

槿芳是老夫人派給她七嬸的人，雖然現在還只是一個普通的二等丫鬟，可再過兩年，她的公道在府中是出了名的，有她見證，葉如濛很放心，也不怕姊妹們故技重施了。

槿芳仍走在前面，此時此刻，葉如濛歸心似箭，只想快點回家看爹娘。槿芳見她在身後跟得緊，便加快了腳步，可是在拐過轉角時，竟見容世子還站在庭院中，連忙福了福身。

「容世子。」

葉如濛這邊跟得緊，一個措手不及便闖入了祝融的視線，她總不能再掉頭跑了，只好故作鎮靜地福了福身。「容世子。」

今日的祝融穿著一身月白色杭綢直裰，腰間繫著一條碧玉宮絛，他今年不過十八歲，長得比一般同齡人還要高些，就這麼背著手立在院中的玉蘭樹下，更顯得身形頎長，氣宇軒昂。葉如濛怎麼也難以將眼前這芝蘭玉樹般的人，與幾年後那個嚴酷的祝相聯想在一起。

祝融靜默一會兒，淡淡開口。「妳過來。」

葉如濛幾人一怔，倒是槿芳率先反應過來，低聲提醒道：「四小姐，容世子喚您呢！」

葉如濛頓時有些懵了，桂嬤嬤也有幾分詫異——這容世子喚她家小姐過去幹什麼呢？如今天色已漸幽暗，她家小姐明年都要及笄，可是大姑娘了。

「妳們兩個退下。」祝融開口，聲音不輕不重，卻帶著一股不容忽視的威嚴。

「是。」槿芳連忙福身，拉著一旁的桂嬤嬤退下。

「嬤嬤……」葉如濛當即也想走，卻不敢走，沒他的同意，她的雙腳彷彿灌了鉛般沈重，抬都抬不起來。

桂嬤嬤也擔心，卻不敢衝撞了容世子，正猶豫著，槿芳迅速上前一步，悄悄按壓住她，將她拉走了。

桂嬤嬤和槿芳退下後，葉如濛在原地呆呆站了好一會兒，又聽見他喚了一聲。「過來。」聲音似輕柔了一些。

葉如濛沒辦法，只能硬著頭皮朝前走了幾步，下了臺階，走進院子，只是仍緊緊地靠在長廊旁邊，彷彿他身上長了刺似的。

看見她這模樣，祝融索性邁開長腿幾步朝她走去，卻發現隨著自己的動作，她身子竟漸漸有些瑟瑟發抖，他才停了下來。

葉如濛低著頭，雙眼直直盯著地面，沒一會兒，便被他看得頭皮發麻，只覺得周遭的空氣都像凝固了一般。見他久久不說話，葉如濛鼓起勇氣抬頭偷偷瞄了他一眼。

不得不說，這容世子有著好看到讓人嫉妒的五官，鬢若刀裁，長眉似劍，眸深如墨，即使從來不笑，神情冷冰，也引得無數少女為之傾心，她便是芸芸少女中的一個。

在她前世的印象中，容世子向來不苟言笑，終日冷若冰霜，眉宇間總帶著拒人於千里之外的冷酷；可是今日一見，卻見他眉目間是從未有過的溫和，眸中似還帶著幾分淡淡的關切。葉如濛眨眨眼，有些懷疑自己看花了眼，可又不敢直盯著他，連忙又低下頭。

她知道兩人有著雲泥之別，前世，三姊姊也是不滿她暗地愛慕容世子的心思，才會一而再、再而三地與她過不去；而容世子顯然也是對他人無意的，若不是有他撐腰，三姊姊也不至於膽子越來越大，最後要了她的命！

其實重來一世，她也想出氣報仇，可是她畏懼葉如瑤身後這座強大的靠山，只要他在，她就不可能傷到三姊姊一根手指頭；若要扳倒他……根本就沒這個可能。

沈默了許久，祝融終於輕聲開口。「妳很怕我？」聲音輕輕柔柔，像是帶著幾分討好的安撫。

葉如濛吃了一驚，抬起頭來對上他的臉，竟呆呆地點點頭，而後又趕緊搖搖頭。

看見她這副呆萌的模樣，他眸中現出淺淺的笑意，如同匯集了漫天星光。葉如濛怔怔的，似乎看到他唇角微微彎了彎，這一瞬，彷彿眼前春花開滿遍野。他是在笑嗎？不是聽說容世子是不會笑的嗎？

待愣過之後，葉如濛如臨大敵，他為什麼要衝著她笑？他想做什麼？她做錯了什麼嗎？

見她一臉惶恐，祝融立即斂笑，又恢復冷若冰霜的神情，葉如濛一時被嚇得眼淚在眼眶中直打轉。這個容世子是怎麼回事，對她笑了一下，又立刻翻臉凶巴巴的？偏偏她不敢在他面前哭，只能眼眶含淚地擠出一個艱澀的微笑。

祝融微微別過臉，他知道自己不笑的時候是有些嚇人，所以他很難得地笑了一次，可她為什麼好像更害怕了？

兩人陷入了尷尬的沈默中，唉，好像之前就不尷尬了。

祝融輕咳了一聲，冷硬地說道：「今晚的月亮……」他抬頭一看，頓了頓。「月光不錯。」

葉如濛低垂著頭，今日七月初六，不是初一、也不是十五，月亮不尖不圓，月光也不金不銀，真沒什麼好看的，他究竟是想幹麼……要殺她嗎？

又一陣沈默。

祝融微微蹙眉，輕聲開口道：「妳今日……是來給老夫人賀壽的吧？」此話一出，祝融又覺得自己問的是廢話，這還用問嗎？

葉如濛微乎其微地點了點頭，頭都快低到地上了。

祝融皺眉，怪了，這時她不是應該要送香囊給他嗎？還是她太緊張忘記了？祝融沈思許久，從懷中摸出一塊玉珮，遞了過去。「給妳。」

本想若收了香囊，他唯一能回送給她的，便是這塊帶在身上多年的玉珮，可等了這麼一會兒她都毫無動靜，他索性先相贈玉珮，等她的香囊回禮。

葉如濛抬眸，他的手修長如玉，在淡淡的月光下，掌心中碧綠的玉珮與他瑩白的手心相得益彰，甚是好看；可是，他無端送她玉珮做什麼……

她不敢接，而他的手就這麼停在空中，也不收回去。葉如濛忽然覺得周遭空氣冷了一冷，一瞬間她有一種感覺，若她不要，他會一掌拍死她、劈死她、打死她！她不禁低聲哭了出來，啜泣著伸出手，拿到玉珮後又迅速收回手，彷彿他的手會吃人似的。

祝融喉結一動，這又是什麼情況？他送了東西，她不是應該回禮嗎？他的香囊呢？她為什麼要哭？看樣子不像感動而哭，倒像是害怕極了，他若再多說些什麼，或是做些什麼，她定會當場嚎啕大哭……

這麼一想，他手都不知該放哪了，忙背到身後，猶豫片刻，果斷轉身離開。

「小姐，怎麼了？」見容世子走開，桂嬤嬤連忙跑了過來。「他可是欺負妳了？」她剛剛一直守在不遠處，雖然看得不是很清楚，但容世子確實沒做出什麼不妥的動作。

葉如濛連忙擦乾眼淚。「沒有，沒什麼。」

她連忙將玉珮掩在袖下，強迫自己冷靜下來。認真想想，容世子送她玉珮，定是不安好心，難道是……他想誣陷她偷了玉珮？對！定是這樣，沒有人可以作證這玉珮是他親手給她的，若是等一下臨出府的時候他說自己玉珮不見了，結果在她身上找著了……

想到這，葉如濛頓時氣不打一處來，沒誣衊她偷掛綠，便要誣衊她偷玉珮，實是欺人太甚！她在心中好一頓怒罵，可是罵完後又有些害怕，彷彿會被容世子知道她在罵他似的。

她低頭偷偷看了一眼手中的玉珮，見玉珮色澤光潤，手感微涼，沈重中又帶著一種輕盈，定非凡品。很快，她心中便有了一個決斷。

臨出垂花門前，她突然蹲下來摸了摸蝶戀花緞面繡花鞋，趁人不備偷偷將玉珮丟入石道旁的草叢中，也不敢丟得太遠，就丟在石道旁邊。

「四小姐，怎麼了？」槿芳這回留了神，見她沒有跟上，折回來關切問道。

「沒有，好像有沙子進了鞋裡。」葉如濛故意磨磨蹭蹭的。

沒一會兒，槿芳便看見在月光下泛著光澤的玉珮。「咦？」她彎下身撿了起來。「誰的玉珮？」看樣子價值不菲，只怕是哪位貴人不慎落下的。

「不知道呢！」葉如濛搖搖頭，還多看了一眼。「看這玉珮成色倒不錯。」

「嗯，等下交給管事的。」槿芳將玉珮收好。

葉如濛頓時鬆了一口氣，彷彿丟掉了一塊燙手山芋。哼！想栽贓嫁禍她？沒門！她以後再也不來了，看這些人還怎麼下手！

只是接下來，卻順利得讓她有些意外。她們來到車轎院，上了馬車，出了府，沒有一個下人出來攔阻，說是誰的玉珮不見了，要盤查什麼的，這倒讓葉如濛有些不明白了，難道他們不是想誣衊她偷了玉珮？

心事重重地坐在微微搖晃的馬車裡，夜風捲起車簾，帶來絲絲涼意，葉如濛也顧不了桂嬤嬤怕熱，將頭靠在她厚實的肩膀上。

「睏了？」桂嬤嬤挪了一下位置，微微抬高肩，讓她靠得更舒服些。

「有一點。」葉如濛輕聲道。

「瞇一會兒就好了，這個時辰不能睡，不然晚上就睡不著了。」

「嗯，我不睡。對了嬤嬤，今日容世子跟我說話的事，妳別和娘說。」葉如濛知道，平日回家後，桂嬤嬤都會和娘稟報在葉國公府中發生的事。

「這……容世子與您說什麼？」桂嬤嬤問道。

「他……」葉如濛想了想，輕描淡寫道：「他只是讓我別惹三姊姊生氣。」

桂嬤嬤一聽，頓時便有些來氣，低聲罵道：「他莫不是瞎了眼不成，三小姐整日找小姐麻煩，小姐您哪次不是逆來順受，居然還叫您別惹她！三小姐也不想想，她今日這個身分原本是誰的！」

葉如濛連忙道：「嬤嬤，好了，反正他也沒對我做什麼，這次妳別告訴娘，免得娘擔心。」

桂嬤嬤嘆了一口氣，算是答應她了。

葉如濛倚在桂嬤嬤肩頭，想起前世這一夜——

前世她回家時，還多了一個管教嬤嬤陪著。娘一出來接她，便看出不對勁，於是讓桂嬤嬤先帶她入屋。她進門後，故意放慢步子，豎起耳朵，聽見管教嬤嬤一些斷斷續續的話語。

「書香世家……如此上不得檯面……鬧出這般笑話……」語氣盡是冷嘲與不屑。

她心中委屈，膝蓋也還疼著，自是忍不住，哭著跑回自己住的東廂房。她爹正好在庭院的葡萄架下納涼，看見她這模樣，連忙從醉翁藤椅上起來，也不知發生了何事，只能亂哄一通。

最後桂嬤嬤將在葉國公府發生的事情和娘親說了，她娘親進來輕聲哄了她許久，她哭夠後趴在娘親懷中啜泣著，將事情來龍去脈說清楚。

「濛濛，有些東西該是我們的，便是我們的，若不是我們的，也不必強求。」娘親溫柔擦拭著她的眼淚。

「濛濛知道。」她啜泣道：「得之我幸，失之我命。」這是她爹爹常說的，幾乎都成了家訓。

「此事不怪妳。」娘親擁著她，輕輕拍著她的背，沈默了一會兒，才道：「可是……妳繡香囊給外男，這事卻做錯了；若容世子兩年前真的救了妳，妳回來後就該說，妳爹自然會親自上門道謝。」

「濛濛知錯了。」

「再者，容世子非妳良人，他身分尊貴，妳……」娘親低垂下頭。「妳不要怨妳爹爹……是娘的錯。」

葉如濛知道，她原是葉國公府名正言順的嫡長女，如果爹承襲了爵位，她身為嫡長子的嫡長女，身分還在三姊姊之上。

她嫡祖母，也就是如今的葉國公府老夫人，生有兩子兩女，她爹葉長風便是嫡長子，下面還有兩個妹妹，七叔是年紀最小的，小了她爹整整一輪。

她爹年少有名，生得風流倜儻、玉樹臨風，卻遲遲不肯成婚，弱冠時，家人逼急了，才鬆口說要娶她娘為妻。

可是她娘林若柔，不過是一個幼失雙親的孤女。外祖父是浩瀚書院的夫子，四十五歲那年才得這麼一個女兒，夫妻倆年紀大了，未等到她娘及笄嫁人，便先後溘然長逝，因此娘親雖然吃穿不愁，卻是孤苦無依。

這麼一個無依無靠的女子，自然是不可能成為葉國公府嫡長子的正妻，畢竟嫡長子將來還要繼承爵位；不過做妾倒是可以，雖是小門小戶，但畢竟也是書香世家。可是，向來孝順的爹爹卻在此事上固執己見，堅持要娶林氏為正妻，若他們不肯，他便終生不娶；若是肯了，他寧願讓出自己的爵位給嫡弟。

最終，還是嫡祖母先妥協了，可是接下來卻連一個侍妾也塞不進去，她娘連著十年都無所出，祖父氣急，逼她爹休妻或是納妾二選一，不然就當沒有他這個兒子。

她娘自入府來，便在葉國公府受盡了委屈，她生不出，爹爹既不肯納妾也不肯和離，眼看著夫君因為自己落了個不孝的罪名，她娘終於在一天夜裡上吊自盡，所幸爹爹發現得早，及時將她救了下來。

第二日，爹便帶著娘搬出了葉國公府，搬出府那日，她爹在門前三跪九叩，表明了自己的決心。

巧的是，一搬出府她娘便懷了身子，葉國公府得到消息，忙好生關照著，補品送個不停，可當發現生下來的是個女娃時，又冷淡許多。妻子好不容易才生下一個心肝寶貝，還要被嫌棄，她爹心中來氣，接下來與本家好幾年都不曾往來，直到老國公彌留之際，爹才回府，可是最後也沒有要那國公爺的位置，而是讓七叔承襲了爵位。

就這樣，七嬸所出的葉如瑤，比她早三個月出生，便成了府中的嫡長女；而她自小在府外長大，嫡女的身分也少有人提起……

車外，馬伕「籲」的一聲，將她從回憶中喚了回來。馬車停穩後，馬伕掀開簾子，恭敬道：「四小姐，到了。」隨後搬下車凳，先去敲門了。

沒一會兒，門便打開了，仍如前世一般，是鄭管家來開門，身後跟著他婆娘劉氏。這兩人，便是他們家除了桂嬤嬤以外的兩個下人，鄭管家平日跟著她爹，既當管家又當小廝，劉氏除了當廚娘，還負責府中的一些粗重雜活。

就是這兩人，前世在她爹娘死後欺負她一個孤女，當時桂嬤嬤護著她，劉氏還將桂嬤嬤的手臂給打折了。如今看見這兩人，葉如濛便想起他們前世尖酸刻薄的嘴臉來，頓時氣不打一處來，冷著臉不說話。

很快，她娘便出來了，桂嬤嬤給馬伕打賞了十個銅板，馬伕面色有些不快，卻也沒說什麼，總比沒有好吧！只是平日和葉國公府往來的人家，打賞都是半兩銀子起跳的，如此一比較，便顯得這在外的長房有些寒磣了。

今日的林氏穿著一身藕荷色繡海棠花長褙子，梳著隨雲髻，髻上只簡單地綴著一支蘭花銀步搖，面上帶著淺淺的笑意，看起來溫婉可人。林氏年輕時雖算不上傾國傾城，卻也生得花容月貌，瓜子臉、黛眉杏眼，十五、六歲時便出落得亭亭玉立。

如今雖然已經四十歲了，但膚色仍白皙細嫩，再加上她性子柔和，平時多注意養護，看起來不過三十出頭的模樣；而且她多年來與葉長風如膠似漆，恩愛無雙，面上的好氣色更是多少胭脂水粉都堆砌不出來的。

葉如濛的樣子有七分隨了娘，卻比她娘還要美上三分，巴掌臉微微還有些嬰兒肥，濃密而鬈翹的睫毛像兩把精緻的小扇子，眨起來撲閃撲閃的，分外精靈。

葉如濛一見到林氏，眼淚便控制不住撲簌簌地直往下掉。

「這是怎麼了？」林氏連忙過來，拿帕子輕輕擦拭著她的眼淚。

葉如濛任娘親拉著她的手走進正屋，此時葉長風正倚坐在老紅木七屏風博古紋羅漢床上看書，一抬眼，便見女兒哭得梨花帶雨，忙將書放在紅木小几上，起身問道：「怎麼了？」

葉長風年長林氏四歲，劍眉星眼，鼻如懸膽，雖然已過不惑之年，卻並不顯老，歲月的沈澱使得當年的翩翩少年變得沈著而穩重，身上自有一股成熟的魅力，自搬來城北後，還得了個「城北葉公」的美稱。

他今日穿著一身深棕色縐紗中衣，整個人如疏風朗月般，只是當下略微蹙眉，關切地看著女兒。

「今日不是妳祖母壽辰，怎地這麼快回來了？」林氏輕聲問道，拉著女兒在羅漢床上坐下。

葉長風伸手摸了摸她的頭。「誰欺負妳了？告訴爹爹。」世人只知他寵妻如命，為了妻子不惜毀掉一世英名，落了個不孝的罪名，卻不知他愛屋及烏，也分外寵著獨女。

葉如濛如今見到爹娘還活得好好的，自是克制不住眼淚，可也知道當下不能再哭了，便吸了吸鼻子，掀起劉海來。

「呀！這是怎麼了？」林氏一見，當即心疼不已。葉如濛這才有些委屈地和他們說起今日挨了皮球之事。

「不過七嬸讓人送了百花油過來，嬤嬤已經幫我搽過，現在不怎麼疼了，就是……覺得有些丟人。」說到後面，她有些撒嬌起來。有爹娘寵著的感覺，真好，就好像她還是個孩子似的。

話雖如此，但林氏哪會不心疼，現在雖消腫了，可還是紅紅的一大片，可知那皮球踢過來的力道有多大了。葉如濛沒敢說她被皮球砸得暈了過去，免得娘擔心，桂嬤嬤怕林氏心疼，也沒有說穿。

葉如濛這會兒才擦乾了眼淚，笑道：「若是在家裡，嬤嬤保不定就將我抱起來哄了。」她這麼一說，才讓林氏淡淡一笑。確實，葉如濛幼時有些調皮，免不了磕磕碰碰，若是磕到了頭，桂嬤嬤一定會第一時間抱著她哄，深怕她受驚。

「下次注意些便是。」葉長風雖然也心疼，但他向來喜怒不形於色，只淡淡皺了一下劍眉，又問起今日府上的事。「見著妳祖母了？她身子可還好？」

「見著了，祖母身子硬朗著呢，笑得可開心了。」葉如濛笑道。

可是前世這個時候，祖母身子雖然還健朗，卻在第二天聽到她爹的死訊時突然中風了，在病榻上熬了一年，便撒手人寰了。

這一世，若是爹爹沒出事，祖母是不是也能好好地活著？祖母向來寵愛爹爹，雖然嘴上不說，但明眼人都看在心裡，只要祖母還在，定然有他們這一房的立足之地。

其實爹爹也是很關心祖母，每年祖母壽辰，他都會提前悉心準備壽禮。

葉長風心中了然，又淡淡問了幾句，便讓女兒沐浴後早點回房休息。
這時桂嬤嬤忙將荷包中的荔枝掏出來，遞給葉如濛。「若嬤嬤沒看錯，這是掛綠吧！」
「嬤嬤真是好眼力！」葉如濛讚道。
桂嬤嬤有些不好意思。「我記得以前老爺當太子少傅的時候，帶回來過幾次。」
葉長風淡淡一笑，接過來看了一眼。「倒是。」
「這是我特地帶回來給你們吃的！」葉如濛笑咪咪地，一人一顆分給他們。
桂嬤嬤忙擺手不敢接。「這掛綠可珍貴了，小姐吃就好。」
「我今天在府裡吃了四顆，其實也沒什麼特別，嬤嬤妳試下味道就好！」
林氏笑道：「阿桂，妳吃了就是。」
桂嬤嬤又推卻了幾次，實在沒辦法，才接了過來，像捧著一塊金子似的。
林氏仔細剝了顆荔枝，送到女兒嘴邊，葉如濛躲了開來，嬌道：「我今日都吃過了，味道也就那樣。」
林氏無奈，又送到葉長風唇邊，葉長風笑道：「我不吃，妳們吃便是。」
「夫君。」林氏嬌嗔了一聲，望著他的杏眼眸光流動。
葉長風這才含笑吃了，又回剝一顆遞到林氏嘴邊，林氏有些難為情，紅著臉接過來。
葉長風笑道：「濛濛倒是懂事許多。」
「濛濛以後還會更懂事呢！」葉如濛強忍著落淚的衝動露出一個燦爛的笑容，爹娘果然還活得好好的，她沒有在作夢。

待葉如濛和桂嬤嬤出去後，林氏面上的笑意漸漸淡了，想到今日女兒在府上的遭遇，眉間又染上淡淡的愁緒。葉長風踞坐在藤薦上，大手一撈，林氏便乖順地依到了他懷中。

葉長風環抱著她，安撫道：「小孩子難免有些磕碰。」他心疼於她的心疼。

「濛濛不小了，明年都及笄了。」林氏仰頭看他。

他笑，低頭在她額上落下一吻。「我知道，妳別擔心，濛濛的夫婿我定會好好地挑選。」

「夫君。」林氏雙手環住他的腰身。「你捨得讓濛濛嫁出去嗎？」

她窩在他寬闊的懷中，如同懷春的少女仰慕地望著他，她也不怕人笑話，就算她滿頭白髮，牙齒掉光了，她還是會這樣，因為有他寵著。

葉長風寵溺一笑，食指輕點了點她的鼻尖。「那招個上門女婿？」

林氏嬌瞪他一眼，他開懷大笑。

第二章

葉如濛沐浴後，穿著櫻粉色寢衣，抱著娘親親手繡的彩蝶戲花軟枕趴在紅櫸木六柱雕花架子床上。

林氏一進來，便見女兒一頭長長的秀髮像潑墨般鋪在淺黃色的小雛菊軟被上，不知在想什麼，想得有些出神。

「濛濛。」林氏喚了一聲，葉如濛這才回過神來，連忙抱著軟枕坐了起來。

林氏淺淺一笑，坐了下來，看了一下她的額頭，總算沒那麼紅了，又與她說了幾句話，便哄著她躺下。

替她蓋好被子後，林氏也側躺下來，撐頭看著女兒，一隻手輕輕撥了撥她的額髮，輕聲問道：「今日在府中玩得開心嗎？」

葉如濛看著娘親，雖然面容恬靜，但眸中卻隱隱有些擔憂，想了想，搖搖頭。「不喜歡，雖然好多好吃、好玩的，但濛濛喜歡家裡。」

林氏一聽，抿了抿唇，不知是喜是憂。「既然不喜歡，那以後少去就是。」頓了頓，又道：「若有什麼喜歡吃的，娘明日帶妳去春滿樓買，衣裳、首飾也是，我們不必羨慕別人。」

葉如濛點頭，她知道娘是怕她在府裡看見別人那些精緻的膳食、華麗的首飾，會生起攀附的心思，便道：「娘您放心，我不羨慕她們，我覺得她們還沒我們家好呢，濛濛有爹和娘疼，就算她們想跟我換，我還不換呢！」

「就妳嘴甜。」林氏眉眼彎彎，刮了一下她的小鼻子。

「娘。」葉如濛從薄被中伸出手抱住她。「今晚您陪我睡好嗎？」她將頭依在林氏柔軟的胸前，有些撒嬌。

林氏想了想，點點頭，心下覺得今日女兒真不一樣，似乎特別黏她，像是回到小時候，也不知在葉國公府發生了什麼事。

「那娘去和妳爹說一聲。」林氏起身。

「嗯。」葉如濛乖乖應了。

林氏這一去，便去了好久，葉如濛等得都有些心急了。

好一會兒後，林氏回到女兒的廂房。

「娘，您怎麼這麼久才回來？」葉如濛頗有埋怨。

「娘……剛剛，剛剛和妳爹談了一些事。」林氏當下有些心虛，不自覺地整了整衣裳。她這個夫君，真是越活越回去了，竟比女兒還要黏人，她話還沒說完，他便立刻掀了被子，一把將她撲倒在床上，她想推開他起來，他乾脆抱著她撒起嬌，在她身上亂啃一通。

想到剛剛那情景，若是被女兒看見，估計會把女兒給嚇傻了。

「咦？娘，您嘴唇怎麼腫了，是不是上火了？」

「娘……剛剛，不小心咬了一下嘴。」

「呀！娘，您看您脖子……」

「蚊子咬了。」林氏忙道，說著趕緊起身熄了燈，再讓女兒問下去，她都要羞死了，還好女兒對男女之事還一竅不通。

葉如濛只好依言睡下，然而今日卻有些失眠，明日是乞巧節，乞巧節當晚，家家戶戶都會出門，他們家也不例外——

前世他們當天早早地就出了門，在街上逛了許久，玩得很開心。她提著爹爹買給她的葫蘆花燈，一家三口沿著河邊夜遊漫步，其樂融融。

只是沒一會兒，便碰到葉國公府的小姐們，走在最前頭的自然是打扮得珠光寶氣的葉如瑤。葉如瑤提著一盞孔雀展屏琉璃花燈，杏臉桃腮與琉璃燈盞相映紅，美得不像話。

葉如瑤看見他們，斜睨了一眼她手中的紙糊花燈，不屑道：「我這盞可是聚寶閣今年的花燈之冠，最值錢、最精美的一盞，差不多要二百兩呢，這是融哥哥買給我的！」

她聽了，越發覺得自己手中粗糙的葫蘆花燈有些拿不出手，忍不住往後藏了藏。她爹見她咬著嘴唇不說話，便說也要買一盞聚寶閣的花燈給她，她自是開心，聚寶閣出的花燈可是佳品，雖然最便宜的也要一兩銀子，夠買路邊的幾十盞花燈了。

葉如瑤聽了，忍不住嗤笑出聲，見葉長風冷下臉，才忙收斂笑容，懶洋洋打了個招呼。「大伯你們慢慢逛，我們先走啦！」在經過葉如濛身邊時，她又低聲嘟囔道：「好的都被人買走了，現在剩的那些，反正我是看不上眼的。」

葉長風沒理會這個驕縱的小姪女，抬手摸了摸葉如濛的頭，溫和道：「爹一定給妳挑一盞最漂亮的。」

他讓母女兩人坐在小吃攤前等他，抬腳去了河對面的聚寶閣，去聚寶閣得過一座石橋，這橋名喚百步橋，不過十來丈長，只是今日人尤其多，橋上擠滿了來往的行人，葉長風怕家中嬌滴滴的妻女被擠到了，便獨自一人前往。

葉如濛站在攤前，伸長了脖子期盼著漂亮的花燈，估算著她爹應該快回來了，可是就在這時，突然聽見「轟」地一聲，彷彿地動山搖，母女兩人就那樣眼睜睜地看著百步橋在面前崩塌下去。

這百步橋是前朝便存在的古橋，至今已有五百多年的歷史，五百多年來，經歷過洪水暴雨、閃電雷劈，都一直屹立不搖，沒承想，竟會在七夕這日塌了！

這橋一塌，死傷兩百餘人，她爹便是其中一個，當爹爹的屍身被人從河裡打撈上來的時候，只見他身上的衣裳都劃破了不少，臉上沒傷，仍是一如既往的俊朗，可是卻雙眼緊閉。她娘一見，當場便暈了過去，而她當時也哭瘋了，趴在爹爹濕透的身子上哭個不停，直哭得暈死過去。

等她醒來，已經回到家裡，只見家中設了靈堂，她娘穿著一身白麻衣，趴在她爹未入殮的屍身上，哭得沒有聲音，時不時抽噎著。

娘親抱著她，雙眼紅腫，堅定地說：「孩兒，我們要好好活著。」那一刻，她只覺得表面上看起來柔弱無比的娘親，沒想到比任何人還要堅強；可是第二天一早，她便知道自己錯了！

當看到爹爹棺木上那一雙懸空的腳時，她眼淚掉落下來，直直跪了下去。或許，昨日娘說的是——爹娘不在了，妳要好好活著……

葉如濛在夢中哭出了聲音，終將自己吵醒，醒來後，發現身旁空空如也！

「娘親！」她突然坐起來，淒厲哭喊了一聲。

她這一喊，將正屋內喘息初定的兩人嚇了一大跳，葉長風連忙胡亂套上中衣、中褲，率先奔出房。

葉長風奔入東廂房內，卻見女兒坐在床上，哭得淚如雨下。

「濛濛！」葉長風連忙快步過去，卻見她僅是長髮微亂，衣裳什麼的都還好好的，倒是他自個兒衣衫不整，他連忙別過身，將中衣帶子繫好。

這邊，睡在西廂房的桂嬤嬤聽到聲響也急急跑了過來，一會兒後，林氏才披散著長髮匆匆趕來，同葉長風一般衣衫凌亂。

此時此刻，林氏自是羞愧難當。睡到半夜，她夫君竟摸了過來，二話不說便將她抱走了，她生怕吵醒女兒，自是不敢聲張。

回到正屋後，夫君三兩下便讓她說不出話來，兩人自是……行了事。誰知道緊接著，便聽到了女兒的慘叫……

「濛濛，別怕……」林氏連忙抱住她。「是不是作惡夢了？」

還好，還好女兒還好好的，若、若真出了什麼事……菩薩保佑，她不敢往下想。剛剛那一瞬間，她彷彿回到八年前，那一年，濛濛才六歲，大雪紛飛的冬至，女兒留宿國公府，沒想到卻傳來失蹤的消息，那一夜，她找她找得快發瘋了。

「娘親，您為什麼不要我……為什麼不要我……」葉如濛哭得泣不成聲。娘親明明說了「我們要好好活著」，是「我們」！她為什麼要去陪爹爹，不陪她，讓她一個人孤苦伶仃……

「對不起，對不起，娘親錯了，娘親不應該跑開。」林氏連連安撫她。今日定是在國公府發生了什麼事，不然，以女兒的性子不可能會這樣；便是當年女兒找回來後，也不過發了幾天燒，晚上睡覺都是安安穩穩的，從來沒有這樣，實在令她好生憂心。

第二日，葉如濛醒來時，已是日上三竿了。揉了揉雙眼，見床邊坐著一個身材纖細的熟悉背影，她沙啞喊了一聲。「娘。」

林氏聞言，轉過身來，連忙放下手中的針線繡框，俯下身摸了摸她的臉。「可睡醒了？」

「嗯。」葉如濛應了聲，聲音還帶著鼻音，爬起來抱住林氏，又將頭埋在她懷中。

林氏淺淺一笑，嬌寵道：「都這麼大的人了，還像個孩子一樣。」

「我一輩子都要當娘的孩子，下輩子也要。」葉如濛緊緊摟住她，娘的腰真細，胸軟軟的，身體也是暖暖的。

林氏摸著她的頭，低低嘆了口氣。

今日早上，她仔細問了桂嬤嬤，桂嬤嬤這才道出昨夜在葉國公府的院子裡遇到了容世子一事。她是個婦人，平日甚少出門，可也知道容世子。

容世子是已逝的容王爺獨子，因為守孝期未滿還沒繼位。容王爺乃當今聖上的胞弟，同為太后所出，在二十歲那年娶了鄰國小元國的長公主為王妃，兩人成親多年，仍是恩愛如初，琴瑟和鳴。

當年，葉長風任太子少傅時她也曾在宮宴中遙遙見過容王妃一面，當真是美得不可思議，便連太后娘娘都誇讚容王妃是千年難得一遇的傾世美人，也難怪成親後容王爺便遣散了府中侍妾，獨寵她一人。可惜紅顏薄命，容王妃在容世子十歲那年便病逝了。容王妃之死對容王爺打擊甚大，不到五年，容王爺便抑鬱而終。

說來也可憐，容世子自從容王妃死後，性格就變得很孤僻，也不愛說話。聽說，容世子的模樣生得有八分像容王妃，兩分像容王爺。容王爺當年是京城中首屈一指、俊俏風流的男子，風姿還排在她夫君之上；容王妃更不用說了，見過容世子的人都說，世上找不出第二個生得這般如玉模樣的了，但生得多好看，她也沒見過。只是，比起容世子的美貌傳言得更多的，卻是他不喜被人觸碰的怪癖，不僅如此，還聽說他性格冷漠，終日不語不笑。

世人皆知，他寵愛葉國公府的三小姐葉如瑤，可濛濛是瑤瑤的堂妹，姊妹倆能有什麼仇怨呢？他倒好，這麼大個人居然跑來嚇唬一個十幾歲的小姑娘。她這做娘的心中自是不平，一早便將這事與夫君說了，忍不住抱怨了幾句。

可葉長風聽後，卻幫容世子說起了話。「也許只是恰巧遇到濛濛，便和她說了兩句話。」

「說幾句話，濛濛怎會嚇成那樣？」林氏心中忿忿，都欺負到她女兒頭上來了，她可不管他世子不世子的。

葉長風笑。「妳是沒見過這容世子，我倒見過幾次。」

「哦？當真生得那般好看？」林氏睜大眼睛打探道。

葉長風看見她這副好奇天真的模樣，當下心底一軟，在她唇上啄了一下，笑道：「比起容王爺和容王妃，有過之而無不及，筆墨所不能言也。」

林氏心中了然，美到那種極致，她倒有些想像不出來了。

葉長風又道：「這容世子，雖然風姿奇美，卻性格冷酷，而且這兩年來，他掌管大理寺刑案，只怕沾染了不少血腥之氣。我看他站在那兒，便自有一股威嚴，若是面容嚴峻些，確實帶有幾分殺氣，將濛濛嚇得作惡夢也不無可能，也許人家只是無心之過罷了。」

「是無心，還是有意呢！」林氏仍有些埋怨。

葉長風笑，安撫林氏道：「他年紀輕輕坐得上大理寺少卿之位，自然有他的手段。他本就生得貌美，若再面目柔和，還如何審問犯人了？夫人放心，他不會同一個小女孩這般計較，這孩子，手段雖雷霆……果敢。」他原本是想說「狠決」的，但又怕嚇到了她。「但只在公事之上，他是個有分寸之人。」

聽見他這麼說，林氏才微微放寬了心。「但願吧，以後濛濛少去府上，想來也就碰不到他了。」

葉長風笑而不語，京城這麼大，濛濛一年能碰上他幾次？

吃午飯時，葉如濛顯然有些心不在焉。

今日，若是不讓爹爹出去，爹爹是不是就能避過這一劫了？可是今日這樣的日子，他們一家人怎麼可能不出去，抑或是她裝病？

不對，前世爹爹便曾說過今晚要去拜訪他的好友陸伯伯，爹爹向來是一個守信之人，只怕到時會留娘在家中照顧她，自己一個人出門去。一想到這裡，葉如濛頓時有些愁眉苦臉。

百步橋一塌，會死很多無辜百姓，她不想死那麼多人，如果她去了，或許……多少能挽回一些人命呢？

其實在前世時，這日上午就已經有人上報到工部，說橋洞有疏鬆之狀，可是工部的人來探查後，只是直接塞了幾塊大石頭填充一下，便敷衍了事。結果今日人多一擠上，橋便承受不住塌了。京城裡達官貴人不少，那日因橋塌而死的人中甚至有些是朝中大臣，還有不少貴婦、貴女。後來朝廷追究此事，好像還追究到太子身上，說是太子治下不嚴。

「濛濛，在想什麼呢？」葉長風溫潤的聲音在她耳旁響起，她連忙搖頭。他笑笑，給她挾了一塊紅燒排骨。「多吃些，才能長個頭。」

葉如濛輕輕「嗯」了一聲，卻只挾了一筷子香米白飯送入口中。

「濛濛，多吃些。」林氏見女兒沒胃口，給她剝了一隻她平日最愛吃的白灼大蝦，去頭後蘸了蘸爆炒蒜油，挾到她的青花纏枝牡丹紋小碗中。

葉如濛這才甜甜一笑，挾起大蝦送入口中，蝦肉鮮美肥嫩，配上香噴噴的蒜油，咬下去鮮香味充盈滿口。

葉長風這邊已吃完一碗，將空碗往前推了推，林氏見狀，便知他不須添飯了，放下細長的螺紋竹筷，給他舀一碗白玉紫菜鮮貝湯。

葉長風看著身邊賢良的妻子、乖巧懂事的女兒，心情有些愉悅。「濛濛，晚上爹帶妳們去河邊放荷花燈，再給妳買一盞小花燈，如何？」

若在平日，葉如濛定會歡喜地答應，可是今日一聽，臉色卻有些慘白起來，連忙道：

「不！我不要花燈！」

「怎麼了？」林氏手一頓，將盛好的湯碗輕輕放至葉長風面前，轉過臉來看女兒。

「我……我沒事。」葉如濛低頭，小聲道：「我又不是小孩子，我才不想要花燈呢！」

葉長風略微蹙眉，今日女兒似有些反常，面色柔和道：「那不要，那……到時爹帶妳去套圈圈，要不要？」

葉如濛遲疑了一下，點了點頭，可是皺眉想了想，又認真道：「但是，爹和娘今晚不許離開我半步，不然，我們就不出去了。」

「為什麼？」林氏不明所以地看著女兒，似想從女兒臉上看出什麼端倪來。

「我……今日人多，我怕被人販子拐跑。」葉如濛嘟囔道。

這話聽得葉長風失笑。「妳都這麼大了，誰還敢拐妳？現在膽子倒小了，小時候，膽子可大了……」

「夫君。」林氏頗有些埋怨地喚了他一聲。

葉長風一怔，才明白自己無意間讓她想起那年冬至之事，連忙住了口。「放心，爹到時一定好好看著妳。」

葉如濛嘟了嘟嘴，低頭扒飯。

她也不知道自己怎麼就答應爹爹出門，她害怕，怕她今日的選擇會釀成大錯，讓她後悔莫及。

下午午睡，葉如濛心事重重也沒睡著，今日乞巧節有沐髮的習俗，她早早便起來，桂嬤嬤已經採了柏葉和桃枝，正在煎湯，準備給她們沐髮。

梳洗完長髮後，林氏親手給她梳了一個垂掛髻，又在兩側給她別上了熏衣紫鏤空嵌珠蝴蝶結。

葉如濛模樣生得精緻，眉如新月，鼻子小巧而秀美，隨林氏生得一張菱角小口，唇角微微上揚，不笑時也像含著淺淺的笑意，笑起來嘴角有個小彎彎，看起來極為和善討喜。按理說生得這模樣該是個古典靜雅的美人兒，可是卻配了一雙明澈天真的小鹿眼，活潑起來時便顯得有些古靈精怪。

如今被林氏這麼一裝扮，她又端坐在別致的楠木嵌骨細腳梳妝檯前，便顯得乖巧嫻靜許多，頗有幾分大家閨秀該有的淑女模樣。

林氏愛憐地摸了摸葉如濛潔白的臉頰。這個女兒生得好，皮膚白皙細嫩，如今一張桃子臉還有隱隱的嬰兒肥，若是過個一、兩年褪了這嬰兒肥，就會露出尖尖的下巴，看起來就沒這麼稚氣了。

只是，如今女兒這身分高不成、低不就，至今仍沒一個人來提親。身分低一些的，怕被人說高攀了他們，身分高一些的，又有些看不上他們，也不知該找什麼樣的。

天剛一擦黑，葉如濛一家三口便出門，鄭管家和劉氏告假去探望兒女，桂嬤嬤則留下來看家，一如前世。

走在熙熙攘攘、人來人往的街上，葉如濛不由得抓緊娘親的手臂，她今日可不想再遇到三姊姊。昨夜葉如蓉便與她說了，她們今日逛完街後要回府上拜織女，還問她要不要一起，可是拜完織女估計也已深夜，她不想留在葉國公府過夜，便婉拒了。

葉長風今日穿著一身寶藍色白杭綢直裰，腰間掛著一個月白色的繡青竹薄荷香囊，正是今日晚飯後女兒送給他的，哄得他心情大好。如今的葉長風雖已年過不惑，卻沒有像同齡人般發福，而是身形矯健、風度翩翩，不減當年。

他身旁的林氏梳著十字髻，髻上束戴著一頂銀翠蓮花冠，左邊斜斜插著一支溜銀喜鵲登梅簪，眉間貼著朱紅梅花鈿，溫婉中帶著些許嫵媚；和梳著雙掛髻的葉如濛一樣，穿著藕荷色的繡花及胸襦裙，臂繞同底色金銀粉繪花薄紗羅披帛。

同樣的衣裳、裝扮，再加上七分像的面容，旁人看見，都不由得多看上幾眼，這一家子打扮雖然不算奢華，但一看這雍容爾雅，便知不是出自普通人家，也羨慕這男子有福氣，生得玉樹臨風，身後還跟著一對如花似玉的妻女。

葉如濛走到百步橋附近，發現百步橋下的河道中布滿了密密麻麻的烏篷船和獨木舟，船舟上滿載船客來來往往。她快步走到橋邊一看，發現百步橋兩頭都有官兵把守，橋上卻空無一人，心下感覺有些不對勁，但又覺得鬆了一大口氣。

「怎麼了，濛濛？」林氏見她一直盯著百步橋。

「沒有，我只是好奇，這橋怎麼了？」今日人多熱鬧，封橋自然給大家帶來許多不便；

可如今河岸兩邊塞滿了人，似在等候船隻，百姓們卻是笑嘻嘻的，沒有一人怨聲載道。

葉長風打探了一下才知道，原來今日下午有人匿名舉報，說這百步橋年久失修，今日七夕人流量大，恐有坍塌之虞。工部主事知曉後，分外看重此事，當即便派了多名工匠到橋下考察，得出的結論是恐負載不起，立時上報給工部侍郎，工部侍郎派人封鎖了百步橋，以免人多危險，而後又聘來多名船工、漁夫，由工部出資免費搭載行人來往河岸兩頭。

如今正值七夕，能免費在河道上暢遊一番，行人自是樂意。

葉如濛也覺得甚是有趣，蠢蠢欲動，可是卻不敢去湊這個熱鬧。她和她娘都不諳水性，這河道窄短，船隻碰來撞去，若是不慎落水，真不知道她爹該救誰了。

怪了，今世怎麼和前世不一樣了呢？那個匿名舉報之人該不會和她一樣，也是重生的？不過，若這人也是重生的，那他倒是個大義之人，相較之下，葉如濛便覺得自己自私了，不由得心生慚愧。

葉如濛伸長了脖子，生怕在熱鬧的人群中遇到葉如瑤；若是遇見了，只怕免不了又被她奚落一頓。

「爹、娘，要不我們回去吧！」葉如濛提議道，既然這百步橋已經有官府的人守著，她也就放心了。

「怎麼，累了？」林氏關切問道，才剛出來沒多久。

「嗯。」葉如濛點了點頭。

葉長風沈吟片刻，道：「那就去八寶齋坐坐吧！」

八寶齋齋主陸清徐，便是今日她爹要去拜訪的友人，齋中賣些古玩書畫，也不乏供人鑑賞的精品，是文人雅士薈萃之處。

去往八寶齋的路上，葉長風一路買了不少小食，有芝麻卷、棗泥糕、荷花酥等等，葉如濛一人抱在懷中，捧得滿滿的，笑得可開心了。

「呀！爹，我還想吃糖炒栗子！」葉如濛手沒空，往炒栗子的小攤努了努嘴。

「妳先把懷中這些吃完吧！」林氏拉住葉長風，不肯再給她買了。

葉如濛嘟了嘟嘴，也覺得自己吃不完，便算了。

來到八寶齋，陸清徐已在裡頭備茶相迎。

這八寶齋齋主陸清徐，是葉長風的同窗好友，兩人年歲相當，體型有些清瘦，下巴蓄著一小撮山羊鬍，頗有些清虛寡淡之氣。如同所有自命清高的文人一般，有些看不起在朝為官之人，但葉長風除外。

葉如濛小時候見過他幾次，那時他還沒留鬍子呢，長大後她多處於深閨之中，平日就算他時有來訪，兩人也沒再碰過面。

前世她爹娘去世時他也來弔唁，撫棺痛哭不止，泣道：「伯牙失子期，從此世間再無知音也！」哭得比她還大聲，最後才被人拉走。再後來，他讓陸伯母來葉國公府看過她幾次，對她多有照拂，只是過沒多久，他似乎得罪了一個高官，被迫舉家遷離京城，臨走前，他還給她送來幾幅珍貴的字畫，說是贈與她當嫁妝。
如今看見他，葉如濛心中頓覺親切，好感驟增，甜甜喚了句。「陸伯伯。」
陸清徐打量她一眼，眸中有幾分讚賞。「濛濛都長這麼大了！」
「明年就及笄了。」葉長風笑道，轉身取過林氏手中的小兔子花燈遞給陸清徐。「這是給小悠的。」這花燈是林氏剛剛路過花燈攤時買的，也問了自家女兒，可女兒說不要，她便只買了一盞。
陸清徐笑著接了過去。「弟妹有心了，不巧，拙荊剛剛帶小悠去看皮影戲了，我這有幾幅精品要請長風鑑賞一番，不如弟妹與濛濛先上二樓芍藥間小坐品茶。」陸清徐夫妻倆生有一雙兒女，都已各自嫁娶，小悠正是他們長子的女兒，今年剛滿五歲。
「如此，那便叨擾陸大哥了。」林氏立在葉長風身後，垂首溫婉道。
「弟妹客氣了。」陸清徐做了個「請」的手勢，目送她們上樓，林氏隨葉長風來過這裡多次，自然是識路的。
兩人上樓之後，陸清徐小心取下牆上一幅新得的《秋風紈扇圖》，在大堂的楠木萬字紋鑑寶案前展開。葉長風淨手後來到案前，細細鑑賞著，不自覺便將畫上哀悽的題詩唸出來。
「秋來紈扇合收藏，何事佳人重感傷，請把世情詳細看，大都誰不逐炎涼。」
「葉弟，你覺得如何？」陸清徐眸光熠熠。
「仿得不錯，能得桃花庵主的九成神韻。」葉長風讚賞道。

陸清徐連連點頭。「我也這麼覺得。」

林氏母女兩人入屋後，葉如濛在盛了清水的仕女紋搪瓷銅面盆裡淨手，拿起一塊棗泥糕送入口中，棗泥糕入口後口感香甜，卻有點粗糙，不似在葉國公府吃的那般精細軟糯，棗皮也有些刺舌，所幸棗核去得還算乾淨。

葉如濛以前有些挑食，桂嬤嬤常說，老是抱怨食物不好吃的人，將來就沒口福，後面報應便來了。想到這，葉如濛連忙道：「真好吃！」確實，比起前世那最後半年在靜華庵裡的飲食，這棗泥糕確實好太多了。

林氏淺淺一笑，端起面前的如意紋白瓷茶杯，小小抿一口清茶，望著窗外。

葉如濛順著娘的目光看去，見樓下車水馬龍，熙來攘往，許多人都成群結伴出遊，不少姑娘家都是眉開眼笑，手中提著流光溢彩的花燈。

忽的，她瞳孔縮了一下，她看見葉國公府的一群小姐們。

說來也怪，老葉國公嫡、庶總共生了四子三女，除了已出嫁的三個女兒外，家中的兒子生的全是女兒。

她爹就生了她這麼一個，她七叔則連生五個女兒，庶出的二叔生了兩個女兒，年紀稍大一些，都已出閣好幾年了。至於另一個庶出的六叔葉長傾嘛，比起她爹有過之而無不及，小她爹十歲，今年三十有四，仍未娶妻，終日雲遊在外，幾年也難得歸來一次。

想起這個六叔，葉如濛仍有些動容，前世她爹娘去世，他第一時間趕了回來，當時也多虧他的照顧。隨後，他便將她接入葉國公府，她在葉國公府一住便是三年。

如今葉國公府孫輩總共只有八位小姐，除了二房已出閣的兩位，葉如瑤和她是嫡出，餘下四個，便都是府中當家七房的庶出了。

五位如花似玉的小姐，衣著華麗，走在最前頭的葉如瑤更是穿著打扮得雍容華貴，身後還跟著一大群丫鬟、護衛，一群人聲勢浩蕩，當真是好大的排場！不過確實，有容世子護著，葉如瑤確實有在京城中橫著走的本錢。

葉如瑤容貌生得極美，眉如遠山含黛，面若桃花含笑，一雙桃花眼瀲灩流光，瓊鼻櫻唇，髮若浮雲，膚如凝脂，吹彈可破。

她身為葉國公府當家的正室嫡女，吃穿講究到讓人咋舌，便連每日洗臉沐浴的水都是當天清晨從鬱頂峰源頭打下來的泉水，更不用說別的了。衣裳必穿霓裳閣的，面料必須絲滑如膚，若是棉麻這類粗面的，會嫌傷了嬌嫩的皮膚；妝面只要點朱閣的，首飾只要玲瓏閣的，身上的穿戴日用若不是京都最有名的這三閣所出，她便看不上眼。

不僅如此，她自己還有個專門的廚房，裡面有十幾位廚子，都是從全國各地搜羅而來，廚藝極佳；若是研製出好吃的新品，她吃得高興了，隨便一打賞便是十幾兩銀子。

不過，葉如濛並不會羨慕她，只覺得她精細得有些過了。桂嬤嬤那個時候還說，三小姐終日那般暴殄天物遲早會有報應，可是前世直到她死了，葉如瑤都活得好好的，聽說還要入宮當貴妃呢！

那時她還納悶，三姊姊一直心繫祝融，祝融也寵她，可是卻一直未上門提親。她在葉國公府寄人籬下那幾年，上門來向葉如瑤求親的人很多，不乏才貌雙全的，她卻沒有一個看得上眼，最後拖到十七、八歲，才傳出要入宮的消息。

難道……她一直以來喜歡的是太子？不過那時，葉如濛已經入了庵堂，自己的日子過得很是艱難，便沒心思去打探這些了。

等葉如濛回過神來，葉國公府浩浩蕩蕩的一群人已經走遠，她甚至沒有注意到，葉如瑤手中提的花燈，已經不是前世那一盞了。

見葉如濛有些失神地盯著葉國公府小姐們離去的背影，林氏以為她是羨慕她們一群人在一起玩，便道：「濛濛，妳今日想去葉國公府玩嗎？」

葉如濛連忙擺手。「不不不，不想。」

以前她沒什麼朋友，總喜歡和堂妹們一起玩，她神經粗，受了委屈也很快釋然，總想著她們並無惡意，只是鬧著玩；如今想來，那幾個妹妹其實都和葉如瑤一樣不喜歡她呢，便連一直對她示好的五妹妹葉如蓉，也是為了博取她的信任。

「濛濛，妳告訴娘，妳昨兒個去葉國公府，是不是受什麼委屈了？」林氏忍不住問道，她女兒這兩日確實有些反常。

葉如濛想了想，才咬唇道：「娘，我不喜歡她們。」

林氏秀眉微蹙，輕聲問道：「她們可是欺負妳了？」

「不是，我只是……覺得和她們合不來。」葉如濛有些垂頭喪氣道。

林氏皺眉，沒說什麼。確實，她自己娘家子嗣艱難，自己也沒有兄弟姊妹，至於夫家這邊，財勢懸殊太大，女孩子間總免不了比較，只怕女兒心裡有了落差，不高興了。林氏想了想，便道：「妳今年也不小了，娘這幾日看看，給妳買一個丫鬟如何？」有個丫鬟跟著，女兒底氣也能足一些。

葉如濛有些心動，可還是搖搖頭。這麼多年她都習慣了，不需要有丫鬟貼身照顧。

「還是要的。」林氏有些堅持。「妳明年便要及笄了，若是嫁到夫家，有個貼心的丫鬟娘也放心。」到時候嫁過去，定然要桂嬤嬤陪著她的，不然她哪能安心。

聽娘這麼一說，葉如濛不知怎地便想起前世七嬸給她說的那幾門親事，頓覺心寒，一時間竟覺得眼眶有些熱熱的，連忙起身撒嬌道：「娘親！不和您說了，我去找爹爹！」她裝作難為情跑出去，心中卻是難受。

葉如濛跑出去後，背著手倚在隔壁門上，只覺得眼睛脹熱得緊，像是隨時能掉淚似的。

忽地，隔壁的門打開來，葉如濛一驚，連忙站好，一抬頭，兔子般紅彤彤的眼睛便對上來人的眼，她一怔，竟忘了行禮。

這人，正是容世子。今日的祝融穿著一襲墨色長袍，深藍的如意紋腰帶繫出窄腰，更顯身形頎長，俊美無雙。兩人面對面站著，葉如濛的身高只及他肩膀，頓時便感覺到一股壓迫的氣勢，嚇得她往後退了兩步。

「妳，進來。」他開口，仍是面無表情。

她一動不動，有種小時候她爹拿了戒尺在書房裡等著，喚她進去的感覺。

見她不進來，他唇張了張，並無開口說話，只是轉身走入屋內。

葉如濛嚥了嚥口水，腦中一片混亂，手指緊緊扯著臂上繞著的披帛，手心都出了汗。終於，她的腳尖忍不住轉了個彎，悄悄轉過身子，想偷偷溜回去，可是剛抬起腳，他又快步走了出來，擋住她的去路。

葉如濛心驚膽戰地看著他，如同看見大老虎的小白兔般，卻見他左手抓著一個紙袋子，右手提著一盞……孔雀展屏琉璃花燈，正是前世這一日，葉如瑤提的那一盞……

「給。」他雙手往前遞了遞，動作有幾分令人難以察覺的僵硬。

葉如濛頓了頓，顫抖著伸出手。祝融將袋子放到她掌心中，她連忙抓穩了，瞬間有一股香甜的栗子味迎面撲來，緊接著，他將琉璃花燈的提棍放到她手心上，棍頭微微有些暖，似帶著他的體溫。

見她拿穩了，他才收回手，然後，從她身邊離開。

葉如濛呆若木雞，突然回過神來！這栗子，一定有毒！花燈，說不定裡面也燃有摻了毒物的熏香，會使人慢性中毒的那種！

見他的背影消失在走廊盡頭，她頓時如獲赦免，忙將手上的東西放回他原本待著的屋內，自己趕緊跑回芍藥間去。

一進屋，立刻衝到面盆前洗手，有毒、有毒！哦不對，剛剛容世子也是赤手這麼拿著的，那應該……沒毒？不，也許……他先服了解藥呢！

「濛濛，怎麼了？」林氏吃了一驚，見女兒匆匆進來，神情慌亂，忙過來關切問道：「妳手怎麼了？」

「沒有，剛剛弄髒了。」葉如濛對著面盆輕輕甩了甩水，拿起掛在雕花盆架上的乾布擦了擦手。

這邊，祝融下了樓梯，來到另一處迴廊，心跳仍有些快，若稍微注意，便能發現他耳朵尖有些紅紅的，手心也出了不少汗。

她應該會喜歡吧？女孩子似乎都喜歡這些漂亮的花燈，他特地命人去買回來，就想送給她……哎呀，忘了還有一樣東西！他急忙轉身欲上樓，就在此時，竟遇到葉長風，他微微一怔。

葉長風也面有詫異，連忙行了一禮。「見過容世子。」心中卻思忖，奇怪，容世子怎麼會在這兒？

祝融微微垂眸，若是平日，他只須輕輕「嗯」一聲便可離開，但不知怎地，他竟抬手對他做了一揖，恭敬喚了一句。「葉伯父。」

葉長風當場愣住了，連他身後的陸清徐也是目瞪口呆。可是緊接著，祝融的眸色便沈了下去。今日葉長風穿著一身寶藍色直裰，腰間掛著的月白色香囊有些顯眼，上面還繡著青竹；若他沒記錯，這個不應該是他的嗎？可是，昨日那個小丫頭卻沒有送給他！這丫頭……

葉長風背後頓時出了微汗，低頭看了一下自己腰間，容世子突然瞪著他的香囊做什麼？祝融沒說話，從他身旁走開，大步流星地離開、走出門外。葉長風和陸清徐兩人面面相覷。

「葉弟，這容世子……」陸清徐皺眉。「他認識你？」

「這個……」葉長風想了想。「他應當認識我，可是……也是第一次喚我。」以前他任太子少傅時還教過他，雖然他當時才四歲，卻比六歲的太子還要聰穎。後來他請辭入了翰林院，這十幾年來兩人就打過幾次照面，葉長風也不明白，為何剛剛他態度還算謙和，下一刻怎就突然變了臉？

兩人上樓進入芍藥間後，陸清徐與林氏寒暄幾句，便又開始與葉長風談天說地，直說得眉飛色舞，反倒襯得對面的林氏和葉如濛有些拘謹。

林氏一直低垂著頭，偶爾淺淺抿一口茶。葉如濛也如大家閨秀般端坐著，時不時吃一口糕點。

葉長風和陸清徐兩人相談甚歡，陸清徐朗笑道：「我看你這幾年越發清閒了。」

葉長風搖頭淺笑。「若再清閒下去，只怕離告老還鄉不遠了。」

兩人相視一眼，哈哈大笑。

葉如濛知道，爹爹以前是從二品的太子少傅，當時整個葉國公府只有祖父的爵位在他之上；可是後來爹爹離開了葉國公府，便自動請辭了太子少傅之位。

也是，先前因為正妻十年無所出，時不時有一些迂腐守舊的老臣彈劾他不孝。不孝有三，無後為大，作為不孝之人，如何能教導太子？是皇上力排眾議才讓他當上太子少傅，可是沒過多久，爹便脫離本家，與葉國公府斷了關係，直接坐實了自己不孝之罪；當時若不主動請辭，只怕第二日向皇上彈劾的奏摺都要堆成小山高了。

她爹請辭了少傅之位後，做了從六品的翰林院修撰，一做便是十年；可是不知為何後來又被降職，降到正七品的編修。這份官職倒是清閒一些，不如先前忙碌，可是做了不到兩年，又被降成從七品的檢討，這日子就更清閒了，不當值的時候經常待在家裡澆澆花、修修草。

雖然陪她們母女的時間多了，可是葉如濛卻覺得以她爹的才能去做這些校對和整理，實在是太屈才了。不過她爹安之若命，一直說塞翁失馬，焉知非福。如今她爹這翰林院檢討也做了有兩年，千萬別再降了，再降下去估計都得移出翰林院了。

葉如濛托著腮看著葉長風和陸清徐兩人談笑風生，一臉天真。

林氏見兩人談得歡快，時不時為他們添茶倒水。只是這一會兒，她剛站起來執起如意紋白瓷方形茶壺，突然覺得頭一陣暈眩，手一鬆，茶壺「啪」的一聲掉在桌上，濺了一些茶水出來。

「娘！」葉如濛忙扶住她。

葉長風也連忙起身，從她身旁輕輕擁住了她。「這是怎麼了？」

林氏定了定神，素手撫上太陽穴，輕輕揉了揉。「沒有，就是覺得頭有點暈。」又有些不好意思地衝陸清徐笑了笑。「讓陸大哥見笑了。」

陸清徐捋了捋下巴的一小撮山羊鬍，道：「我看弟妹不像氣血虧損，若不介意，幫弟妹把下脈可好？」陸清徐除了擅長書畫，還愛好岐黃之術，葉長風夫妻倆是知道的。

林氏看了一眼葉長風，見他無異議，便點了點頭。「那便有勞了。」

葉如濛崇拜道：「陸伯伯真厲害，還懂醫！」

陸清徐朗聲笑道：「不過略懂一二罷了。」說著便從袖中掏出一個腕枕來。

葉長風失笑道：「你隨身帶著腕枕，怎好意思說是略懂？我看是精通了。」

「不敢當。」陸清徐顯然也是有些自信的。「年輕時喜歡，只是一直沒時間深入研究，這幾年閒下來，倒是鼓搗出一些心得來。」他說著做了個「請」的手勢。

林氏會意，伸出皓腕輕置於腕枕上，又掏出懷中的帕子輕輕覆上。

陸清徐探出三指，好一陣沈吟，皺了皺眉，沈默後卻是哈哈大笑起來，笑得葉長風一家三口莫名其妙。

「陸兄？」葉長風有些按捺不住，事關妻子，他總是分外上心。

陸清徐卻是笑著收回手，又連連笑著搖頭。

「陸兄，內子究竟是怎麼了？」葉長風劍眉微皺。

陸清徐哈哈大笑。「葉弟寶刀未老！」

葉長風一怔，面色狂喜。「陸兄的意思是……」

「恭喜、恭喜！」陸清徐笑臉相對，行了個拱手禮。

葉長風頓時喜上眉梢，如同春風拂面，卻又有些猶疑不決。「陸兄你可確定了？」

陸清徐一聽不高興了。「如此淺顯，我怎會把錯！若有錯，以後你當兄來我做弟，脈象不會有錯，身子兩月有餘了！」

林氏心中自然也是又驚又喜，忍不住紅了臉，將臉依在葉長風懷中。

葉如濛初時心中也是欣喜的，但此時忍不住站了起來，臉色極其慘白。

她娘已經懷了身孕，可是前世此時卻殞命！一屍兩命，帶著她未出生的弟弟或是妹妹……兩月有餘！兩月有餘！這四個字，如同一道天雷在她頭頂上驚起。

「濛濛？」林氏喚道。

葉如濛失神地說不出話來，一時間腦海千頭萬緒理不清，下一刻突然奪門而出。

她狂奔在喧囂的大街上，直跑出好遠好遠，直到周遭一片寂靜，她上氣不接下氣，這才停了下來，停下來後，她也逐漸冷靜下來。

不對，這一切都不對勁！前世知曉她爹遭遇不測意外而死，她們母女兩人都當場暈死過去，還是被人送回家的。她記得，回家後有大夫過來給她們兩人把脈，若說娘已有兩個多月的身孕，當時怎麼可能把不出來？

她記得，當時她迷迷糊糊地睜開眼，見娘衰頹著身子坐在窗前，如同一棵枯死的老樹。她的手……對！她的手是放在自己小腹前！還有……在靈堂的時候，她娘抱著她，說：「我們要好好活著……」她說我們……指的定不只是她們母女倆……娘那個時候已經知道自己懷了身子，懷了爹爹的遺腹子，倘若如此，娘肯定不會自盡！她娘不是自盡的！

誰！是誰！究竟是誰害了她娘！葉如濛忍不住跪倒在地痛哭不止。

正哭得起勁，她身後出現了一個高大的身影，那個身影緩緩蹲了下來，朝她伸出一隻手，卻又停在半空中，葉如濛連忙轉過身子，還未來得及仰起頭來看他，便一屁股跌坐在地上。

一塊玉珮在她眼前左右搖晃著，拎著玉珮的這隻手，修長白淨，指節分明，優雅得不像話，彷彿來自一個溫潤如玉的翩翩公子的手；而他的臉，確實也是面如冠玉、溫和儒雅，就像換了個人似的，沒有以往的冷冰，祝融眉目溫和如水地凝視著她，這一刻，葉如濛幾乎忘了兩人之間的恩怨……

直到他開口，清冷的聲音便打破了那柔和的假象。「下次不許丟了。」像是命令，似又不像。

不得不說，這未來的祝相確實有止哭的作用，起碼葉如濛對上他的臉，便不敢再哭了。

「拿著。」他微微蹙眉，看著她這副可憐的模樣，心中湧上一股陌生的異樣情緒。

葉如濛吸了吸鼻子，小心翼翼地伸出手，掌心朝上，手卻有些瑟縮，彷彿他下一刻就會掏出尺子來打她手心似的。

他凝望著她，一會兒，沒有將玉珮放入她掌心，反而將玉珮納入自己手心，然後，輕輕伸出一根豐潤白皙的食指。

他的指甲剪得乾乾淨淨，指甲形狀也如同他的身形一般，直長直長的，彷彿全身上下沒有一處不好看的地方。他突然用指尖輕輕觸了觸她食指的指腹，就像在試探著什麼一樣，眉目間又柔和許多，像是盯著一件極其感興趣的、好玩的物件，輕輕摩挲著她的指腹，像是順著她的指紋在畫圈圈，劃著劃著，他的手指徐徐往前，輕輕撫過她食指的第二個指節，第三個……

葉如濛整個人都僵硬了，一動不動，指尖傳來的一陣電流令她渾身一顫，覺得指尖癢得厲害。

他在幹什麼？不是說他不喜歡觸碰別人，那他現在是在做什麼？好像在試探著……像是一隻野獸在舔著剛抓到的獵物，想試一下好不好吃的那種感覺！

「濛濛！」

忽然，不遠處傳來葉長風呼喚的聲音，兩人如夢初醒，未待葉如濛反應過來，祝融手一鬆，手心的玉珮便落到她掌心，還是溫熱的。

幾乎同時，他一閃身便躲入一旁深巷內。

葉如濛回首，見他身影已隱入幽暗的深巷中，看不見了。仰起頭來，這戶人家屋簷下掛著的大紅燈籠微微晃了晃，剛剛發生的一切如夢似幻，不像是真實的。

她終於站起來。

「濛濛！」葉長風遠遠看見女兒，連忙朝她奔過來，快速打量她一下，見她人好好的，只是面上還掛著淚痕。「濛濛，妳這是怎麼了？我跟妳娘都很擔心妳！」

「爹爹！」葉如濛忽地一把抱住他。

葉長風一愣，停在空中的手頓了頓，才輕輕摸了摸她的頭。「濛濛，發生了什麼事，妳告訴爹爹好嗎？」

「爹爹，我害怕。」葉如濛將臉埋在葉長風懷中，悶聲哭泣道。

「別怕，濛濛，爹爹在，無論發生什麼事，爹都會保護妳，不會讓任何人欺負妳。」

「爹……」葉如濛鬆開緊抱著他的手，仰頭啜泣看著他。

「濛濛，不哭，告訴爹爹。」葉長風抬手，略有薄繭的指腹輕輕擦拭著她的淚。在她小時候，他還需要蹲下來才能摸到她胖乎乎的小臉蛋，可如今，這個小不點突然就長大了，從他膝蓋那麼高，一下子竄到他胸前，彷彿長大只是一瞬間的事情。他忽然覺得自己老了，可是，他確信自己還有能力保護她，保護她們母女倆。

葉如濛低泣不已。

「不怕，我們現在先回家好不好？妳娘很擔心妳，她現在懷了身子，不能激動。」葉長風心念著妻子。

葉如濛點點頭，忙掏出手帕擦乾淨臉。

葉長風拉著她的手往回走，她「嘶」了一聲，才發現膝蓋疼得厲害。

「摔到了？」葉長風停下來。

她點頭，其實，是剛剛跪下來受傷的，她當時聽到「咚」的一聲，膝蓋骨直接敲在人家門前的青石板上。

葉長風唇角一彎，背對著女兒蹲下身來。

葉如濛咬唇，乖乖爬上他的背。這是爹爹的背，她爹寬厚溫暖的背，彷彿讓她回到了小時候。小時候去逛街，也是這樣，逛累了，爹爹便揹著她，一路揹、一路走，她的耳朵貼在爹爹的背上，聽著爹爹胸腔裡傳來的聲音，那是爹和娘在說話呢！漸漸地，天色越來越暗，燈火也越來越朦朧，她眼睛慢慢合上，還沒到家她就會先睡著了。

「濛濛。」葉長風繞過她的膝蓋窩，雙手別在自己腰間，右手虎口處時不時觸到她繡給自己的青竹香囊。「妳回去後好好泡個澡，仔細想一想，有什麼事情，不要自己擔著，晚上睡覺前，爹爹來看妳。」

葉如濛將臉趴在他背上，悶聲不說話。

兩人走遠了，祝融才從巷子裡走出來，面色微沈，他感覺心中有些不舒服。在她剛剛抱住葉長風時，就有那麼一點了，那種不舒服一閃而過，可是，在她趴上葉長風背的時候，這種不舒服更一直持續著。

明知是她爹爹，可他還是不想她讓別人碰到。

晚上睡覺前還要去看她？祝融眉頭微微蹙了蹙，但很快又舒展開來。罷了，他也去就是，順道探探她是為了何事哭得那樣傷心。

第三章

入夜了，葉長風穿著件竹青色的中衣，側躺在妻子身旁，執起她的手親吻著，又趴下來隔著薄被用臉輕輕蹭了蹭她的小腹，惹得林氏低笑不已。

「好了，妳早點休息，我去和濛濛談談。」葉長風鬆開她的手，又摸摸她的頭。

「濛濛都不肯和我說了，還會和你說不成？」林氏眨眨杏眼，略帶調皮地看著他。

「或許呢？小事說與妳聽，大事便說與我聽。」葉長風笑著起身，從梨木雕花衣架上取了一件雨過天青色的長袍。

林氏正欲掀起薄被起身服侍他穿衣，他卻將她按回床上。「妳別動，妳如今可是雙身子，從現在起可不許妳服侍我了，換為夫來服侍妳。」

林氏面容染笑。「知道了，夫君，妾身遵命。」

葉長風俐落套上長袍，又俯下身來在她額上落下一吻。「柔兒，乖乖睡了，若為夫回來，發現妳還沒睡著……」葉長風對她露出一個意味深長的笑容。

林氏連忙閉上眼睛，待聽見葉長風出去的聲音，才睜開眼來，手忍不住撫上小腹，面上洋溢著喜悅。真希望能給夫君多添個一兒半女，也給濛濛添個弟弟、妹妹。

葉長風來到東廂房前，見裡面燈還亮著，敲了敲門。「濛濛。」

葉如濛忙從床上坐起身來，整了整寢衣，整理完畢後，她才朝門外喚了聲。「請進。」

葉長風推門而入，掩上門，留了一道兩指寬的門縫，這才走進來，繞過四折斑竹鏤空魚戲蓮花屏風後，便見葉如濛抱著繡枕規規矩矩地坐在一團軟被上，腦後隨意地抓紮起半束長髮，模樣看起來既乖巧又水靈。

葉長風淡淡一笑，掀起長袍坐在床頭，靜靜看著女兒好一會兒，才道：「濛濛一下子都這麼大了，還記得以前，妳剛出生時就這麼小丁點。」他說著，手比了一下，不過兩寸長。

葉如濛嘟嘴。「哪有那麼小。」

「妳剛出生時才五斤多一點。」葉長風笑道：「後來幾個月，眼睛水濛濛的，就像院子裡被雨淋過的黑葡萄似的，亮晶晶，看得爹心都化了……」葉長風輕聲細語的，說起許多她小時候的事。「那個時候，爹爹把妳轉過來側著睡，又跑到妳背後喚妳，妳就一雙眼珠子直往後面轉，可是又不敢翻身……小手、小腳胖乎乎的，可愛極了，爹從來都沒有想過，除了妳娘之外，我還會這般珍愛一個人……那個時候，妳可是先會叫爹，後會叫娘的……」

他說得仔細，連倚在屋頂橫樑上的祝融也聽得十分認真，眸色柔和許多，彷彿看到一個可愛的小不點在他眼前咿啞學語，蹣跚學步，逐漸長大。

「妳小時候可皮了，還記得妳六歲那年冬至嗎？」葉長風說到這，屋樑上的祝融呼吸登時緊了一緊。

葉如濛點點頭。「濛濛那天好冷。」

「府裡傳來妳不見的消息，我們連忙趕去，四處找妳找了大半夜，妳娘都哭暈了幾次，既擔心妳被人販子拐走，又怕妳在雪地裡凍出事來。那天冰天雪地的，也幸虧妳福大……」見女兒面有愧色，他話鋒一轉。「今日見面的陸伯伯，那個時候也一起幫著找妳呢！」

「爹爹……」葉如濛輕輕拉了拉他的袖子，低聲道：「那個時候，濛濛不是自己跑出去的。」

葉長風一聽，心裡一怔，卻看她一副欲語還休的樣子，忙傾下身子，溫柔哄道：「那妳告訴爹爹，是怎麼回事？」

「我……」葉如濛咬了咬唇，才道：「那個時候，三姊姊騙我去鑽狗洞，我一彎身鑽進洞裡，就有人在後面踢了我屁股一腳，然後我就摔到下面去了。」

葉長風知道，女兒說的是葉國公府最角落那個荒廢院子的狗洞，那處在府裡的最北邊，早就沒人住了，牆外只有一條不到兩寸的立腳之地，是一個堤壩，再往下，便是一條乾涸多年的河道。

葉長風聽得眉頭一皺，聲音還是輕輕柔柔的。「妳那時回來怎麼不說？」

「我……」葉如濛垂眸。「當時我不知道是有人踢我，以為是三姊姊她們和我玩的時候不小心撞到我，才會害得我摔下去；而且那個時候……我怕說了她們就不和我玩了。」葉如濛低下了頭，她當時也才六歲，什麼都不懂，被人一踢，當即便滾下了覆滿雪的河道，暈了過去。

葉長風聽得心疼，輕嘆了一口氣。

「但是，」葉如濛突然抬起頭來。「現在我知道了，當時是三姊姊踢我的！」

「濛濛，妳為什麼會覺得是瑤瑤踢的？」葉長風心下生疑，葉如瑤不過才大她三個月，一個六歲的小女孩……如果當時是不小心，她只要一喊人，家丁往外頭一找，就能看到濛濛掉下去；可是，如果她看到了不說，任由堂妹一人暈倒在冰天雪地裡，那這份心思，當真可怕得緊。但怎麼可能？平日見她雖然驕縱，但也不至於六歲時心腸就歹毒成那樣吧？

「爹爹……」葉如濛忽然落下眼淚。

葉長風連忙道：「爹爹不是不相信妳，爹爹只是想弄清楚事情的來龍去脈，找出真相，妳把妳知道的全部告訴爹爹，爹爹一定會相信妳的。」

「爹爹，您真的會相信我嗎？」葉如濛含淚問道。

「一定。」葉長風握著她的小手，神情堅定道。

「那……」葉如濛眨眨眼，掉下一串眼淚。「如果濛濛說，我已經死了呢？」見葉長風臉色不對，她又連忙道：「可是又活過來了。」

葉長風眉頭擰成川字，想了想，還是不明白她的意思，又輕聲問道：「濛濛是想說什麼？」

「我……女兒本在三年後死了……」葉如濛眼淚直往下掉。「可是死掉後，女兒又回到三年前來，回到了昨晚，祖母生辰那一天。」

「妳……」儘管葉長風少年時便常被人稱讚天資聰穎，但如今聽見女兒這話，頓覺腦筋有些轉不過彎來。「三年後？」

「嗯，女兒三年後死了。」

葉長風搖頭。「有爹爹在，妳怎麼可能會出事？」

葉如濛眼淚掉得更凶了。「因為爹爹……您今天就死了……」話還沒說完，她哭著撲到了爹爹懷中。

葉長風頓時有些石化，只能僵硬地拍拍她的背。

「爹爹您不相信我是不是？覺得女兒在說夢話是不是？」葉如濛仰起頭，淚眼看他。

葉長風面色尷尬，尋思著女兒是不是中邪了？可是當下，仍是安慰她要緊。「妳說，爹爹今天就會死，那爹爹是怎麼死的？」

見爹爹相信她，葉如濛連忙擦乾眼淚，哽咽道：「今日，您去聚寶閣給我買花燈，我和娘就在橋頭那個煎餅鋪子等您，沒想到您回來的時候，百步橋竟塌了，死了差不多兩百人。」

「那……爹爹也死了？」

「嗯。」葉如濛像小雞啄米般點頭。

葉長風皺了皺眉，想了想，道：「濛濛，這是不是妳昨夜作的惡夢？」因為今日，百步橋並沒有塌，兩岸百姓沒有一人出事。

「不是惡夢……」葉如濛說著，聲音卻輕了下去。「哪有一夢便夢到三年多的事……」還是真的只是一場夢？

「嗯。」葉長風向來是個有耐心的人。「那妳告訴爹爹，接下來還發生了什麼事？」

「後來……」葉如濛剛止住的眼淚又掉落下來。「爹爹出了事，娘第二天就上吊自盡了……」

葉長風聽了之後，只覺得心中像堵了一塊巨石般難受，女兒說他不要緊，但說到柔兒，他便覺得有些來氣，當下語氣便冷了冷。「不許胡說！」

「濛濛沒有胡說！」葉如濛倔強道。

葉長風吸了口氣，微微冷靜了些。「濛濛，妳娘的性格，爹再瞭解不過了，別看妳娘平日柔柔弱弱的，但實際上，她比誰都要堅強。」他脫了鞋子，盤腿坐上床來。「妳知道我和妳娘是怎麼認識的嗎？」

葉如濛搖頭。

「認識妳娘的時候，我才十六歲。一日去打獵，追一匹頭上缺了一隻角的梅花鹿，追進林中，結果迷了路，踩中了野豬夾子。」葉長風說著，將左褲腳撩了起來，還能看到腳踝處有一圈淡淡的疤痕。「幸好那個時候遇到了妳娘，救了我，不過，她也是迷路的……」葉長風想到那時候，忍不住笑了。「後來我發起高燒，她那時候才十二歲，個頭還沒妳現在高，只到我肩膀這兒，可是她竟然揹著我攀過了兩座山……直到遇見了一個獵戶，我們才得救。

後來我聽獵戶說，妳娘為了揹我過來，整個人都摔得血淋淋的。」

葉如濛聽了後，有些呆呆的，過了一會兒才道：「娘的力氣那麼大呀！」

「妳娘哪裡力氣大？她連殺隻雞都沒力氣，那個時候完全是拖著我走的，把我靴子都磨破了。」葉長風笑。「妳爹那時生得好看，估計妳娘對我一見鍾情了，才這麼捨命救我。」

葉如濛聽得破涕為笑，她爹爹現在也好看呢！

葉長風又正經道：「所以，此生我絕不可能負她，救命之恩，只能以身相許了。」這句話，又哄得葉如濛抿嘴笑，樑上的祝融也點了點頭，贊成這句話——救命之恩，以身相許。

「我視妳娘如命，妳娘則視妳如她的命。妳是不是有時候怪爹爹，疼妳娘多過疼妳？」

葉如濛不說話了，難道不是嗎？

「濛濛。」葉長風拉起她的手，用自己的左手包住她的手。「這個是妳，爹爹的左手是妳娘，那麼，爹爹就是這隻右手，妳明白嗎？」葉長風又用自己的右手包住了左手，一雙手將她的小手牢牢包裹在手心裡。

葉如濛想了想，當下有些動容，點了點頭。

「所以，妳只是作了一場惡夢，就算爹爹離開妳了，妳娘也不會離開妳。」葉長風輕聲安撫道。

葉如濛頭低低的，好久之後，忽然抬起頭來，輕輕問道：「爹，您說，若是當時娘親知道自己懷孕了，那就更不會自盡了是嗎？」

「這是當然。」葉長風想也不用想。

葉如濛正色地看著他。「若說，娘親懷孕了，只想好好活著，可是，最後卻被人發現吊死在靈堂前，這代表什麼？」

葉長風登時心中彷彿響起一道驚雷，可是很快便否定這個可怕的念頭。「濛濛，妳想到哪去了，怎麼會有這樣的事情發生？妳娘向來待人和善，爹還未見她和人紅過臉，怎會有人想害她？」他妻子心地最善良不過，平時連螞蟻都捨不得踩死一隻，在鍋灶上看見螞蟻還會引到一旁去。

葉如濛捂住臉低泣。「濛濛害怕。」她忽然抬起臉來。「當時請過大夫的，娘都懷了兩個多月了，大夫怎麼可能會把不出來？我害怕娘是因為懷孕了……才會死！」

「胡說！」葉長風斥道，說出口後卻也覺得自己語氣過了，聲音又輕了下來。「濛濛，不過是一場惡夢，妳這般當真，恐損心神。」

「爹爹您不相信我！」葉如濛有些激動，在床上跪了起來。「您可知道，您和娘親去世之後，濛濛多可憐？鄭管家和劉姨欺負我一個孤女，爹，您是不是在順容銀莊留了一筆銀子？」

從小起，爹娘便讓她養成勤儉節約的習慣，她也一直以為自己家境並不殷實，直到爹娘去世後，六叔回來了，她才知道爹娘竟給她攢了一大筆嫁妝。

她先前一直沒意識到，她家雖然只是一個兩進的院子，但裡面的家具都是極講究的，只是爹爹始終儉樸過日，不曾刻意顯擺。

葉如濛此言一出，葉長風愣住了，她怎麼會知道？難道是妻子告訴她的？

「爹，您留的，不計那些藏品，光是現銀就有一萬八千多兩，可是鄭管家動了手腳，他帶濛濛去取，濛濛按完手印看到上面只有現銀一百八十餘兩。鄭管家他們還想變賣掉我們的屋子，如果不是六叔趕回來，濛濛就只能和桂嬤嬤拿著那一百八十餘兩離開。」

葉如濛一連串的話，驚得葉長風說不出話來。確實，他在銀莊存的現銀是一萬八千六百兩，除了他們一家三口，別人都不能取；而且此事，他除了交代給鄭管家之外，還留了個心眼告訴六弟。

這些事柔兒不可能告訴濛濛，那濛濛是怎麼知道的？老鄭跟了他近四十年，他自問一直以來待他不薄，他如何能做出這樣喪盡天良的事情來？

「那、那之後呢？」葉長風忙追問。

「後來，六叔回來了，才逼鄭管家把現銀交出來。可是，爹的那些藏品已讓鄭管家賣掉許多，我聽說，是他兒子在外欠了許多賭債，可是也不過二千多兩，他們卻貪得無厭，侵佔了一萬多兩……」葉如濛邊說邊哭，所幸口齒還算清楚。

「濛濛。」葉長風輕輕將她擁入懷中。「後來呢？」此時此刻，他確實不知不覺地信了幾分。

「後來，六叔送我回葉國公府，我在那裡住了三年，直到守孝期滿……可是，爹爹您知道七嬸給我安排了幾門什麼樣的親事嗎？」說到這，葉如濛頓時淚如雨下，心中委屈得不得了。

她當年守孝期滿也不過才十七，七嬸給她說的第一門親事竟是給一個和爹差不多年紀的老爺當繼室，他的孫女只比自己小上幾歲，她自然是不肯。後來，七嬸便給她換了一個，去給一個年長她十歲的二品官當侍妾，她自然也不肯，可是這回，七嬸卻沒那麼好說話了。

後來這事鬧到七叔那兒，七叔另作主給她找了一門親，去給一個庶出的人當正妻，雖是庶出，但模樣、年紀還算登對，可是桂嬤嬤卻打探到那個人風流得很，已經有了好幾個侍妾，聽說酒後還愛打人，將一個侍妾都打小產了。

當她知道時，男方那邊已經下了聘禮，她沒辦法，只好當著七叔的面拿刀子斷了一截髮，對天起誓終生不嫁，七叔這才幫她退了那門親事。然後，爹娘留給她的那些嫁妝，全部都拿去賠給男方了。

當時男方的聘禮折合現銀不會超過二百兩，那個庶子的主母卻硬說差不多有五百兩，若是女方單方面毀婚，則要按聘金的九倍來賠償，她當時賠償了四、五千兩，按理爹娘留下的銀子還剩萬餘兩，可是七嬸三、兩句便說沒了，她氣得當場大哭，桂嬤嬤更是氣得渾身顫抖，忍不住動手打了七嬸，結果桂嬤嬤被人拉下去打了十幾個板子，她去護桂嬤嬤的時候，身上也挨了幾個板子。

最後又鬧出一件幾乎毀她清白的事來，她和桂嬤嬤終於被趕出府，她名聲盡毀，而葉國公府竟還傳出個仁至義盡的名聲來。

葉如濛泣道：「經過這些事之後，我們無處可去，桂嬤嬤便帶我去靜華庵投靠寂證師父。」寂證師父，正是桂嬤嬤出家的女兒。

葉長風聽到這兒，早已氣得渾身發抖，十指緊握成拳。他向來是個冷靜的人，極少動怒，可如今卻氣得不得了，哪怕他還不確定這些事是不是真的，但女兒是不會說謊的，她的眼淚哪裡會有假？

「爹，您都不知道。」葉如濛緊緊抱住葉長風。「濛濛在那靜華庵待了半年，一口肉都沒吃過，在庵堂幹的活兒又重，每日都很辛苦……」葉如濛想到那段時日，忍不住又哭了起來。

她在靜華庵那段時間，葉如蓉曾來看望她，不過是來看她笑話的，她帶了一隻燒雞來給她，卻將雞腿扯下來，丟到滿是沙礫的地上。

「想吃？想吃就撿起來呀！」葉如蓉一改往日和悅良善的面容，趾高氣揚地看著她，精緻的繡花鞋狠狠踩在雞腿上，將肥膩的雞腿踩得面目全非。

「蓉蓉，妳為什麼要這麼做？」她流淚看她，不是因為淪落到今時今日這個地步，而是哀痛於五妹妹如今的模樣。她們本是最親近的姊妹，如今為何要這樣羞辱她？就算不能雪中送炭，可何至於這般落井下石？

「因為我恨妳！」葉如蓉咬牙切齒，原本觀音般和善的面容，霎時扭曲得可怕如同夜叉……

葉如濛閉上眼睛，不願再回想當時的畫面。

「濛濛……」葉長風聲音有些頹喪。「妳七叔，他不當那樣對妳。」他們是親兄弟啊，他長七弟一輪，從小便對他多有照顧，他長大後，與他感情也很深厚，便是他離開府後，兩人也多有往來，這樣一個七弟，怎麼可能會那樣對待他的孤女？

「七叔剛開始對我多有照拂，但是後面都交給了七嬸，七嬸她……」

「七弟妹一直待妳不好？」

「她、她在人前對我好，不過是為了博得一個好名聲！實際上，她什麼都聽三姊姊的，三姊姊討厭我，我在靜華庵時，五妹妹來羞辱我，那個時候才說，我先前那些親事都是三姊姊搞的鬼，五妹妹也並非和我真心交好，而是受了三姊姊指使故意來親近我。爹您不知道，三姊姊後來有多可怕……」葉如濛哭道，可怕到她現在想起來還瑟瑟發抖。

「濛濛，瑤瑤她不過只是一個閨中女子……」

「還有容世子！」

葉如濛突然打斷了葉長風的話，樑上的祝融原已聽得神情凝重、若有所思，此時更是呼吸一窒，不單單是因為聽到了自己的名字，更因為她話語中的恨意。

「容世子？」葉長風似乎明白了一二。

「爹，那個容世子也好可怕！您不知道，他把人皮都剝了下來……」葉如濛發著抖把人皮故事說了出來，聽得樑上的祝融額上直冒黑線。「我聽說是活著剝下來的，那個容世子比三姊姊還可怕，他什麼都順著三姊姊，到後面三姊姊連七叔、七嬸的話都不聽了。」

葉長風靜默了許久，才道：「妳是說，容世子一直幫著妳三姊姊來害妳？」

「是！」葉如濛連連點頭。「容世子真的很壞！他們兩個人都好可怕。」

葉長風看得出來，如今女兒有多害怕這兩人，連忙擁她入懷，緊了緊，只覺得頭腦一片混亂。女兒說的這些可信度是有的，只是，偶爾有幾處說不通的地方。

「濛濛，妳先別說話，讓爹好好想想。」葉長風面色深沈，開始推敲起她說的每一句話來。

七弟真的會不顧手足之情那樣對待他的女兒嗎？就算瑤瑤再怎麼有容世子撐腰，可身為長輩，態度強硬些，那驕縱的姪女還是得聽他們的，再者……

「濛濛，那妳祖母呢？」葉長風突然想到，難道說母親已經在那三年內……

葉如濛微微低下頭。「那時候，爹您出事，祖母一聽說便中風……一年後，祖母便去世了。」她去看祖母時，祖母躺在床上，只有一邊身子能動，話也說不清楚，一張嘴口水就直往下淌，眼睛、嘴巴都是歪的，她看得心酸不已。

葉長風聽後，頭也低垂下來，久久沒有說話。

葉如濛咬唇，她不知道今晚自己說的這些，爹爹會信嗎？或者說信多少？

葉長風沈默了好久，久到葉如濛覺得自己都快睡著了，他才突然開口問道：「濛濛，爹問妳，那個時候，妳娘懷孕的事情有誰知道？」

葉如濛一怔，隨後急切道：「爹，您真的相信我嗎？」

葉長風點頭。「嗯，爹信妳。」

他先假設這些都是真的，就當女兒有未卜先知的能力，能看到未來之事。他絕對、絕對不允許，有人欺負他的妻女，哪怕只是一場夢，他也要杜絕這種可能性。

葉如濛欣喜，忙認真回憶起來——當時家中一片混亂，鄭管家不知在前廳應付什麼人，劉氏應當是去葉國公府報白事了，桂嬤嬤也一直在忙前忙後的……

「桂嬤嬤肯定是不知道，若是她知道，娘親的死一定會引起她的懷疑，她不會善罷干休；或許娘親那個時候來不及告訴她，又或者是不想讓她擔心，想晚一些再告訴她……」葉如濛認真分析道。

葉長風想了想，點點頭。「有這個可能性，按照妳娘的性格，若連阿桂都沒說，自然也不會告訴鄭管家他們。」

父女兩人相視一眼，心中了然，那只剩下唯一一個知情人了。

「是望聞堂的嗎？」葉長風問道。望聞堂是個醫館，離他們這裡很近，平日家中有個頭疼腦熱，都是請望聞堂的大夫上門來看診。

葉如濛仔細想了想，點了點頭。「應該是。」當時她半昏半醒，只知道有人在給她把脈，一個郎中的身影在床前行來走去。「我記得不怎麼年輕，也不老，好像戴著一頂六合帽。對！我想起來了，像是劉大夫！」

「爹知道了。」倘若女兒說的是真的，那他從看診的大夫那裡下手，說不定能有些眉目。

葉長風不禁覺得有些荒唐，居然要去查一件在這輩子還沒有發生過的事；只是，他已下了決心，要將女兒的話認真對待，便又細細詢問了幾個疑問處，葉如濛都一一地答了，只是邊答邊打呵欠。

葉長風望了一眼窗外，見外面差不多已是四更天，便道：「濛濛妳先休息吧，爹回去好好想一想，有不明白的地方再問妳可好？」

「嗯。」葉如濛瞇著眼睛點頭，她睏得眼睛都有些睜不開了。

「今晚自己一個人睡怕不怕？」

葉如濛想了想，緊了緊懷中的彩蝶戲花軟枕。「不怕，我有娘繡給我的抱枕。」

「那就好。」葉長風憐愛地摸了摸她柔軟的長髮。「爹就在屋裡，要是作夢害怕了，就大聲叫出來，爹一定會第一時間趕過來的。」

「嗯。」葉如濛乖乖地躺下睡了。

葉長風起身，給她留了一盞小蠟燭，這才動作輕柔地打開門出去。他負手立在門前，心情久久不能平靜，覺得自己也像是在作一場夢似的，可是，是莊周夢蝶，還是蝶夢莊周？

他沒注意到，他剛關上門不久，一個黑影便從另一邊的窗戶躍了出去，消失在夜色中。

葉長風離開東廂房後直接去了書房，在書房待了許久，直到天微亮，才回正屋。

他一躺下，林氏便醒了過來。

林氏一怔，見葉長風神色疲憊，眼下有著淡淡的烏青，輕聲道：「夫君，你才回來？」

「嗯，我在書房待了許久。」

「怎麼了，濛濛和你說什麼了？」

葉長風沈默了一會兒，翻個身直接覆在林氏身上，用手臂撐著，避免壓到她，靜靜地看著她。

「怎麼了？」林氏黛眉微皺，怎麼這父女倆，都像是有心事了。

葉長風一隻手捧起她的臉，拇指輕輕摩挲著她柔滑的面龐，他如今心中很是複雜，他能和她說什麼呢？

——若我先妳一步離開，妳會如何？

他若這麼問出口，她肯定會擔心他，以為發生了什麼事。

——妳跟著我，可曾後悔？

她自然是不會後悔，反而會覺得自己拖累了他。

——妳有沒有想過回葉國公府，當葉國公府的嫡長媳？享受我原本能給妳的榮華富貴？

不，她從來不是貪圖榮華富貴之人。

所有他想問的問題，他心中通通有了答案，千言萬語，只化作深深的一吻。

林氏被他吻得有些喘不過氣，連忙推開他。現在不行，她懷了身子，察覺到了他的慾望，她垂眸略有嬌羞。「夫君……」

葉長風淡淡一笑，在她唇上落下一吻，繼而笑道：「我明日，想回府一趟。」算是婉拒了她的體貼。

林氏心下吃驚，她這夫君性格是有些固執的，這麼多年了，她也勸過他許多次，他一直都寵著她，什麼都順她的心意，唯獨在此事上不肯讓步，怎麼今日……

「如何？」葉長風見她愣怔不語，又問道。

林氏舒心笑道：「夫君你能這麼想，妾身自是再歡喜不過。」

葉長風笑。「我明日先回去一趟，下次尋到適當機會，再帶妳一起回去。」

林氏微微垂下眸子，面容略有哀悽。「婆婆年紀大了，我們沒有侍奉在她膝前，反而讓七弟他們代我們盡孝，實是有愧，你若能回去，婆婆定會很開心。

「夫君，你可是想……」林氏忽然想到了什麼，手輕輕撫在自己腹上。「若這一胎還是女娃，只怕又要讓婆婆失望了。」

葉長風想了想，道：「妳懷了身子的事，我先不告訴娘。妳等會兒可以告訴阿桂，但是老鄭和劉氏，妳不能說，也要讓阿桂保密。」

「夫君？」林氏看著他，眼帶探尋之意。

「按我說的做，任何人都不能說。」

見他神情認真，林氏忙點點頭，她夫君總是有道理，她也不必問為什麼，她相信他，定是為了她好。

「柔兒，」葉長風在她額上溫柔落下一吻。「有妳，我此生足矣。」

林氏會心一笑，在他下巴輕啄了一下。

葉長風睡不到一個時辰便起身，見林氏睡得香，躡手躡腳地到淨室裡洗漱一番，穿戴好便出門了。他出門後，沒有直接回葉國公府，反而先去八寶齋，在八寶齋待了一個時辰，順帶用了早膳，這才叫輛馬車，往葉國公府去。

東廂房裡，葉如濛醒來，揉了揉太陽穴，還有些回不了神。昨夜她作了個夢，夢見那年元宵，容世子出手相救的情景。

他轉身離開那一刻，她的心徹底淪陷了，直到聽見人皮故事。人皮故事直接將她從夢幻的想像中拉出來，讓她徹底看清現實。她可以仰慕他、遠觀他，可是卻永遠不能接近他，因為他是未來的祝相，對所有人都一樣遙不可及，只除了葉如瑤。

葉如濛甩甩頭，不願再想起葉如瑤。大多數時候，她想起葉如瑤都會害怕，有時想到恨得牙癢癢的，真的很想衝上去將那個飛揚跋扈、終日趾高氣揚的嫡小姐，從高高在上的位置一拳狠狠地揍下來！

葉如濛拍了拍自己的臉，天亮了，她怎麼還在作夢？

她伸了個懶腰，只覺得周身黏膩，也是，昨夜悶熱得緊，她記得前世此刻，這幾日的確熱得不像話。當時她剛痛失雙親，接連幾日都哭得中暑暈死過去，都是桂嬤嬤掐人中給掐醒過來的。

但別看這天熱，過沒幾日便會有暴雨，她還記得，那場暴雨是下半夜起的，來勢洶洶，幾乎毫無徵兆，頃刻便狂風大作，緊接著暴雨傾盆，下了整整半夜，直到天大亮雨才漸停，那場暴雨過後，接下來幾日的天氣就涼快許多。

葉如濛盥洗後，去食廳用早飯並沒有見到爹，聽娘說爹一大早就出去了，她頓時心中有些忐忑，也不知昨夜爹爹信不信她。

用完早飯後，葉如濛陪娘在庭院中散了會兒步，林氏在假山洞中取了個青花仙鶴靈芝松鹿紋花澆壺出來，葉如濛一見，連忙接過去。「娘，我去打水。」

葉如濛跑去井邊打滿水後，才小心地遞給娘，生怕她接不穩。

林氏笑道：「妳娘親哪有那麼嬌貴？」

葉如濛嘟嘴道：「爹可說了，他不在家的話我得好好照顧您的。」

林氏笑著，來到一盆紫色的桔梗花前，細細澆了一些水，有些好奇地問道：「昨夜妳和妳爹爹都說了什麼？」

葉如濛眼珠子轉了轉。「爹爹說了，當年是怎麼和娘認識的。他說他那個時候生得玉樹臨風、英俊瀟灑、風流倜儻，結果娘親對他一見鍾情、見色起意，拚了命地救他。」

這話聽得林氏臉都發熱了，又止不住笑。「盡聽妳爹胡說！」

「娘，當時您為什麼要救爹爹呢？」葉如濛好奇打探道。

林氏面如嬌花，含笑道：「救人一命，勝造七級浮屠。」

「只是這樣？」

「嗯……」林氏拿起剪子，修了修綠蘿敗落的凋葉。「妳爹那個時候腳都傷成那樣了，還咬著牙沒喊疼，而且我看他斯斯文文的，說話也輕聲細語……」林氏說著有些紅了臉。

「誰知道後來嫁給他，才知道他是個不知羞的！」此話一出，又覺得不當在女兒面前說這些，連忙住了口，葉如濛聽得掩嘴直笑。

「嗯，濛濛，妳去把那個童子攀樹花澆壺取來，和娘一起把這花澆了。」林氏被她笑得面上有些掛不住，忙轉移話題。

「好咧！」葉如濛樂呵呵地跑過去。

母女倆兩人慢慢澆著花，聊著天，倒有幾分閒情逸致，聊著聊著，葉如濛有些難為情，悄悄壓低聲音道：「娘親，我覺得我這幾天胸口有些脹脹的。」

林氏看了她一眼。「可是要來癸水了？」

葉如濛點了點頭。「差不多了。」

「沒事，這幾日少碰它，這裡嬌弱著呢！」林氏低聲道：「下午讓桂嬤嬤去角院裡摘兩顆青的番木瓜，晚上煲湯給妳補補。」

葉如濛紅著臉應下，林氏又提醒道：「既然快來了，那月布別忘了拿出來，讓桂嬤嬤給妳洗洗，曬曬太陽再用。」

「嗯，知道了。」葉如濛應道，月布就是做成一條長帶狀的乾淨棉布，小日子來時繫在腰間就行了。她現在用的這幾條都是桂嬤嬤做的，她娘給她繡的花樣，娘繡藝精湛，她尋思著哪天有空，自己也繡些新的花樣上去。

「夫人。」劉氏從垂花門外進來，手中拎著一個東木四面雕花三層圓食盒，福了福身。

林氏看過去，這個食盒做工精緻，雕花精美，不是他們家的，便問道：「這是什麼？」

劉氏生得一雙三角眼，肩膀也有些寬大，此刻微微弓著身子。「回夫人，老鄭說是一個身穿白衣，面容俊雅的年輕公子送來的，看穿著打扮有些貴氣，他說是受人所託，送禮來給我們家主子嚐嚐鮮，沒有報上自家名號。」

林氏尋思，應當是葉長風哪位朋友送的吧！便道：「那妳先拿給阿桂吧！」

劉氏應下。

葉如濛站在一旁默不作聲，待劉氏一轉身，忍不住狠狠瞪了她一眼。這個鄭管家和劉氏，她要讓爹爹快點把他們趕出去才行！

午前，從葉國公府傳來消息，說是葉長風留在那兒用飯，不回來吃了。林氏微垂眸子，看樣子夫君在府裡還算順利，她應當為他高興才是，只是心中卻免不了落寞，是她拖累了夫君，剝奪了原本該屬於他們母子的天倫之樂。

葉長風回來差不多已申時，東廂房這邊，葉如濛正午睡起來，昨夜睡得晚，中午這會兒她倒睡得香。

葉如濛洗了把臉，推開虛掩的窗，看見窗外的柳枝晃了晃，像在和她招手似的。

一推門出去，只覺得像走入個大蒸籠似的，桂嬤嬤將小園子裡一些怕曬的花兒都搬到葡萄架下，劉氏也往院中潑了幾次井水，可很快就乾了，沒一會兒又冒起熱氣。

葉如濛從陰涼的葡萄架後繞過去，來到正屋，見爹正拉著娘的手說話，顯然是剛回來。她進來後，葉長風才起身，繞到風花雪月淺浮雕楠木屏風後脫下長衫，穿著中衣出來。今日這天，確實熱得不像話。

此時桂嬤嬤端了一個紅木如意紋托盤進來，托盤上的青花瓷山水繪湯盆裡裝的是在井水裡冰鎮過的銀耳綠豆百合湯，湯盆旁有兩個同色系的小碗和湯勺；此外，還有個青花雙鳳牡丹紋小盤，上面層疊著一塊塊小巧玲瓏的如意糕。

「娘不吃嗎？」葉如濛見上面只有兩個碗。

林氏搖搖頭，手摸上小腹。「綠豆有點涼。」

葉長風見狀，道：「我帶了塊青磚茶回來，要不讓阿桂給妳煮點蒙古茶吃？」

林氏想了想，點了點頭。今日確實沒什麼胃口，但想到奶香奶香的蒙古茶，卻突然有點想吃了。

葉長風便吩咐下去。「阿桂，妳茶煮薄一點，讓老鄭去買斤牛乳回來。」

「是，老爺。」桂嬤嬤替兩人舀好銀耳綠豆百合湯，便退了下去。

「對了夫君。」林氏忽然想起來。「早上有人給你送來了一個食盒，說是讓你嚐嚐鮮。」

「什麼東西？」

林氏搖頭。「不知道呢！」既然是他的東西，她自然不會先打開來看。

「我去拿！」葉如濛一聽立刻來了精神，興沖沖地跑去將食盒提過來，不知道裡面有什麼好吃的呢！

她雀躍著打開第一層食盒，竟見上面鋪了滿滿一層鮮嫩奪目的紅色草莓，打開後，一股芳香甜味迎面撲來。「是草莓！好漂亮啊！」她取出一顆，草莓上的綠蒂仍有些水潤，顯然是剛摘下來不久。

林氏看見，也覺得色澤鮮豔的草莓看起來賞心悅目，有些嘴饞了。

葉如濛小心地將這層食盒取下，又見中間竟是鋪了足足兩層的荔枝，這荔枝……她拿起來細細一看，竟然是掛綠！這一層少說也有數十顆吧？最後一層一打開，竟是比她拳頭還大的鷹嘴蜜桃，一半果綠、一半桃粉，直看得人垂涎三尺！

「夫君，這是？」林氏也看出不對勁了，夫君這十幾年來低調行事，何時認識了個這麼張揚奢華的朋友？

葉長風皺了皺劍眉，將身邊的朋友想了一遍，也沒想到個符合的人來，這樣一籃精挑細選的水果，便是七弟也不會隨意送出手。

「爹爹，可以吃嗎？」葉如濛眨眨眼，她想吃草莓，好吧，荔枝也想吃，蜜桃也想……她都想吃！

「先放著吧，等等看是什麼情況。」葉長風道。

「哦！」葉如濛聞言頓時有些失望，只能乖乖吃起綠豆湯。

「夫君，你也不知是何人送的？」林氏問道。

葉長風搖頭。「不知。」對上她的臉後，目光又柔和許多。「妳想吃什麼水果？我讓老鄭去買給妳。」

林氏笑道：「我就想吃蒙古茶。」

葉長風摸了摸她的臉。「我讓陸兄今晚過來給妳診診脈，恰好他兒媳婦又懷孕了，他平日抓點安胎藥也不麻煩。」

「嗯。」林氏柔順應下。

「濛濛，這陣子家裡家外，妳幫妳娘張羅一下，這麼大了，也要學著當家了。」

「爹爹放心！」葉如濛笑咪咪地看著娘親還有些平坦的肚子，托腮愉快道：「我就要當姊姊了呢！」也不知道娘親肚子裡的是弟弟還是妹妹，一想就覺得好興奮，不管是弟弟還是妹妹，她都會喜歡的！

林氏笑道：「別人家在妳這個年紀，都要當娘了。」說著又有些羞赧，她這個年紀又懷上身子，怪不好意思的。

葉長風柔情看著她。「辛苦妳了。」

林氏低垂著頭，面容含笑。

葉如濛裝作沒看到，低頭喝綠豆湯，心中喜孜孜的。

「對了，濛濛。」葉長風道：「後日初十，妳祖母準備去臨淵寺還願，想讓妳跟著她去，妳覺得如何？」

葉如濛聽了有些愣，前世可沒有這一趟呀……哎呀不對，前世她爹娘都去了，祖母也中風，國公府誰還有心思去還願？

只是，還願的話到時府裡的姊妹們都會去，她有些怕見到三姊姊；但祖母既然提起，自己怎可拂了祖母的意？

「妳若是想去，爹爹讓妳祖母從她身邊撥兩個人給妳，阿桂得留在這兒陪妳娘，不能跟妳出門；妳若是不想去也沒關係，爹爹再幫妳回了。」

「濛濛。」林氏見她有些猶豫，連忙道：「難得妳祖母有這個心意，讓阿桂陪妳去就是。」

「不行。」葉長風立刻道：「後日我要當值，沒時間陪妳，若阿桂不在妳身旁陪著，我不放心。」

林氏還想說些什麼，葉如濛笑道：「濛濛要去！祖母很疼我的，我一人沒關係，桂嬤嬤自然是要留在家裡陪娘親啦！」

「嗯，到時妳小心些，在外面不比家裡，別闖禍了。」葉長風囑咐道。

「爹爹放心吧！」葉如濛笑咪咪道。

初十這日，葉如濛起了個大早，桂嬤嬤給她梳了一個精緻的雙垂髻，髻上只簡單地插了一支鵝黃色的珠花髮簪，兩邊綁著淺綠色的蝴蝶結緞帶，緞帶長至腰間，走動起來隨風飛舞，看起來分外水靈。

剛用完早飯，劉氏便說葉國公府的馬車來了。

葉如濛一出門，便見自家大門口角落裡還放著前天那個棗木四面雕花三層圓食盒，不禁覺得惋惜。昨日她爹便讓鄭管家將這食盒拎出來，放在門口，裡面的水果他們一個也沒吃。爹爹說不是他的朋友送的，想是人家送錯了，便這樣處理；若真是送來給他們，卻連個署名都沒有，只怕有詐，不能要。

唉，可惜了那三層新鮮的水果。

葉如濛抬頭望天，晴空萬里，因為時辰還早，還有些涼快；若她沒記錯，前世那場暴雨便是今夜下的，她昨夜已經和爹說了，爹也願意相信她，如此一來她便有些期待，若這雨真下了，就能證明她說的話都是真的。

一個時辰後，馬車到了葉國公府，直接駛入車轎院。

葉如濛下轎，剛走到影壁處，就聽見院內傳來一陣熱鬧的嬉笑聲，一繞過去便見一群翠繞珠圍的女眷們三五成群走出來，走在最前面慈眉善目的老婦人，正是祖母葉老夫人。今日葉老夫人穿著一件葡萄紫萬福紋錦緞金邊褙子，梳著拋家髻，戴著鎏金點翠鑲玉蘇繡抹額，或許是剛過完大壽不久，整個人笑容滿面，看起來精神矍鑠，和藹可親。

老夫人左側，穿著杏色圓領襖裙、梳著墮馬髻的婦人是她二嬸季氏，右側則跟著一個年輕些，穿著荔枝紅牡丹紋繡金邊褙子、梳著高椎髻的美婦人，正是七叔房裡的柳姨娘；再往後，葉如濛掃視一眼，只跟著七房的五位小姐，不見七嬸。

葉如濛笑迎上去，一一行禮。

「行了、行了。」老夫人笑起來眉目慈祥。「妳倒是趕巧。」

季氏笑道：「這孩子，禮數真是周到。」

葉如濛仰臉笑道：「二嬸今天氣色真好！」

季氏生得一張和氣的圓臉，聽了她這話，臉笑得更圓了。「就妳嘴甜！」

葉如濛甜甜一笑，跟在老夫人身後挽著季氏的手往車轎院走去。季氏的兩個女兒都已出閣，她是個安分的，陪老夫人吃吃齋、唸唸佛，為人低調得很。前世她也會時不時來探望自己，只是不敢來得太頻繁，畢竟是七房當家作主，但凡府中有些眼力的都知七房不待見她，待遇和葉如瑤，根本就是一個天上、一個地下。

一行人來到車轎院，老夫人被攙扶上車後，葉如瑤也緊跟過去，趴在她窗邊甜甜笑道：「祖母，瑤瑤要和您一起坐！」

老夫人笑咪咪地對她招了招手。「妳這丫頭，還不快上來！」

葉如瑤喜孜孜地踩著轎凳上馬車，以旁人難以察覺的速度看了葉如濛一眼，見她面容恬靜，臉上還帶著微笑，彷彿一點都不在意似的，突然覺得好像沒那麼開心了。哼，那討厭的菱角小嘴，整日似笑非笑的！

老夫人這邊掀開轎簾，對葉如濛笑道：「濛濛，妳和妳二嬸一輛車吧，路上好說話。」

「謝祖母。」葉如濛甜甜笑道，看也沒看葉如瑤，她知道葉如瑤在盯著她，前世只要一不小心對上葉如瑤的眼，她都會忍不住垂下眼來，彷彿自覺低她一等似的。

可是今世不會了，她的身分不比她低，她無須自卑也無須惶恐。

很快，葉如濛和季氏坐上一輛車，柳姨娘也跟著上來了。柳姨娘是七房中最受寵的姨娘，也是她七嬸的庶妹，姊妹倆模樣生得有幾分相像，不過她七嬸畢竟是嫡出，美得華貴大氣些，相比之下，柳姨娘有些小家碧玉的感覺；可是她的性子卻不好拿捏，她的女兒葉如漫是府中年紀最小的庶女，今年十二歲，排行第八。

片刻後，馬車開始駛動，這輛馬車走得相當平穩，角落裡有個三層的蝶繞牡丹雕花小櫃，裡面放著各色精緻的點心吃食，光滑的桌面上，放置著一個憨狀可掬的釉面瓷小沙彌香爐，小沙彌頭頂上燃著縹緲的煙，一股淡淡的香氣瀰漫在車中。

見車內有些寂靜，葉如濛淺笑開口問道：「怎麼今日不見七嬸呢？」她身為姪女，得關切問一下。

柳姨娘一聽，冷冷瞥了她一眼。她向來不喜歡那個從小到大壓她一頭的嫡姊，加上葉如濛的身分並不特別，便沒有搭理她，見柳姨娘不搭話，季氏忙開口道：「早上聽說妳七嬸身子不大舒服，母親便沒有讓她跟來了。」

「哦。」葉如濛點點頭。「這樣的天氣是很難受，容易悶到。」

季氏溫婉一笑。「妳母親近來可還好？」以前林氏在府裡當家時，妯娌倆關係很是不錯；林氏出府後，她們私下其實還有往來，只是不太頻繁。

「謝謝二嬸關心，母親平日時得空就弄弄花草，家中也沒什麼事好忙活，自是過得不錯。」

「那就好。」季氏笑道，有些羨慕她大嫂，大伯專情，房中就她一個，所幸她夫君也只有兩個小妾，不像七房，納了四個小妾還各生了一個女兒，想想都頭疼。

柳姨娘聞言，柳眉微微一揚，暗諷道：「我聽七爺說，大爺那邊近來都很閒呢！」

葉如濛淡淡一笑。「爹爹近來是休假較多，休假時都待在家中陪母親，彈琴、畫畫、弄弄花草。」

柳姨娘聽了，覺得心中有些憋氣，便不說話了。沒用的男人，自然是空閒的時間多了，哪像七爺，整日忙裡忙外的。一想到這，她又有些哀怨，七爺差不多有半個月沒來過她那兒了。

葉如濛和季氏時不時說一些話，氣氛倒也算融洽，馬車約莫走了小半個時辰，便到臨淵寺的山腳下。

眾人下車後，外面已是豔陽高照，曬得貴女們有些睜不開眼。這些貴女們自小養在香閨中，就如溫室裡的嬌花般，哪禁得起一丁點的曝曬，丫鬟們紛紛打著傘守在馬車旁邊。

葉國公府派了三頂小轎跟著馬車，為了讓轎伕的腳程快些，每頂轎子做得精緻小巧，只能坐一個人，這三頂自然是給葉老夫人、季氏、葉如瑤坐的，六個身強力壯的轎伕也是從府裡帶來。三人先行上轎，一起轎，身後兩排丫鬟和婆子們就趕緊跟上了。

餘下的這五位小姐和一個姨娘，嬤嬤們先前已經雇好外面的轎子，一人一頂安排好後，便陸續上山。

第四章

臨淵寺是百年古剎，香火鼎盛，原本上山的石梯蜿蜒曲折，艱澀難行，之後因為來進香的貴人們漸多，便在旁邊另闢一條寬闊的石道，僅供轎子行走。

葉如濛坐在晃得厲害的轎中，只覺悶熱不已，這些等客的轎子在陽光下曝曬已久，而且轎頂也做得薄，裡面熱得像蒸籠似的，可是也沒辦法，坐這轎子好過自己爬上去吧！葉如濛只能安慰自己，心靜則涼。

沒一會兒，轎子突然停下來，葉如濛直起身子，朝窗外喚道：「怎麼了？」

她轎旁跟著兩個丫鬟，是祖母院子裡的三等丫鬟，一個名喚香北，另一個喚香南。這兩人她再熟悉不過，正是前世曾在她身邊服侍過的丫鬟，這兩人是老實，就是嘴巴笨了一些，手腳還算勤快。

「小、小姐……」車窗外，傳來香北有些緊張的聲音。

還沒等葉如濛探出頭來，車簾便被人緩緩掀起來，一個年紀約莫二十出頭的男子，身穿一件圓領茶白色的長袍，面容親切，朝她溫和笑道：「葉四小姐，我家主子有請。」

「你、你家主子？」葉如濛有些沒反應過來，面前這位公子生得朗目疏眉，言行舉止也是風度翩翩，看著便像個主子了，怎麼他上面還有主子？

不對，眼前這位公子她應當是認識的，前世一定在哪裡見過他……葉如濛開始認真回憶起來。

這位溫文公子謙和一笑，側身到轎邊，伸出秀氣的手做了個「請」的手勢，見她不動作，又輕聲提醒道：「請葉四小姐快一些，莫讓主子久等了。」

他笑得很和善，可葉如濛怎麼也想不起來曾經在哪見過他，而且他的主子是誰呢？一定不是普通人吧？她怎麼會認識？

眼看姊妹們的轎子都越離越遠了，可這人還攔著她，葉如濛有些心急，問道：「你家主子是什麼人？」

「小姐看見便知。」他從容笑道，如書生一般溫雅。

這時，一旁的香北湊過來低聲道：「四小姐，奴婢看著像是宮裡來的貴人，小姐還是下來吧，莫衝撞了。」

葉如濛一聽有些慌了，要是衝撞了宮裡的貴人可就麻煩了，她連忙踏出轎子。落地後一回頭，便見自己坐的轎子後跟著一頂翠羽冠頂華蓋轎，轎子貴氣莊重，是一般轎子的兩、三倍寬，抬轎的是四個身強力壯的年輕人，穿著一樣的青衣，面容端正、昂首挺胸，彷彿是即將上武場應試的武舉人，而不是抬轎的轎伕。這氣勢看起來有些嚇人，不像是一般的達官貴人。

那溫和公子引領她來到轎前，微微躬了身子，伸出白淨的手輕撩開三層的轎簾，轎簾最裡和最外是由清涼的竹片串成，中間隔著一層輕盈有垂墜感的雲氣紋雙面繡布簾。

他掀的力道不大，一雙薄底捲雲暗紋快靴映入葉如濛的眼簾。葉如濛這才意識到，轎內坐個男子！她吃了一驚，正想轉身離開，身後的公子忽然輕輕按住她的肩膀，靠近她耳旁低聲道：「主子發起脾氣來是很可怕的哦！」說著輕輕推了她一把，這輕輕一推，竟一下就將她推進去，葉如濛踉蹌了下才站穩，一抬頭，竟對上了……容世子的眼！

她、她想起來了，剛剛那位公子，是容世子的貼身隨從青時！她前世見過他，只是那時候，他沒有笑得那麼溫和過，以至於她認不出來。

葉如濛還沒來得及退出去，轎子便被抬了起來，使得她一屁股坐在轎內鋪著的軟墊上，下意識緊緊靠在角落裡，抓著搖晃的轎簾。他想幹麼？他抓她來想幹麼？

祝融低著頭，盯著哭喪臉的她看。香南和香北不知葉如濛處於水深火熱之中，只當是哪位貴夫人找小姐說說話，兩人在青時的安排下老老實實地跟在轎子旁。

車內的祝融沈默片刻，冷冷道：「為什麼不吃？」

他一開口，葉如濛突然想起一件事，前世三姊姊身邊有一個很受寵的貼身丫鬟，名喚如意，不知怎地得罪了容世子，結果容世子逼她吃了一筐蘋果，整整一籮筐啊，後來那個丫鬟吃到吐血，第二天就死了。

想到這，葉如濛嚇得眼淚都快流出來，瞄了一眼角落，見檀木桌上放著一小盆冒著煙的冰塊，那是轎裡用來降溫用的。

「為什麼不吃？」他耐著性子又問一遍，今日，青時將食盒拿回來，讓他有些不快，那些果子可是他特地命人送去討她歡心的。

那一夜她和葉長風的長談令他深思許久，親耳所聞的細節，果然證實了他心中所想，自己差一點就錯過了真正的恩人，前世已愧對她，如今老天爺給他第二次彌補的機會，他不能再錯過。

不會吧……葉如濛一聽，臉更苦了，連忙起身抓起盆裡的冰塊塞入口中，「喀嚓喀嚓」嚼起來，就著眼淚吞嚥下去。

祝融一怔，呆呆看了她一會兒，才憋出一句話。「妳口渴？」

葉如濛滿口冰涼，哀悽道：「要全部吃完嗎？」這冰塊好冰啊！

祝融張了張唇，竟無話可說，只能拿過小盆，放到自己身旁。這丫頭，他有讓她吃冰塊嗎？

見他將冰塊收起，葉如濛這才委屈地擦了擦唇邊的水。

看見她這模樣，祝融實在不知能說什麼，想了想，打開抽屜，拿出兩碟小糕點。「吃嗎？」他見過別人這麼哄小孩，餵點東西吃就不哭了。

葉如濛看了一眼珍珠地青花瓷圓碟上的乳片糕和綠豆糕，怯怯問道：「吃完，就……就可以走了嗎？」

祝融想了想。「妳吃就是。」頓了頓，又補了句。「能吃就吃。」話說完，他覺得好似有些不對勁，但還沒來得及想清楚，葉如濛已迅速抓起乳片糕往口中塞，乳片糕香甜軟糯，她沒心情品味，只急著往喉嚨裡吞。乳片糕吃得見底後，她又抓起綠豆糕，綠豆糕沁涼舒爽，入口即化，只是……有點乾。

祝融盯著她，腦中充滿疑問，她很餓？

葉如濛塞了滿滿一口，發現吞不下去，就這麼卡在喉嚨裡，不上不下，一下子，臉憋得通紅。

祝融也看出來了，上前一步，正欲伸出手在她背心敲一下，或許是他抬手的動作驚擾了她，葉如濛急了，喉間一嗆，「噗」的一聲，黏膩的綠豆糕從口中噴出……

在暈死過去之前，她看見的最後一個畫面，便是容世子滿面綠豆糕渣，目瞪口呆地看著她！

當時她腦海中只有一個念頭：死定了，死定了，不知道能不能留個全屍。爹娘，請恕孩兒不孝啊……

葉如濛醒來時，人已在臨淵寺的廂房中。

她一摸自己，沒斷手也沒斷腳，身上一點傷都沒有，怎麼回事，她又重生了嗎？容世子沒有殺了她？若她沒記錯，容世子的潔癖是到了近乎喪心病狂的地步，那現在是什麼情況？

「四小姐，您醒了！」香北捧著一個素面銅盆走進來。

「剛剛怎麼了？發生什麼事了？」葉如濛彷彿失憶一般。

「奴婢不知，您入了容世子的轎子，到山頂後，容世子就出來了，然後……青時大人說您中暑暈倒在裡面了。」

「那、那容世子……他的臉怎麼樣？」葉如濛急切問道，綠豆渣還在嗎？

香北想了想，有些臉紅。「真俊。」

「不是！乾淨嗎？」

香北又想了想。「奴婢只偷偷看了一眼，白淨得很呢！」

「他生氣嗎？」

「沒有……吧？」容世子的臉向來都是那模樣，冷冰冰的，只怕生氣了也看不出來。見葉如濛蹙著眉，香北忙安慰道：「四小姐您放心吧，沒有人看見，我們把您送到廂房之後，老夫人和三小姐她們才剛到呢！青時大人吩咐了，我們不會亂說的。小姐您歇一會兒，老夫人她們在大悲殿還願，待會兒就可以用齋飯了。」

葉如濛自是不敢耽擱，連忙去了大悲殿。

一行人用完齋飯後，在長廊裡散了一會兒步，老夫人因為天氣有些酷熱，便先回屋休息了，柳姨娘拉著季氏去拜送子觀音，季氏這個年紀自然不好意思去求子，只當是幫著嫁出去的兩個女兒求了。柳姨娘心急，每次來都會拜送子觀音。想想也是如此，他們七房兩年內連生五個女兒，然後一個個都沒了聲響，若她肚子能爭氣些，生個兒子出來，府中的人還不把這唯一的男丁當成寶？

葉如濛偷偷瞄了一眼葉如瑤，見她正拿著真絲繡牡丹帕子輕輕擦著鼻側的汗，顯然是天氣太熱，她人也有些煩躁。葉如濛見狀，悄悄往後退了退，免得葉如瑤注意到她，又拿她來撒氣。

這時，葉如蓉突然湊過來，低聲溫和道：「四姊姊，要不我陪妳回房休息一下吧？」剛剛一到寺廟門口，她就聽說她中暑暈倒了，已被送進廂房休息，心下不禁奇怪，她不是後面才上轎子的嗎？怎麼反而走在她們前頭了？

「嗯。」葉如濛揉了揉太陽穴，低聲道：「這天氣實在是悶熱，有些受不了。」她得趕緊開溜。

葉如瑤聞言，冷冷瞥了她一眼，面上有些不快。前幾日大伯不知發什麼瘋，居然回府了，不知和祖母說了什麼，只知道出來時兩人像是哭過的樣子，祖母還留他下來用飯。那一晚，她爹娘還因這事吵了起來，她尋思著，該不會這一家子日子過得太寒磣，想回來奪她爹爹的位置吧？

想到這，她看向葉如濛的眼神又不耐煩了幾分，她就是討厭她！一見到她就覺得心煩，她才是這府中唯一的嫡女！

葉如濛察覺到她的目光，直直地看回去，葉如瑤突然心虛地別開眼，可立刻便覺得不對勁，她心虛什麼？她立刻瞪回去，可是葉如濛卻已經移開眼，和葉如蓉輕聲說笑起來。

葉如瑤忍不住氣，正要上前數落葉如濛幾句，讓心裡舒服一些。這時，一名丫鬟忽然走過來，在她耳旁輕聲說了幾句，她一聽，登時面上一喜，也沒心思找麻煩了，得意地掃視眾人一眼，愉悅道：「好妹妹們，我有事得先走了，妳們小心點，可別中暑了。」說著瞥了葉如濛一眼，帶著丫鬟施施然離開了，今日算她運氣好！

「三姊姊是怎麼了？」說話的是府裡的七小姐葉如巧，葉如巧今年十三歲，生得一雙單鳳眼，眼角微微有點上揚，嘴邊一顆美人痣，模樣生得不差，嘴皮子也是個伶俐的。

「三姊姊能有什麼事，肯定是和容世子相關，或許是容世子也來臨淵寺了呢！」答她話的是八小姐葉如漫，葉如漫模樣生得精緻，與葉如瑤有幾分相似，只是兩人的關係並不好。兩人的母親雖是姊妹，卻是嫡、庶有別，出閣後又共事一夫，難免爭寵，連帶兩人的女兒也是相看兩相厭。

聽了葉如漫的話，葉如巧頓時眼睛一亮。「容世子也來了？」

「來了也輪不到妳和他說話呀！」葉如漫懶懶道，她雖是庶女，可是柳姨娘頗為受寵，生怕女兒比不上葉如瑤，樣樣都給她矜貴的，便將她的性子養得有些嬌氣。

葉如巧被她這一嗆，訕訕笑了幾聲。「八妹妹說得是。」心中卻是腹誹：我說不上話，妳就能說得上？

葉如漫冷瞥她一下，又朝葉如蓉她們看了一眼。「天氣熱得很，我回房休息了，姊姊們自便吧！」

「嗯。」葉如巧笑著應了一聲，心中巴不得她快點走，免得礙她的眼。

「好。」葉如蓉淺笑道：「這麼熱的天，妹妹記得多喝點水。」

「嗯。」葉如漫應了葉如蓉一聲，那麼多姊姊中，就這個五姊姊還過得去，說話得體些，不像七姊姊葉如巧那樣整日仗著小聰明胡拍馬屁，也不像六姊姊葉如思笨得要死。

葉如漫走後，葉如巧心情愉快多了，拉著葉如蓉道：「五姊姊，我們去逛一逛吧！」

葉如蓉有些為難道：「可是四姊姊身子好像不太舒服，我想先陪她回房呢！」

葉如巧聞言，皺了皺眉，又看向一旁縮著脖子的葉如思。「六姊姊妳去不去啊？」

葉如思聞言吃了一驚，忙怯怯地點了點頭，心中有些歡喜。平日裡，她那些姊妹們都嫌她笨，只有五姊姊葉如蓉才會搭理她。

葉如巧看她這副小家子氣的模樣，心中有些得意洋洋又有些瞧不起她，看她這沒出息的樣子，說她是葉國公府的小姐她還覺得丟人呢！不過和她走在一起，倒襯得自己落落大方起來，這麼一想，倒也不錯。

「蓉蓉，要不妳也和七妹妹她們一起去逛吧！」葉如濛開口道：「我有些睏了，想回去睡個午覺。」如果可以，她不想對著虛偽的葉如蓉。

葉如蓉還沒答話，葉如巧便搶著道：「五姊姊，我們走吧！我聽說今日解籤的是無為大師呢！」說著又靠近她小小聲道：「聽說解姻緣籤可靈了。」

這話說得葉如蓉臉有些微紅，葉如濛也聽到了，笑道：「妳們去便是，我不過是回去睡個午覺，難不成蓉蓉妳還守在我床邊不成？等我睡醒了，便去找妳們。」

「可是姊姊妳……」葉如蓉仍有些猶豫。

「哎呀！」葉如巧連忙道：「要不六姊姊妳陪四姊姊回去吧？我看六姊姊妳臉色好像不大好，也去休息一下吧！」有了葉如蓉陪，她就不想要葉如思了，葉如思這人笨得很，說話還結結巴巴，帶她出去確實丟人些。

聽她這麼一說，葉如思微微垂下臉，面色有些失落，低聲應下。「好。」

「那就這麼說定了！」葉如巧笑道，拉起葉如蓉的手便走。

「那……」葉如蓉忙回過頭來。「等一下我和七妹妹回來找妳們。」

「行了，妳就去吧！」葉如濛笑道。

兩人走後，就剩下她們姊妹倆，葉如思有些拘謹，縮手縮腳的，也不敢抬頭看葉如濛。

葉如濛面色柔和。「六妹妹，我們走吧！」

葉如思抬起頭看了她一眼，有些不好意思地點點頭。其實四姊姊人很不錯，不過兩人平日很少接觸，不免有些疏遠。

「我聽二嬸說，妳茶煮得很好。」葉如濛笑道。

「啊？」葉如思一時間有些臉紅，小聲道：「哪有，就……就會煮一點，沒有二嬸說的那麼厲害。」

「如果六妹妹不介意，不如等一下教我煮茶？我爹爹經常嫌我煮的茶不好喝呢！」

葉如思臉更紅了，有些結巴道：「不……不用教，我不會教。如果四姊姊不嫌棄，我、我煮給妳吃。」

葉如濛笑咪咪的。「那就謝謝六妹妹了。其實六妹妹不用那麼怕我，我又不是老虎，不會吃人。」

聽她這麼一說，葉如思有些靦覥地笑了笑。

葉如濛見她笑了，終於放鬆下來。重來一世，她才看清，府中唯一視她為姊妹的只有六妹妹；其實六妹妹不笨，就是心思單純一些，一緊張起來說話就會結巴，而且走路老愛低著頭，便顯得人有些蔫蔫的。

前世她被趕出府後才看清葉如蓉的真面目，葉如蓉也乾脆和她撕破臉，那個時候，唯一真心對待她的，便只有這個六妹妹了。

那時葉如思已經出閣兩、三年了，每月初一、十五，都會藉著來靜華庵禮佛探望她，不時帶一些吃的、用的，又十分謹慎小心，生怕自己的一舉一動讓她心裡不舒服。六妹妹心思細膩，在桂嬤嬤生病的時候，甚至還給了她一筆銀子，怕她不肯要，便偷偷藏在送來的當歸裡。

只是，葉如濛不免有些惋惜，前世六妹妹嫁得並不好，她嫁給丞相家的嫡長子賀爾俊為妾，這個賀爾俊據說不學無術，還有些風流。直到她死前兩個月，就沒再見過葉如思了，桂嬤嬤一打探，才知道她摔了一跤小產了，聽說身子虧損得厲害，只怕再也不能生育了。

所謂患難見真情，想起前世種種，葉如濛輕輕嘆了口氣。葉如思悄悄抬頭看她一眼，見她看過來，又連忙低下頭，好像被人抓到做壞事一樣。

葉如濛淺淺一笑，這輩子，她不會再眼睜睜地看著這個好妹妹嫁錯人，她一定要想辦法給她尋一門好親事，找到一個能對她好、懂得珍惜她的人。

葉如濛唇角彎彎，放慢腳步，挽上葉如思的手臂，葉如思有些受寵若驚，頭垂得更低了，兩人攜手走回廂房。

臨淵寺小乘殿後，有一處閒人勿近的秘境，偌大的園子裡長著幾株百年老榕樹，冠幅極大，枝葉相連，環抱圍成一圈。樹頂上空豔陽高照，可是猛烈的陽光一照在榕樹上，就像被密密麻麻的榕葉吸收了一般，沒有一絲光線透入其中。

樹底下，像是一個天然的樹洞，蔭涼一片，微風徐徐，最大的榕樹下，有一張前朝遺留至今的蓮花瓣獸頭腿青石桌，桌身厚實大氣，桌角邊緣已被磨得十分圓滑。

石桌兩端，兩名雍容華貴的男子正在對弈，執白子的男子穿著雪色金邊白綢深衣，玉冠束髮，目若朗星，此時劍眉微蹙，盯著險象環生的棋局；坐在他對面執黑子的男子一襲月白色墨邊直裰，腰間繫著一條羊脂玉蟠螭帶鉤，容顏俊美，驚為天人，一雙狹眸深如幽潭，薄唇如刻，不點而紅。

執黑子的男子，正是容世子祝融，坐在他對面舉止落落大方的年輕男子，正是當今的太子殿下——祝司恪。

祝司恪落下一子後，祝融沈吟片刻，兩根修長的手指輕輕挾起一顆黑曜圓子，緩緩落在琉璃棋盤上，祝司恪一怔，隨即嘆了一口氣。

祝融淡淡道：「思慮不周，一子錯，滿盤輸。」

祝司恪聳聳肩，一下便釋然了，笑道：「好吧，願賭服輸，你要我做什麼？」祝司恪面容端正，五官俊俏，笑起來一臉陽光，任誰也想不到他是自小在險惡宮闈中長大的太子。

祝融頓了頓，抬眸看他。「挨上一刀，如何？」

此言一出，祝司恪的笑登時僵在臉上。「你是說真的？」可是一問出口，他便知道答案，當然是真的，這個悶葫蘆從來不開玩笑。

「嗯。」祝融倒是難得耐心地答了，若是往常，只會斜視他一眼。

「哪裡？」祝司恪直截了當問道，兩人自小一同長大，不僅相當有默契，也極度信任彼此，因此他第一個問題不是問祝融為什麼要這樣做，而是問自己哪裡得挨上一刀。

祝融向來謹慎周全，若無全盤的計畫，不會提出這樣魯莽的要求。

只見祝融銳利的目光掃視他身上一圈，這一刻，祝司恪不禁覺得自己有如砧板上的一塊肉，被祝融的目光像刀子一樣來回刮著，秤量著該從哪裡下手好。

一會兒後，祝融聲音低沈地開口。「除了四肢。」

除了四肢，那不是前胸就是後背了，總不可能是臉吧！祝司恪認了。「那就背部一刀吧，跟我說說什麼情況？」要他堂堂太子挨上一刀，總得讓他「死」得明白吧！

祝融唇角微微一彎，一隻手撐在冰涼的石桌上，向前傾了傾身子。祝司恪也湊上前去，兩人悄聲細語一陣，祝司恪劍眉緊皺，而後將棋盤拉過來，打亂了上面的布局，兩人黑子、白子換了幾換，最後祝融將滿盤棋子乾脆俐落地掃落在石桌上，獨留一顆黑子。

祝司恪仍是蹙著眉，想了好一會兒，開口道：「行！就按你說的做！」

祝融沒有說話，一切已在他意料之中。

祝司恪自然知道，他既敢提，便是胸有成竹，又問道：「那你準備找誰下手？」

嘖嘖，聽聽他在問什麼，居然在問這人準備派誰來刺殺他，這個險，真心冒得有些大，若被父皇發現了，肯定龍顏大怒，甚至氣到廢儲都有可能；又或者，那刺客手一抖，說不定他命就沒了。

祝融沒有回答，只沈聲警告。「時候到了你就知道了，切記，此事絕不可外洩，尤其是你身邊的段恒。」

段恒是祝司恪的貼身暗衛，武功高強、行事俐落，多次在緊要關頭救了祝司恪的命，甚至還幫他擋過毒箭，因此深得祝司恪信任；原本他也不曾懷疑段恒，可是……現在他已知道，段恒原來一直是二皇子的人，這人，藏得太深。

這是祝融前世難得懊悔的幾件事之一，就因他看走了眼，最後害死了青時。

那時，雙方激戰後，段恒已受重傷，而他險些落崖。青時為了救他，一隻手拉著他，另一隻手則緊緊攀在懸崖邊的石塊上，不料段恒竟強撐著最後一口氣緩緩爬了過來，掏出刀子一把刺向青時的手！

青時並未鬆手，就在快支撐不住的最後一刻用盡全身的力量，一把將底下的他甩上崖，自己則氣力用盡，墜入深淵，屍骨無存……

祝司恪摸摸鼻子，祝融不知在想什麼，眼神像狼一樣可怕。他正想開口，這時一直守在外面的青時走了進來，來到祝融耳旁低聲道：「主子，葉國公府七房柳若是懷孕了。」柳若是，正是葉如濛的七嬸，葉如瑤的親娘。

祝融「噗哧」一聲，淡淡道了一句。「倒是有趣。」

「她似乎不想要這個孩子，讓柳若琛幫她保密。」青時繼續道，柳若琛是柳若是的弟弟，也是太醫院的御醫。

「哦？」因為青時並無迴避，祝司恪也聽到了，湊了過來。這就奇怪了，若他沒記錯，葉國公膝下有五女，卻無一子，柳若是身為正妻，為何懷上了反而……

祝融淡淡道：「不是葉長澤的，自然不敢要了。」這事沒幾人知道，偏偏，他正是少數知情的人之一。

葉長澤，便是葉如濛的七叔，如今葉國公府的當家。

前世他身為丞相，不少官場秘聞自會有人向他回報。

記得那時大理寺破了一宗大案，受審期間那名死刑犯供出了一個秘密，原來十幾年前他曾是葉長澤的同僚，因故和葉長澤有了過節，懷恨在心，偷偷在他茶水中下了祖傳的絕子丹，導致葉長澤失去傳宗接代的能力。

偏偏此時葉長澤有一名小妾懷了身孕，原是喜事一樁，卻在大理寺的消息流出後引發軒然大波，葉長澤渾然不知自己中了暗算，本還期待這回能夠一舉得子，不料卻是雙重打擊，空歡喜一場。果然沒多久，那小妾便被動私刑處死了。

他還記得，那名紅杏出牆的小妾就是柳若是的庶妹柳若月……

「有幾個月了？」祝融問道。

「一月有餘。」

算算時間，柳若是肚裡的孩子自然不是葉國公的種，時間對不上，所以不敢留。看來柳家這對姊妹不是省油的燈，竟然先後給葉國公戴了綠帽子……

「讓她順利生子。」祝融淡淡吩咐道。

「是。」青時面不改色應下，退了下去。這還不簡單，將落胎藥換成安胎藥，再讓葉國公今夜去她那兒躺一躺便是。

祝司恪摸了摸下巴，審視著祝融，見他面容淡定，終於忍不住問道：「你要對付葉國公府？」葉國公府與他們並無直接的利益衝突，而且京城中的人都知道他寵葉如瑤，對葉國公府也是愛屋及烏，怎麼如今看著不大對？

祝融也不瞞他。「不是對付葉國公府，而是對付葉國公府的七房。」

「這是為什麼？」祝司恪更不明白了。「葉如瑤可是你的救命恩人。」

別人不知道他為什麼寵葉如瑤，他卻是知道的。

葉如瑤是葉國公府七房的嫡女，外人只道她美若天仙，才叫容世子看上了，可是祝融結識葉如瑤時，她不過才六歲；而且，若要說美人，祝融認第二，京城中還真沒人敢認第一，祝融是美得不分男女了，當然，這話他只敢在心中想想，斷不敢說出口。

祝融沈默了一會兒，才低聲道：「不是她。」

「不是她？」祝司恪聞言吃了一驚。「你認錯人了？」

「她冒名頂替。」祝融淡淡說了一句。

「嘖嘖嘖！這究竟是怎麼回事？」這葉如瑤也值了，讓這麼一個冷漠的人費心寵了她整整八年，萬事都依著她，得到的好處可不少，祝司恪頓時來了興致。

記得當時找到葉如瑤後，還是他隨祝融一起去見的——

「是妳救了我嗎？」少年祝融唇紅齒白，眉色柔和地看著眼前的小姑娘，因為雪盲未癒，一雙好看的鳳眼還有些紅腫。

葉如瑤那年不過六歲，生得粉妝玉琢，看見他這俊美的模樣，竟也看得有些呆了，好一會兒才反應過來，點了點頭。

他垂下眼睫，瞇起眼。「以後，誰都不能欺負妳。」

這是一個十歲少年的承諾，他也確實做到了，任她如何驕縱任性，他一概包容，祝司恪感慨道：「真是難為你了，明明不喜歡她，偏偏得寵著她，這下可好，結果鬧到今日才發現所認非人，枉費了你的苦苦相思。」

他這話說得不倫不類，聽得祝融冷瞥他一眼。

確實，他錯了，錯得離譜，前世一心報答葉如瑤的救命之恩，他甚至答應了她最後一個條件——請求已登基的祝司恪封她為皇貴妃，僅次於皇后之位，給她一生享不盡的榮華富貴。

此事祝司恪自是不肯，葉如瑤模樣雖然生得極美，但性子驕縱無比，他可吃不消。

「她風姿絕美，而且身分適合，對鞏固你的地位有幫助。」他說這話的時候，一如既往的面無表情。

祝司恪卻有些憤然。「你不肯娶她，便讓朕來娶她？你是覺得，朕已經娶了這麼多不喜歡的女人，多娶一個也無所謂嗎？朕把你當兄弟，你把朕當什麼了！」他氣得當場奪門而出。

可是第二日，他卻下旨，如了他的意，封葉如瑤為瑤貴妃，畢竟他兩人自小一塊兒長大，他信任祝融；只是最後，葉如瑤擁有的也僅僅是在後宮中一人之下、萬人之上的位置罷了，他從未寵幸過她……

「當年究竟是誰救了你？」祝司恪很好奇。

祝融沒說話。

「所以你找到正牌恩人了？」祝司恪又八卦追問道，他長祝融兩歲，今年剛及冠，平日在外人面前是一本正經、沈著穩重的模樣，可是私下，卻愛對著祝融嬉皮笑臉。

祝融還是不說話，祝司恪立刻湊過來，笑嘻嘻道：「一定是找到了。怎樣？讓你苦苦相思多年的小仙女到底是誰？當年恩人留下的那件斗篷不是葉如瑤的嗎？」祝司恪聒噪地問個不停，一隻手搭在祝融肩上，全天下大概只有他能這樣碰祝融，他們可是好哥兒們。

「你再多說一個字，等一下你的刀傷便會多深一釐、多長一寸。」祝融冷道。

祝司恪連忙住口，收回手。「等一下你不會親自出手吧？」

祝融沒答話。

祝司恪連連搖頭。「你真狠心，居然對我也下得了手？要是換成我，我可連你一根手指頭都捨不得傷。」玩笑開完，他隨即正色道：「不過，就因為葉如瑤的欺騙，你要對付她一家人，你得想清楚了，有必要這麼做嗎？不過一個小姑娘，暗中出手解決掉便是，做得乾淨，此事與你無關，葉國公府和鎮公國府也動不了你。」

想了想，祝融大費周章去折騰葉長澤一房實在不妥，要知道，葉國公府好收拾，但柳若是的娘家鎮國公府卻不好對付。

鎮國公生有兩個嫡子、三個嫡女，長子柳若榮乃鎮國將軍，官至正二品，在邊疆戍守十餘年，嫡、庶共生有四子，均是從軍；長女柳若眉多年前便入宮，雖無所出，卻是四妃之一；次女柳若詩，嫁給逍遙侯為妻，生有一子；三女便是柳若是，葉如瑤的生母；嫡次子柳若琛是年紀最小的，在太醫院就職，官拜從五品，今年已有二十八歲，成親多年仍無所出，傳聞是……不喜女子。

葉如瑤不僅在葉國公府集萬千寵愛於一身，在鎮國公府更是如此。上面有五個表哥，外加一個當鎮國將軍的舅舅，還有一個位列四妃的姨母，真沒那麼容易對付。而且，她多年來一直有祝融寵著，平日在京城甚是招搖，連郡主看見她都要給她幾分面子；如今祝融說翻臉就翻臉，恐怕朝廷派系勢力也會因此變動，會讓他決意出手，只怕另有隱情。

祝司恪試探道：「一個六歲的小姑娘撒謊臉不紅、心不跳，連你都能騙過，確實也不是什麼好姑娘；不過，你真的想對她動手？」

祝融沒答話。

祝司恪輕輕嘆了一聲。「鎮國將軍大權在握，連父皇都忌憚他幾分，你若是要動他的妹妹和外甥女，最好留些情面。」

「我自有分寸。」柳若榮一家戍守邊疆十餘年，沒有功勞也有苦勞，而且他驍勇善戰、赤膽忠心，四個兒子也是不可多得的人才，這樣一個人，他拉攏都來不及。

「好吧，你想怎麼做就怎麼做。」見他不肯細說，祝司恪也不勉強。「若有需要，我可以借你人。」

祝融輕輕「嗯」了一聲。那日夜探葉如濛時聽到的話，證實了他心中所想，前世的錯誤，今世必不能重蹈覆轍。柳家是除了他之外葉如瑤最大的靠山，只有柳家倒了，葉如瑤才會真正的一無所有；可是柳家這棵老樹盤根極穩，柳若棠是動不得的，至於柳若眉，若能在宮中好好當她的柳淑妃，他也不會對她出手。

祝司恪用手肘撞了一下祝融的胸口。「你等一下下手輕些，不要讓我傷得太慘烈，那把劍可要鋒利些，鈍了容易留疤呀！」

此時，葉如濛沒有午休，在寺內另一頭的廂房裡與葉如思煮了好一會兒茶，直飄得滿室茶香，喝完茶後，葉如濛拉著葉如思去前殿拜觀音。這會兒去，正好避開葉如蓉她們。

葉如濛誠心誠意拜了觀音，希望菩薩保佑爹娘平平安安，生出來的弟弟、妹妹健健康康，也希望自己能一切順順利利；還有，葉如瑤怕什麼來什麼，想什麼沒什麼。嗯……然後，容世子早點倒臺，最好淪落當乞丐，或者聖上嫌棄他功高震主，一言不合就將他給「喀嚓」了！阿彌陀佛，若這兩個人能有報應，她寧願減壽二十年。

兩人拜完觀音後，葉如思看見紅豔豔的姻緣樹，忍不住腳步慢下來，略有踟躕。葉如濛看見她這模樣，忍不住掩嘴笑，哪個少女不懷春呢？她讓兩人的婢女留在門口守著，笑著將葉如思拉入月老殿，往她懷中塞了一個竹籤筒。

葉如思紅著臉接過去，卻不好意思搖，小聲道：「四姊姊也求一支？」

葉如濛一怔，她倒沒想過給自己求姻緣，不過若她不求，只怕葉如思也不好意思搖籤，便笑咪咪地答應了。

兩人跪在柔軟的拜墊上，手捧籤筒，閉目默唸，葉如濛覺得自己大腦一片空白，也不知自己在想什麼，是希望自己能有一段好姻緣，還是真如前世般……伴青燈古佛？她還未細想，便搖了一支籤出來。

她一愣，連忙拾起來，見葉如思也從地上拾起一支，探頭去看，葉如思卻害羞地將竹籤貼在胸前。

兩人含笑來到解籤臺。

今日解籤的和尚正是無為大師，無為大師生得一張圓臉，留著約一寸長的白鬍子，長眉慧目，聽聞他一月只在解籤臺坐鎮一日，哪一日還不固定，能遇到便是緣分。

姊妹倆互讓一下，葉如濛身為姊姊，便先落坐，將籤遞給了無為大師。

她求的是一支上籤：風弄竹聲，只道金珮響；月移花影，疑是玉人來。

無為大師過目後，眉開眼笑道：「花前月下，雞犬相聞，月老相送，好事將近。」

葉如濛一聽，微微有些臉紅，也不知真的假的呢！解籤的就愛挑好聽的說，可是誰不愛聽好聽的話呢，便略羞澀地笑道：「多謝大師。」

無為大師面目和善。「施主求得此籤，目前福緣極佳，不妨多留意身邊出現的緣分，月老賜予良緣，或許遠在天邊，近在眼前。」

葉如濛聽得都不好意思了，連忙將身後的葉如思拉過來。

葉如思求到的是中籤，籤詩曰：山窮水盡疑無路，柳暗花明又一村。

葉如思有些緊張地看著無為大師，無為大師過目後捋了捋白鬍子，解釋道：「已入佳境，必有佳遇。情路雖艱，切莫辭勞，只要心堅，前有歸宿。」

葉如思聽得喜憂參半。「謝謝大師。」

無為大師微笑道：「求得此籤目前福緣平平，先難後易，心堅可成，多種福田可得奇緣。」

葉如思這才淺淺一笑。「謝大師指點。」

姊妹兩人帶著婢女們前腳剛走，祝融後腳便出現在月老殿，眼看四下無人，心一動，從籤筒中抽了一支籤出來，一見目光便柔和下來，他抽中了一支上上籤：關關雎鳩，在河之洲，窈窕淑女，君子好逑。

他唇角含笑，正欲將籤放回籤筒，卻聽到背後傳來無為大師的聲音。「既然有緣，何不讓貧僧解上一籤？」

祝融動作一滯，轉過身來，施了一禮。「無為大師。」無為與他父王也是舊識。

無為一見，當初的少年郎面目俊美更甚從前，丰姿遠勝容王爺，心中暗嘆，溫和施了一佛禮。「施主有禮了。」

祝融微垂目，知這無為也不是個話多的，便將籤遞了過去。

無為垂目一見，面容帶笑。「春木宿鳥，正好追求，男婚女嫁，月老牽成。」

祝融眼眸一動，沒有說話。

無為笑道：「此籤目前福緣俱足，缺的只是追求的勇氣。」

祝融唇角一動。「問緣分呢？」

「難得之良緣。」

「姻緣呢？」

無為一怔，笑道：「白頭偕老。」

「謝了。」祝融將籤投回籤筒，轉身離開。他居然也像婦人一樣來求籤，若是讓祝司恪知道了，只怕能讓他笑上幾年。

葉如濛解完籤後，見還有時間，便拉著葉如思去碧玉荷塘走走，碧玉荷塘在大悲殿後，葉如思不敢去。「四姊姊，那裡太偏僻了，我們不要去吧？」她來過這麼多次臨淵寺，還沒去過大悲殿後面呢！

葉如濛聽了她這話，笑道：「妳怕什麼？再偏僻還不是在臨淵寺裡，難不成還有登徒子？夏日荷花開得正好，可不能錯過了。」

葉如思猶豫一下，又看身後還跟有四個丫鬟，便跟著她去了。

一行人走在約莫三公尺寬的石子路上，這裡是臨淵寺的後院菜地，種了不少瓜果、蔬菜，葉如濛左手邊便是一大片瓜田，上面綠油油的西瓜碩大，看來今年的收成不錯。

正走著，忽見迎面走來幾位年輕公子，當下覺得有些尷尬，兩人連忙低下頭，本想從他們身旁快步經過，誰知其中一位突然喚住她們。「葉六小姐？」

葉如思當即一頓，葉如濛抬頭，見喚住她六妹的是一個身穿松花色錦袍的華衣公子，手執一把花鳥黃竹摺扇，眉目間略顯風流，嘴唇略厚，鷹鈎鼻，一副紈袴子弟的模樣。

葉如思一見，連忙行了個禮。「見過賀公子。」

「哈哈。」這位賀公子朗聲一笑。「一陣子不見，葉六小姐出落得越發水靈了。」

若是長輩這般誇獎倒無不可，可他身為一個年輕公子，話說得油腔滑調的，擺明就是調戲，葉如思羞得滿臉通紅，葉如濛當下也沈了臉。

這時，他身旁另一個穿雪青色直裰的男子開口淺笑道：「賀兄，你此話失禮了，還不快向葉六小姐賠個不是。」說話的男子年約十六、七歲，眉目如畫，唇紅齒白，模樣生得很是俊美，只是缺少幾分陽剛之氣。

賀公子聽後哈哈大笑，忙做了個拱手禮。「是、是，宋弟說得是，是在下失禮了，還望葉六小姐莫在意。」

「小女子不敢。」葉如思頭垂得更低了，只想快點離開。

「喲，這位小姐是？」賀公子收起摺扇，用扇頭指了指葉如濛，這小姐模樣生得精緻，倒是面生得很呀！

葉如思低聲道：「這、這是我四姊姊。」

「四姊姊？」賀公子仔細想了想，又恍然大悟道：「哦，就是住府外的那一位。」

葉如濛忍不住瞪他一眼，想拉著葉如思離開，可這人卻擋住了她們的路，難不成為了避他還得從瓜地裡繞道走了？

就在葉如濛猶豫時，賀公子身後一位身穿青竹色儒衣的年輕男子走上前來，輕聲道：「大哥，莫讓表弟他們久等了，我們還是快些走吧！」青衣男子語氣恭敬，不卑不亢。

那賀公子聽了，不屑地瞧了他一眼，冷哼一聲。

身旁的宋公子一見，開口解圍道：「知君說得是，賀兄，我們快走吧！」說著拍了拍他的肩膀，賀公子這才懶洋洋地朝葉如思她們拱了拱手。

「兩位小姐慢慢逛，賀某先走了。」說罷，便和身旁的宋公子大搖大擺離開了，連同身後的小廝，也快步跟了上去，獨留剛剛說話的青衣男子。

青衣男子體型清瘦，生得眉清目秀，略白的膚色此刻有些脹紅，對葉如思兩人垂首拱手道：「葉六小姐……實在對不起。」言畢便匆匆跟了上去。

他們一走，葉如濛便忍不住壓低聲啐道：「這都什麼人呀！金玉其外，敗絮其中！」

「四姊姊，小聲點，剛剛那位賀公子是丞相家的大公子。」葉如思小聲道。

「什麼？賀爾俊！」葉如濛聞言頓時吃了一驚，剛剛那個孟浪之人便是前世納了葉如思的混帳？

「四姊姊，小聲點！」葉如思連忙拉了拉她的袖子。

葉如濛仍有些咋舌。「他不會喜歡妳吧？」賀爾俊看起來便是一副風流浪蕩的模樣，娶妻他或許自己作不了主，但是納妾的話，定然是會納自己喜歡的姑娘；可是……怎麼看都感覺他喜歡的不是六妹妹這樣的姑娘呀！

「才不是！」葉如思一聽急了。「他喜歡的是……」察覺到自己差點說溜了嘴，她急急忙掩住嘴巴。

「他喜歡誰？」葉如濛一聽，眸色頓時深了深。

葉如思咬唇，不說話了。

「哎呀好妹妹，妳告訴我嘛！」葉如濛笑嘻嘻地挽起她的手臂，悄聲在她耳旁道：「我保證不會說出去。」

「我……」葉如思咬唇，張了張唇，又不敢說。

「那是……」葉如濛小聲試探道：「三姊姊？」府上模樣生得最好的便是葉如瑤了，可是葉如瑤絕對看不上賀爾俊，而且有容世子在，賀爾俊也不敢打她的主意。或者是……葉如漫？只是這兩人年紀相差有點大，那賀爾俊今年少說也有十七、八歲了，葉如漫今年不過十二歲……「不會是五妹妹吧？」若賀爾俊看上的是她，倒在情理之中。

葉如思一怔，咬唇不說話，而後輕輕一點頭，壓低聲音道：「四姊姊妳別說出去，五姊姊不喜歡他。」

葉如濛想了想，賀爾俊身為丞相家的嫡長子，若喜歡葉如蓉，也不可能娶為正妻，可若是納妾，葉如蓉模樣生得乖巧，才華也比一般小姐好，給他作妾似乎又委屈幾分。不說別的，葉如蓉自己也斷是不願意的，只是聽聞賀爾俊的母親丞相夫人很寵愛他，若是他軟磨硬泡的話……也不無可能。

可是前世葉如蓉卻沒有入丞相府，當年究竟是什麼情況，才會使得賀爾俊喜歡的明明是葉如蓉，卻納了葉如思？

葉如濛心中忽然閃過一個大膽的想法，只怕葉如思是遭人算計了！確實，讓看起來有些「笨笨」的葉如思去給那賀爾俊作妾，是再適合不過；而且，賀爾俊總不能連納葉國公府兩個庶女作妾吧！

「四姊姊？」見葉如濛沈默不語，葉如思忙道：「妳可千萬別說出去。」

葉如濛連忙笑道：「放心，我一定會保密。」這個六妹妹，心思還是很單純，兩、三句話便被她給哄著說出來。

「咦？」葉如濛忽然想起來。「剛剛那賀大公子身後跟著的，是他弟弟？」他喚賀爾俊作大哥，剛剛另一個公子叫他知君，那他就是賀知君了？

葉如思微微紅了臉。「嗯，是賀二公子。」

葉如濛見葉如思臉紅，眼裡頓時有了幾分笑意，莫不是……想到這，她故作不經意地開口。「這賀二公子，似乎比賀大公子好一些。」

葉如思頭低了低，臉更紅了，輕輕「嗯」了一聲。

「嗯？」葉如濛裝作沒聽到。「六妹妹覺得呢？」

葉如思臉紅得像個蘋果似的。「是……是好一些。」

「哦？六妹妹怎麼會這麼覺得？」葉如濛笑問。

葉如思聽見她聲音帶笑，這才知道葉如濛是在逗她，一下子臉羞得通紅，連忙低頭朝前小跑了幾步。

「六妹妹……」葉如濛笑著追上去。

「四姊姊，妳別、別亂說……」葉如思不敢看她，低低道：「賀二公子是個好人。」

「哦？此話怎講？」葉如濛這會兒神色倒是認真起來。

「他……那賀大公子是無禮的，可若是賀二公子在，他都會幫我們姑娘家解圍。」生怕葉如濛不信，她又連忙補了句。「對誰家姑娘都一樣，他是有禮的人。」

「哦！」葉如濛拖長了音，葉如思頭都快低到地上了，葉如濛知她臉皮薄得緊，也不好再戲弄她，便將話題一轉。「快到碧玉荷塘了。」

葉如思聽她這麼說，才如蒙大赦，悄悄拿起帕子擦了擦額上的汗，若是四姊姊再問下去，她都要急哭了。

葉如濛都看在眼裡，看來自己這個六妹妹似乎對賀知君有幾分意思，但前世卻是嫁給了他的哥哥賀爾俊，也不知那時她心中是多麼地苦悶了。

賀知君倒是有幾分才學，不然怎麼能成為明年的探花郎呢？只可惜是庶出，聽說自小在府中便處處被長兄欺壓，也是，一個資質平庸的嫡長子，遇上一個有才華的庶出弟弟，自然是喜歡不到哪去。

葉如濛眼珠子轉了幾轉，還好他是個庶出的，這事必定可成！

第五章

申時三刻，葉國公府一行女眷都聚在大殿前，準備回府了。

葉如瑤面色有些不佳，她去小乘殿附近找遍了，也沒有見到融哥哥，倒是遇見了融哥哥身邊的隨從墨辰，可是這個墨辰最惹人厭了，問他也不答話，整日冷冰冰的，見了誰都一樣，沒有一副奴才該有的樣子！要是遇到青時就好了，青時就整天笑咪咪地很好說話呢！

明明融哥哥也同在寺中，她卻還沒見到融哥哥就得回去了，不由得有些失落。說來，她也有好一陣子沒見到融哥哥了，上次祖母生辰時，融哥哥也來了，可是不巧，她被一些夫人纏住了，沒有見著他。

一行人辭別了侍客僧，正欲離去，忽然發現寺廟門口守著不少面容嚴謹的侍衛，不讓人出入，便連他們遞出葉國公府的牌子，侍衛也不通融，問發生了什麼事，侍衛均是閉口不言。

沒一會兒寶殿前便聚滿了人，女眷們迫不得已退到廂房內，拖了有一、兩個時辰，廟裡竟湧入大批御林軍開始盤查起來，這才聽說竟是容世子在此遇刺，刺客受了傷逃不遠，所以便緊急封寺盤查。

葉如瑤一聽，當場便哭了，鬧著要去找容世子，所幸讓身邊的丫鬟們給攔了下來，可仍是哭哭啼啼的。

葉如濛按著狂跳的心抿唇不語，這菩薩太靈了吧，不行，等一下她得去還願！

葉老夫人是個明理的人，也不鬧騰，囑咐身邊的人配合御林軍的盤查，等盤查完後，大家已是饑腸轆轆，便去齋堂用齋飯，用完齋飯後，天已經黑了，就算他們這會兒放人，只怕也回不去了，便決定留在寺中過夜。

一行人在回後院的路上，經過前殿，見僧侶們正在準備晚課，季氏停下來，對老夫人道：「母親，兒媳也隨師父們上晚課吧，為容世子祈福。」聽聞容世子傷得很重，幸好寺中的了塵大師岐黃之術了得，將他從鬼門關前救了回來，只是……不知道能不能挨過今夜。

葉如濛聽了，也上前幾步道：「祖母，孫女陪二嬸一起吧！」不過，她不是祈福，她是要祈禱容世子快點翹辮子！只要容世子一死，葉如瑤沒了靠山，就不敢再欺負人了。

「難得妳們兩個有心，去吧，回去的時候記得讓丫鬟和侍衛跟著。」葉老夫人揮了揮手。

葉如瑤因為容世子重傷，晚齋只吃了幾口，如今這會兒臉色也不好，可她寧願回去哭鼻子，也不想跟一群禿子唸經書。葉如思這邊有些躊躇，她原本想和葉如濛一起，但是又有些不好意思，她先前與葉如濛並不相熟，如今不過一起待了半日，一下子親近起來，說是相逢恨晚，顯得有些做作。

葉如濛知她的難處，對她淺淺一笑。葉如思倒有些羞愧起來，在經過她身邊時，小聲囑咐道：「妳要小心些，下課後早些回去。」

「妳放心。」葉如濛微笑道。

葉如蓉回頭看了兩人一眼，留了個心眼，不知這兩人什麼時候關係這麼好了。

鐘聲一響，眾弟子紛紛就位。葉如濛跟著季氏跪在蒲團上，手捧經書，低聲吟誦《愣嚴咒》，吟誦完畢後，又起身三拜，開始在殿內雙手合十圍著巨大的鎏金佛像繞佛，大殿高聳寬廣，寺中參加晚課的弟子有六十餘人，連綿起來，每人相隔間距約兩步，只及大殿的周長十分之一不到，走在前頭的小沙彌敲一聲佛音碗，眾人便吟唱一句阿彌陀佛，因為葉如濛資歷最低，所以便排在最後。

葉如濛雙手合十，認真祈禱。阿彌陀佛，願容世子早登極樂。

繞佛兩圈後，她已經有些走神了，抬頭一看，前面的眾弟子皆是眼觀鼻、鼻觀心，致志唸佛，當她走到佛像後時，忽然從空中落了滴水到她指尖上，她定睛一看，居然是血！一抬頭，便見繡著大悲咒的黃色幢幡裡藏著一個蒙面黑衣人！

黑衣人拉著從幢幡上垂下的繩索，藏身在幢幡裡，頭朝下，一雙冷漠的眼睛直直盯著她。

葉如濛仰著頭，微微張開嘴巴，呆若木雞。

一對上她的眼，黑衣人眸中冰雪化去，伸出食指做了個噤聲的動作。這時，從他身上又落下一滴血來，葉如濛突然反應過來，這個人……是刺殺容世子的刺客！

她大腦一片空白，呆愣一瞬後，當機立斷掏出懷中的帕子蹲下來擦去地上的血漬，又抬頭看一眼刺客，一咬牙，將自己臂上的披帛取下來拋上去，那刺客迅速伸出手接住，雙腳緊緊纏住繩索，用披帛將傷口纏起來。

葉如濛心直跳，不敢再仰頭看他，見已與走在前面的季氏落下一段距離，連忙快步跟上，所幸前面眾人都一心禮佛，沒有人發現她的異樣。

天啊，她在做什麼？竟然這麼魯莽做這種危險的事，發現了刺客，卻沒有揭穿他！剛剛那一瞬，她對上他的眼，猛然意識到他是刺殺容世子的刺客，若得知容世子沒死，很可能會再次行動，她就忍不住幫他。

葉如濛唸得更賣力了，阿彌陀佛，一定要刺殺成功啊！

雖說如此，但想到頂上有個刺客，她便覺得頭皮發麻，好不容易心驚膽戰地誦完晚課後，一出大殿門口，又遇上一列官兵。官兵們要求僧侶脫了僧衣檢查上身，因為刺客有傷在身，很好辨認，其餘女眷可先行離開。葉如濛離開的時候，心都提到嗓子眼了，根本不敢回頭看。

待她回到廂房，已是緊張得汗流浹背。

香北伺候她準備沐浴，忽然開口問道：「四小姐，您的披帛呢？」她記得，今日四小姐圍著一條披帛的。

葉如濛一驚，似才反應過來的樣子。「對耶！好像不見了，妳可曾看見？」

香北搖頭。

葉如濛忙道：「算了。」

沐浴過後，葉如濛穿著淡粉色的中衣坐在床邊，趴在窗臺上靜靜望著窗外的明月。山上一入夜，比山下要涼快許多，涼爽的夜風夾雜著陣陣青草香，沁人心脾，可葉如濛卻愁得睡不著。

她怎麼那麼蠢，居然將自己的披帛給刺客包紮傷口，若是刺客被抓到，那她不就得受他牽連了？

葉如濛這會兒後悔不迭，可是能怎麼辦呢，事情都已經發生，她只能替那刺客祈福，千萬別被人抓到。

今夜便要下暴雨了，也不知這暴雨天，刺客想逃脫是更容易些還是困難些。

葉如濛嘆口氣，關緊門窗，躺下準備睡覺。她有點怕打雷，娘就好了，今晚有爹陪著，不知道爹爹有沒有把院子裡的花草都打點好？前世下完這場暴雨，第二日醒來庭院中一片蕭條敗落，像颳過颱風似的，沒有留下一棵完整的花草，連葡萄架都倒了，葡萄被打得滿地都是，現在想起來也覺得可惜。

想到這，葉如濛又抱緊懷中的被子，就在此時，窗外突然傳來「叩叩」兩聲，葉如濛剛閉上的眼猛然睜開，整個人打了個激靈坐起來。

她還沒反應過來，窗梢便被人用小刀頂開，窗子一打開，迅速躍進一個黑衣人，黑衣人身手敏捷，落地無聲。

「你……」葉如濛手指著他，驚訝得說不出話來。

「噓。」黑衣人依舊蒙著臉，做了個噤聲的動作。

「你、你想幹麼？」葉如濛不敢叫，連忙抱著被子躲到床角。

「妳為什麼幫我？」黑衣人壓低聲音問道。

「什麼？」葉如濛瞪大眼睛看著他，他來，該不會只為了問這個吧？不可能，他肯定是想殺人滅口！

他不說話，一雙如墨的眼睛盯著她，亟欲確認她是不是認出他來了？見她呆愣著不說話，他低聲道：「妳說不說，不說我就喊人了。」

「別、別！」葉如濛有些懵了，不過，好像有什麼不對勁的地方？

「三……」他開始倒數。

「我說、我說！」葉如濛連忙攔住他，可是一尋思……「不對！怎麼會是你叫？我告訴你，你最好快走，再不出去我就叫人啦！」

他不疾不徐，指了指手臂上繫著的披帛。「共、犯。」

「什麼？」

「刺殺宗室皇親，當誅九族。窩藏刺客，同罪處理。」

誅九族！葉如濛臉都白了，誅九族，首當其衝的就是她爹娘啊！

「妳說不說？」他靠近一步，威脅道。

「我說、我說……」葉如濛聲音一下子帶了哭腔。「我救你，目的和你一樣。」

黑衣人微微皺眉。「什麼意思？」

「你……你是來刺殺容世子的對不對？」

黑衣人挑眉，什麼意思？

葉如濛堅決地點頭道：「敵人的敵人，就是朋友！」

他呼吸一窒，緩緩道：「容世子……是妳的敵人？」

「嗯。」她重重點頭。

「妳和他有仇？」

「嗯。」她依然重重點頭。

「什麼仇？」他訝異問道。

「不共戴天之仇！」

黑衣人沈默了，搞不清楚她和自己能有什麼仇？她有這麼恨他嗎？

他的真實身分正是祝融，為了讓計畫順利執行，他一手策劃了這齣戲，蒙面假扮刺客刺殺太子，但沒預料到會遇上葉如濛。

「那……你和容世子有什麼仇？」葉如濛小聲問道。

黑衣人沒有回應。

見他不說話，眸中有點傷感，葉如濛以為他是想起往事而悲傷，真可憐，說不定一家人都被容世子害死了。

「好好好，你不方便說也沒關係，你不是捅了他一刀嗎？他的傷是不是很嚴重？他能不能挨過今晚？」

祝融皺眉，輕聲道：「妳希望他挨不過今晚？」

「那還用說！」此時此刻為了保命，她只能更堅決地和他站在同一陣線。「我簡直對他恨之入骨，我還覺得他今天之所以遇刺，就是我向菩薩求來的，這菩薩真靈，我晚上還特地去還願呢！」

「……」

祝融冷著臉不說話，頓了一會兒，開始脫衣服。

「喂喂，你想幹麼？」葉如濛連忙往床角縮了縮。

「上藥。」他淡淡道，朝她懷中丟了一個小瓷瓶。

葉如濛剛接過瓷瓶，他已脫去上衣，露出結實勻稱的肌肉和右臂的劍傷，她嘴巴張得像雞蛋一樣大，呆呆看著他。

「怎麼？」祝融神色坦然地看著她，完全沒有意識到自己調戲的行為。他就想讓她給自己上藥，彷彿這樣藥效更能發揮作用，前面說的那些話還有種種詛咒，他暫且忽略不計較吧！

葉如濛猛地低下頭，臉脹得通紅。

她從小到大從來沒看過……不對，好像也看過。夏日時，外面那些大漢子確實有赤著胳膊的，有些瘦得像排骨；有些胖的，滿身肥膘；不胖不瘦的，也是看起來就像塊豬肉似的，身上的肉都是軟趴趴的。

可是眼前這名刺客……身材真的好好！結實的肌肉、勻稱的線條，看起來硬邦邦的，又好像帶著彈性，便是男女有別，她也沒有一絲反感，反而忍不住會想欣賞，甚至想伸出手指輕輕按一下他的胸，還有手臂……不對！她在胡思亂想什麼呢！

「快點。」他催促道：「不然我要叫了。」他說完，忍不住勾唇一笑，這樣……好像挺好玩的？等等──他是在和人開玩笑嗎？

葉如濛皺眉，他在威脅她？這刺客怎麼這麼討厭，可是，萬一他真叫了，算了……後果她不敢想像。

她勉為其難地上前，撥開白瓷瓶上的紅蓋，一邊為他上藥，一邊小聲問道：「你……不會殺我吧？」

他斜斜看她一眼。「妳害怕？」這丫頭明明膽大得很，連他的玉珮都敢隨意丟。

葉如濛不敢看他，賣力說服道：「其實你蒙著臉，我也認不出你來，你不如留我一命，我們可以一起商量怎麼刺殺容世子，結個盟如何？你缺什麼和我說，我家裡還是有一點小錢的，我出錢，你出力……」

他無奈看著她，沈默了一會兒，輕輕吐出一字。「好。」

「真的？」她眼睛一亮。「那、那就這樣說定了，你不能殺我滅口。」

「嗯。」

「那好。藥上好了，你快走吧！」她急著想打發他走。「我看這天氣，好像要下暴雨了，守衛可能會疏於防備，容世子還沒死，你這時再去補上一刀，那他就死定了。」

「……」

「怎麼？」她抬頭看他，正對上他的眸子，忽然心虛得厲害，好吧，他都受傷了，應該是沒辦法再刺殺容世子了。

「我看天氣晴朗得很，怎會下雨？」他故意慢吞吞地穿上衣服。

「這個……」葉如濛咬唇。「風挺大的呀！」

「我看是不可能會下雨的。」

「不是，一定會下的。」葉如濛又想了想，確認是初十這日。前世這天，她在靈堂守到半夜，很睏了才回屋，可是剛閉上眼睛，便被那狂風暴雨嚇醒了，她藉著暴風雨又痛哭了一場。

「那……我們打個賭。」祝融道，聲音帶著淡淡的笑意。

「什麼賭啊？」葉如濛抬頭看他，見他眸色溫和，倒也沒那麼怕他了。

「若今夜下雨，我便答應妳一個條件；若今夜沒下，妳便答應我一個條件。」

葉如濛想了想，點點頭，今晚當然會下雨了，又問道：「你不會說話不算話吧？」

「絕不食言。」

「那、好吧！」葉如濛垂眸，內心偷笑，這刺客輸定了，居然敢和她一個重生的人打賭。

他眸中出現了淡淡的笑意。「我走了。」

「哦……好。」

黑衣人一走，葉如濛連忙站起來，卻發現自己嚇得腿都軟了，立即抱著枕頭跑去外間找香北、香南一起睡，硬是擠到兩個人中間，彷彿這樣便安全了。

下半夜，窗外果然開始狂風大作，緊接著暴雨便傾盆襲來，砸得屋頂、窗戶「砰砰」作響。她這會兒倒沒那麼害怕了，反而有些小小的得意，雖然沒機會見到他認輸，但他知道她贏了就好，哼哼，敢跟她打賭，笨蛋！

第二日醒來，庭院裡一片狼藉，僧侶們都忙著打掃殘枝落葉。

聽說刺客還沒找到，不過確定沒有嫌疑的女眷已可以離開，而府中帶來的侍衛、小廝們，只須脫去上衣，檢查沒有問題後便可離去。

葉如濛坐在回府的馬車上，仍有些提心弔膽，如今冷靜下來想想，她昨日之舉，簡直是在與虎謀皮，錯了，錯了，錯得離譜！

下車後，小廝去敲門，是桂嬤嬤來開門，葉如濛一進垂花門，見小園子裡一片清新，擺放的花草都齊齊整整的，連片葉子都沒少。

桂嬤嬤笑道：「昨日老爺散值回來後，說夜裡可能會下雨，將花兒都搬進屋裡，這不說中了，下半夜果然下了好大的雨！」

葉如濛笑了笑，果然，爹爹對她的話上了心。

經過葡萄架時，見葡萄支架上綁了不少木條固定，只是……上頭仍只剩下幾片零星的葡萄葉，葡萄藤蔓都有些零落了。

「昨日老爺將葡萄都剪下來，說要釀葡萄酒呢！」桂嬤嬤笑道，若是沒有先將葡萄剪下，經過昨兒一夜的風吹雨打，只怕這些好葡萄都要浪費了。

葉如濛又甜甜一笑，她爹爹就是了不起！

「濛濛。」林氏迎了出來，摸摸她的臉，見她好好的，這才放心，昨夜那麼大的雨，也不知道女兒在山上怕不怕。

林氏正與女兒說著話，葉長風此時從外面走了進來，簡單問了女兒幾句夜宿臨淵寺之事，最後，他意味深長地說道：「今日早上，百步橋塌了。」

葉如濛聞言，心口微微一震，林氏和桂嬤嬤兩個婦人免不得一陣惋惜。

一會兒後，葉長風領著她們往前院書房去，一到書房，葉如濛便見裡面候著四人，瞧模樣像是一家子，站在最前面的男人穿著一件灰色圓領長袍，體型略胖，約莫四十來歲，身旁的女人年輕些，生得方臉圓鼻，一看便是個老實勤快的，兩人身後還跟著兩個十來歲的孩子，這四人見了他們，忙恭敬行禮。

葉長風介紹道：「這是今日新進府幫忙的福伯和福嬸，以後福伯當管家，福嬸負責廚房還有日常灑掃雜務。這是大寶和小玉，大寶今年和妳同歲，小玉還小妳兩歲。」後面這話是對葉如濛說的，葉如濛點點頭。

林氏微微一笑，溫和地問他們一些話，便讓桂嬤嬤領著四人下去熟悉環境了。

他們走後，葉長風對妻女道：「福伯原是宮裡的人，因犯了事才出宮，他性子不錯，懂得也多，是可信之人。」

「犯了事？」葉如濛歪頭問道。

「不過是一些子虛烏有的。」葉長風一語帶過。

林氏點了點頭。葉長風道：「福嬸在宮裡當過廚娘，廚藝不錯，以後濛濛可有口福了。」

葉如濛聽了，瞇眼一笑，忍不住好奇問道：「那鄭管家他們呢？」

提起這兩人，葉長風略有不悅，沈聲道：「逐出去了，以後若是敢進門，就叫福伯打斷他們的腿！」一對上妻女的眼，他眸色又溫和下來。「福伯以前是宮裡的侍衛，有兩下子功夫。」這也是他願意花重金聘請他的原因之一，這一世，他一定會好好保護他的妻女。

林氏神情有些失落。「真沒想到鄭管家和劉氏是那樣的人，還好妳爹爹發現得早。」昨夜，葉長風和她說的時候她都有些難以相信。

「到底是怎麼了？」葉如濛明知故問道，沒想到爹手腳滿快的嘛！

「鄭管家的兒子在外面欠了賭債，沒想到鄭管家為了籌銀子，竟然偷妳爹珍藏的字畫去變賣，換了假的回來，還是妳爹無意中看到他行為鬼祟，讓人去查了才發現。」林氏幽幽嘆了一聲，劉氏平日負責廚房採買，也不知道中飽私囊了多少銀錢。

「原來如此，這種人早點逐出去對我們家才好……」

葉如濛反過來安慰了娘幾句，待林氏回屋後，葉如濛才與爹說了容世子遇刺一事，當然，自己幫了刺客一把的事她是不敢說的。葉長風問得詳細，但最後也沒說什麼，葉如濛不知他是作何打算，想來爹也很為難吧，爹爹哪裡鬥得過容世子這隻狐狸。

「對了。」葉長風道：「以後小玉就在妳身邊伺候吧，不過她規矩懂得不多，得讓阿桂調教一下。」

「喔……哎呀，我差點給忘了！」葉如濛聽爹這麼一說，這才想起來。「今日我回來的時候，祖母說把她院裡的香北和香南給我，兩人已經回去收拾東西了，說是下午就住到我們家來；不過她們兩人的月銀還是由府裡出，爹爹您說這樣會不會不太好？」

葉長風想了想。「這兩人的用度從我們這裡出，爹有空去和祖母說一下，妳若覺得這兩人適合，爹便買下她們。」

葉如濛歪頭想了想。「這兩個人，可以的。」

前世她身邊有兩個大丫鬟，是七嬸派給她的，那兩個丫鬟眼高手低，不怎麼聽使喚，倒不如祖母派的香北和香南老實，雖然香南有點愛偷懶，但也算是盡責。之後，香北贖身嫁人了，可是香南卻被葉如瑤的丫鬟誣陷偷東西給發賣了，她當時去七嬸面前再三求情都護不住。再後面，府裡派給她的丫鬟，一個個脾氣都比她還大，人前還好些，人後她什麼都要自己動手，還好她自小便獨立慣了，適應得來。

「那成，過幾日，爹便去找祖母說；只是，有了丫鬟勿驕勿躁，面上規矩可有，私下還是自己親力親為，妳看看那些千金小姐，一個個手無縛雞之力，走路如同弱柳扶風，沒半點精神。」

「哪像濛濛，活蹦亂跳，力氣大得可以打死一頭牛！」葉如濛調皮道。

葉長風不禁失笑。

下午，香北和香南兩人果然收拾好包袱過來了，林氏原先還擔心這兩個丫鬟在葉國公府吃住習慣了，來到這邊會有些看不起他們，但觀察了一個下午，見這兩人舉止安分，便放心多了。

太子東宮，華燈初上。

祝司恪赤著上身趴在紫檀木拔步床上，裸背上輕掩著一條輕薄的冰玉藍杭綢軟被，唇色蒼白，頗幽怨地看著坐在床頭的祝融。

祝融面無表情地坐在楠木太師椅上，一手撐頭，目光深邃。

「喂！」祝司恪叫了一聲，不由得牽扯到背上的傷口，頓時疼得齜牙咧嘴。他總算知道為什麼祝融要親自出手了，這一刀必須砍得夠精準，才瞞得過了塵大師，可若是深多一釐，只怕自己真的挨不過去。

祝融斜斜看他一眼，站起身來，見他要走出去了，祝司恪忙叫道：「不是，你告訴我為什麼呀？」

直到現在，他仍不清楚祝融為什麼會鎖定段恒？

昨夜兩人依計行事，他獨自前往林間散心，身邊只有一個小太監跟著，祝融則一身黑衣蒙面，佯裝刺客埋伏於樹上，從天而降展開伏擊，小太監原本就是有心人安排的密探，直接被祝融一劍斃命，緊接著，又往他背上砍了一劍。

當侍衛們聞風趕來之際，祝融刻意露出破綻，右臂被侍衛砍一刀，隨即負傷逃離。

與此同時，墨辰將在寺內待命的段恒引了出去，伺機在他右臂上也砍一刀，製造他就是刺客的嫌疑。

最後經過侍衛的一番搜查，段恒嫌疑最大，就這麼被抓進大理寺；但祝融又要他去父皇面前保下段恒，讓段恒平安無事回到他身邊，這麼折騰是為了什麼？

祝融猶豫片刻，俯下身來在他耳旁低聲道：「你表現得越信任段恒，段恒後面的人越會懷疑他的忠心。」

祝司恪一怔。「你是覺得……」

「一切照舊，你什麼都不知道。」他們不需要查，由皇上來查。

祝司恪沈默了，祝融的意思他已經明白，段恒真正的主子隱藏得極深、很危險，他們必須以靜制動。

祝融看著他，知他是明白了。前世，祝司恪雖然繼位，但他們卻付出極慘痛的代價，龍椅下白骨累累、血汗斑斑，二皇子始終是祝司恪登上皇位最大的威脅。

今世，他定然要替祝司恪掃除一切障礙，將二皇子的勢力連根拔除，讓他永無翻身之日！

「我走了。」祝融輕飄飄落下一句話。

「少喝點酒啊！」

祝司恪知道，今日祝融免不了喝上幾杯。

七月初四是容王爺的忌日，今日是七月十一日，祝融三年守孝期已滿，期滿後七日便可繼承爵位，就是今日。

當祝融一襲玄衣安然無恙地出現在群臣面前時，眾人都吃了一驚。

因為發生臨淵寺的刺殺事件，為了不引起驚慌，對外一直宣稱是祝融遇刺受傷，恐有性命之危。這時祝融才告知大家，遇刺的其實是太子，此時太子已性命無憂。

因為遇刺事件才發生不久，此次盛筵低調舉辦，聖上親臨，冊封容世子為正一品容親王。

祝融立在堂上，一襲長袍，面容俊美無雙，恍如神祇，眸光堅定。

「天佑大元！國運綿長！太子殿下，福澤天地！」群臣伏身叩拜，齊聲同音，震徹雲霄。

群臣紛紛來到祝融華席前舉杯祝賀，祝融舉杯輕酌，觥籌交錯間遊刃有餘，雖然神情清冷，卻沒有拒人於千里之外，時不時輕輕頷首，有時還會說上幾句話，這已經很給眾人面子了。眾人雖然笑容滿面，可是舉杯都舉得低低的，生怕自己的酒杯不小心碰到了容王爺的琉璃杯。

「微臣恭喜容王爺。」敢獨自一人前來敬酒的，只有葉長澤了。

葉長澤今年不過三十二歲，眉目間與葉長風有三分相似，生得俊朗，雖然身量不如葉長風那般高大，但也算是俊秀挺拔，多年來官場、情場雙得意，正是意氣風發之時。

祝融想到他頭上兩頂綠油油的帽子，淺淺勾唇一笑。

葉長澤以為王爺果真因為瑤瑤的關係待自己有些不同，不由得底氣又足了一些，敬完酒後春風滿面地回到自己的座位。瑤瑤明年便及笄了，若他能來提親，那他不是成了容王爺的岳父？哈哈！

次日，葉長風散值後去了葉國公府，將香北、香南兩人買下，回來後直接給她們提為大丫鬟，並將香南撥到林氏身邊伺候，每個月月銀四兩銀子，一下子將這兩人樂得歡天喜地。

葉長風還帶話回來，三日後中元節，葉老夫人讓濛濛隨她一起去臨淵寺。這一日寺中舉行盂蘭盆法會供奉三寶和祖先，濟度六道苦難，上至達官貴人，下到平民百姓都會去寺廟上香，很是熱鬧。

葉如濛才剛答應，葉長風又告訴她容世子假受傷之事，葉如濛登時氣得牙癢癢的，只覺得她被那個刺客誆了，卻是啞巴吃黃連——有苦說不出。

下午，葉如濛剛睡醒，國公府那邊便傳來消息，說七嬸懷了身孕，已經有兩個多月，葉如濛一下子有些懵，兩個多月？前世並無此事呀，難道是假懷孕？

還真趕巧，她娘懷了，七嬸也懷上，而且剛好都是兩個多月，莫非是她娘懷孕的事情被七房的人知曉了？

葉如濛一下子緊張起來，連忙跑去找爹問個清楚。

葉國公府，柳絮院——

葉如漫才進屋，便見丫鬟們誠惶誠恐地收拾不少被砸得稀巴爛的碎片出來，拐過月洞式多寶格，見柳姨娘正倚在紅酸枝鎏金花好月圓貴妃榻上，閉著眼睛，面色陰沈。

葉如漫懶懶地在一旁的紅酸枝鎏金鼓凳上坐下，朱唇輕啟道：「有些人，就是命好呀！」語調悲涼得不像一個十二歲的小姑娘。

柳姨娘緩緩睜開眼睛，眸色狠戾。「就算讓她生出兒子又如何，也輪不到她兒子來當嫡長孫！」

「人家有一個女兒就夠了。」葉如漫諷道，柳若是生了一個葉如瑤，有容王爺護著，還怕誰呢？這母女倆的命當真是好得不像話，簡直讓人嫉妒到發瘋。

「漫漫，」柳姨娘坐了起來。「妳不能輸給她！」她的一生都輸給柳若是，她的女兒絕不能也輸給她的女兒！

「輸什麼？」葉如漫冷瞥她一眼。「我能和她比嗎？她是嫡、我是庶，人人都寵她、愛她，難道姨娘不知這種感覺嗎？」

「漫漫，她性子驕縱，不會討人喜歡的！」柳若月雙手緊緊扣住她肩膀。「妳若能學學妳五姊姊……」

「學什麼？就算她再驕縱，都有人寵著；就算我再懂事，他們對我也是那樣。」葉如漫撥開她的手，嘴角嘲諷一笑。「那個唯一能爭的，偏偏不想去爭。」

柳若月當然知道她指的是誰，道：「我看大伯最近和家裡往來得有些勤快，妳沒見妳祖母對那個葉如濛的態度？還讓她中元節那日一起去臨淵寺呢！」

「姨娘，難不成妳還指望大伯回來奪走爹的位置？」葉如漫看她一眼。

柳若月被她問得無話可說，如果七爺真的從國公爺位置下來了，她們又能好到哪去？

葉如漫嘆道：「退一萬步說，就算葉如瑤什麼都沒有了，她有一個容王爺也夠了。姨娘妳就別想了，還不如肚子爭氣些，給我生個弟弟。」

柳若月聞言，低頭看了看自己的肚子，前些年還得寵時，也不見自己肚子有動靜，更何況這陣子七爺都不怎麼來她這兒，她哪裡生得出來呀！

此時國公府的另一邊，葉長澤笑容滿面地從柳若是院中走出來；若這次他嫡妻能給他生個兒子就好了，那便能了了他無子的遺憾，也能堵住族人的悠悠之口。

他一離開，院裡的柳若是臉色都白了。運氣真是太背了！她明明吃了落胎藥，可這個孩子仍懷得穩穩的，今日早上在院子裡逛的時候，還突然遇到莫女醫。

莫女醫是來給紀姨娘看診的，紀姨娘是葉如思的親娘，自從生了葉如思後，便落下病根，成了一個藥罐子，隔三差五就得請女醫上門診治。

今日遇到莫女醫時，她突然一陣暈眩，丫鬟們連忙扶她坐下，等她回過神來的時候，那莫女醫的手已經探上她的脈搏，直接對她道喜了。

一下子，消息便傳得飛快。

她連忙派人叫來柳若琛，算了下日子，七爺最後一次來她這兒是端午前後的事，她只好將錯就錯，把這個孩子生下來，若能生個男孩，也是極好的……

於是一下子，她的身孕便多了一個月，到時免不了得讓這孩子早些出來，至於那個多事的莫女醫，便由她弟弟去處理。

容王府，南書房。

祝融一隻手撐著下巴，沈思著。

他終究是有些迫不及待，與其讓柳若是的孩子晚一些出生，還不如讓他早點降臨人世，越早，他便能越快解決柳家。

剛剛傳來消息，原來葉如濛的母親也有孕了，這才是真的有了兩個多月。想一想，有好幾日沒看見葉如濛了，等今日忙完……晚上就去找她！

想到這，祝融勾唇一笑，青時忙用胳膊肘撞了撞身旁一身黑衣的墨辰，壓低聲音道：「你看見沒？爺在笑？」

墨辰微微皺眉，冷冰冰道：「沒。」墨辰身量比青時稍高一些，懷中抱著一把長劍，這是他自小養成的習慣，無論何時何地，總是劍不離身。

「難道我看花了？」青時揉了揉眼。

「出去。」祝融冷道。

青時摸了摸鼻子，轉身就走，走得慢，爺可是會拿他來練手的。

入夜了，葉如濛吃完紅豆糖水，躺在床上閉目養神，今天癸水來了，下腹有些墜痛感。

忽地，窗外傳來「叩叩」兩聲，葉如濛突然睜開眼，錯覺嗎？不對！她感覺有些不對，這個敲窗聲像是……那一晚的！

果然，下一刻，便有道黑影從窗外躍進來，葉如濛還未來得及尖叫，便被他手中彈射出的一顆珠子點住了啞穴。

葉如濛喊不出聲，忙起身拔腿往門口跑，連鞋都來不及穿，可是在下一刻，便被他點住了定穴。

黑衣人邁開長腿朝她走來，在她面前停下，輕聲問道：「妳還記得我嗎？」他依舊蒙著臉，只露出一雙黑漆漆的眼，深如幽潭。

葉如濛眨眼，你化成灰我都認得！大騙子！

「我解開妳的穴道，妳不許叫，不然我就……」他本想說「殺了妳」，但怕嚇著她，忙改口道：「若妳敢叫，那外面進來的人，我見一個、殺一個。」

他自覺說這話時，語氣已經輕柔許多，沒有一絲絲的殺氣，但葉如濛仍是睜著一雙水濛濛的眼睛看著他，眼裡滿是驚懼。

「同意妳便眨一下左眼，不同意便眨右眼。」祝融開口，這是對那些不能動彈的犯人審問的方法，他用起來很熟練。

葉如濛這會兒哪敢不同意，連忙眨了眨左眼，他這才解開她的穴道。

葉如濛得到自由後立刻往後退，退到梳妝檯前，迅速從妝奩中抽出一把剪刀對著他。

「你究竟想幹什麼？」她好歹救過他，他可不能恩將仇報。

「別怕，我不會傷害妳。」他真誠道。

「那你想幹麼？」

「我……」祝融眸子垂了垂。「我來看看妳。」這算是情話吧！話一說出口，他覺得面頰發熱。

「看我幹什麼？」葉如濛莫名其妙，難不成是他反悔了，還是決定要殺人滅口？

「……」其實祝融也不知道，忙改口道：「我來謝謝妳……那天，救了我。」

聽了他這話，葉如濛也沒有絲毫放鬆。他到底是怎麼找到她的？既然能找到她家，那就是……他知道她是誰了？

見她一臉驚恐，祝融連忙安撫她。「妳放心，我不會傷害妳，我真的只是來謝謝妳而已。」如同在牢中審問犯人一樣，得給他們吃一顆定心丸，才能繼續往下談。

聽他這麼一說，葉如濛半信半疑，忽然想起之前她爹和她說的，頓時有些來氣。「不對呀，喂，你上次是騙我的是不是？你根本就不是去刺殺容王爺，而是去刺殺太子的對不對？」

祝融怔了怔，怎麼好像是他被審問了，可是一對上她氣鼓鼓的臉，他卻難得地乖順起來。「是。」

這種感覺很是陌生，從來沒有人敢這麼和他說話；若是換了別人，他定然會一掌劈死對方，但是她嘛，這副虛張聲勢的模樣看起來挺可愛的。

葉如濛打量著他，見他一襲墨色夜行衣，試探著問：「你是……殺手？」

祝融猶豫片刻，這個身分似乎不錯，便點了點頭。

「這麼說來……你武功很厲害嘍？」葉如濛眼珠子轉了轉，似打起什麼主意。

祝融又點點頭。

「有多厲害？你……你能打贏容王爺身邊那個穿黑衣服的嗎？就是那個不愛說話，和容王爺一樣冷冰冰的那個。」那個人武功十足厲害，她曾經見過他出手，不過一眨眼，十來個黑衣人就倒下了，她當時驚嚇得嘴巴都來不及合上，那個黑衣人又「咻」地一下飛走了。

祝融知她指的是墨辰，仔細想了想，其實他和墨辰可以打成平手，不過墨辰比他年長一輪，等他到了墨辰的年紀，武功定會在墨辰之上，便又點了點頭。

「真的嗎？」葉如濛這下有些驚喜了。

他依舊面無表情地點頭，一副安靜無害的模樣。

「你說話呀！」葉如濛凶巴巴吼道，像隻小老虎。

「嗯。」他本就是一個木訥無言之人，今晚面對她，已經是破例了一次又一次。

「那……你覺得容王爺和太子，誰比較難下手呀？」葉如濛認真問道。仔細想想，太子是儲君，身邊的護衛肯定比容王爺多，他既然能刺殺太子，那容王爺就更不在話下了，想到這，她有一點點小驚喜，若容王爺死了，不就皆大歡喜了嗎？

「……」這一回，祝融又不說話了。

「我好歹救過你一次。」葉如濛覺得挾恩圖報有些不好，便小聲問道：「給你銀子讓你殺了容王爺，你幹不幹？」最多，她花銀子請他。

祝融眸子閃了閃，沈默片刻，忽然開口說話。

「好，不過，妳得配合我。」黑色面巾下，他唇角勾起一笑，鬱悶過後，這樣似乎也挺好玩的。

「怎麼配合？」葉如濛睜大眼睛，似乎也放鬆了一些警戒。

祝融掩住眸中的笑意，冷靜道：「妳得想辦法接近他，這樣必要時裡應外合，事情才容易成功。」

「什麼！我才不要，我現在一看到他就腿軟，上次他還逼我吃了兩盤糕點，撐死我了！」葉如濛說到這，下意識摸了摸肚子。

「……」他上次真的沒逼她，只是她會錯意了，而他又不知如何與她相處，便造成了那樣的後果；可是以後不會了，想到剛到手的那幾本書，他又繼續說服道：「不入虎穴，焉得虎子。」

「可是……」

「他身邊有我的人，萬一妳有什麼事，我的人可以幫妳。」

「誰呀？」

「他身邊有個經常穿白色衣服的，妳知道嗎？」

葉如濛點頭，就是上次將她騙下轎來的青時。

「那個人叫青時，他是祝融的左右手……」

「哇！」葉如濛忍不住拍手。「你好厲害，你居然敢直呼容王爺的名字！」她下意識低低喚了幾次。「祝融、祝融……」確實，她從來都不敢喚容王爺的名字呢，甚至連接近都不敢。

聽到她軟萌萌的聲音喚自己的名字，祝融眸色逐漸溫柔下來。

「祝融……真是個王八蛋！王八蛋！王八蛋！」葉如濛忽然狠狠罵了幾句，越罵越覺得過癮，害祝融差點被自己口水嗆到。

葉如濛繼續揮著粉拳憤憤道：「對！以後叫他祝融就好，不必尊稱他什麼容世子、容王爺的，我呸！」

「……」

「對了，你剛剛說你的內應是青時？」

「嗯。」祝融輕咳兩聲。「妳遇到什麼難事都可以找他，他一定會幫妳，只是光靠他一個人力量不夠，可以的話還是需要妳協助。」

「這個……」葉如濛認真想了想。「好吧，我會儘量去接近那個王八蛋，可是……」

「叫祝融就好。」他打斷她，淡淡道。

「好吧！可是……萬一你被人抓走，不會供出我吧？」

「不會。」他深深嘆了口氣。「我會咬舌自盡。」

「那就好。」葉如濛拍了拍胸口，想了想。「好吧，我和太子無冤無仇，你要殺太子是你的事，不用告訴我，你只要幫我殺容王爺就行，殺太子要誅九族呢！」說得好像殺容王爺不用？

「好。」祝融淡定應下。

「那……辦這件事要給你多少銀子呀？我可能沒有那麼多錢，你能不能看在我救過你的分上……給我打個折？」爹娘還要養老呢，她也要給自己留點嫁妝。

他認真地點點頭。

「那你要多少？」

「容我先想想。」

「哦。」葉如濛一下子有些緊張，他不會獅子大開口吧！

他盯著她，看她一臉緊張，覺得有趣極了。

「對了！」葉如濛跳起來。「你上次和我打賭賭輸了，你說話算不算數？」

「當然算數。」

「那……」

「妳先把剪刀放下。」祝融看得心驚，她手上拿著一把剪刀揮來揮去，很容易傷到自己。

「你不會殺我吧？」葉如濛又不放心地問了句，雖然這個殺手並不凶。

「不會。」

「你發誓。」

「我發誓。」

「那就好，願賭服輸啊！」葉如濛放下剪刀。

「妳想要我殺了祝融？」

葉如濛張大眼睛看著他，眨眨眼，點點頭，又小聲道：「這可不是我說的啊，是你自己提的。」

「那是殺還是不殺？」

葉如濛像小雞啄米般連連點頭，就是緊緊閉著嘴巴——她這回不敢說了。

「知道了。」祝融淡淡道。

「對了！」葉如濛突然想起了什麼。「我告訴你一個秘密，可能對刺殺容王爺有幫助。」

她躲到香几後，神秘兮兮地朝他招招手。

他緩緩走了過來，將耳朵湊過去，忽然間有一種怦然心動的感覺，像是情人之間要說悄悄話，祝融耳朵忍不住有些發燙起來。

「我告訴你，容王爺和太子他們……」葉如濛說著伸出兩隻手的拇指，對著彎了彎。

祝融原本溫柔的眸色一下子沈鬱下去，葉如濛突然感覺到周圍冷了冷，似颳來一陣陰風，連忙四處探了探，窗戶都關得緊緊的呀，哪來的風？

祝融憋了許久，終於吐出一句話。「別胡說！」她真是太會胡思亂想了。

「不是，我是說真的！」葉如濛急道，這也是她前兩天才悟出來的。

「妳聽誰說的？」祝融手握成拳，他真的要這般容忍她嗎？

「我有一次不小心看見了……」葉如濛聲音低了又低。「太子在親容王爺！」

那是前世時，就在臨淵寺小乘殿後的空地上，她看到兩人坐在中間的石桌上，初時她以為兩人在咬耳朵說悄悄話，可是緊接著，太子一把摟住容王爺的肩膀，容王爺一點都不反感，還面色含春地看著太子……

她怕衝撞了他們，躲在榕樹後不敢出來。

仔細想想，前世容王爺直到二十一歲都未娶妻，而且也不肯碰任何人，唯一最親近的人就只有太子了，看他們交情好到私下勾肩搭背的，這是什麼關係還用想嗎？這個想法一冒出來，前世那些她一直想不通透的事，一下子突然說得通了。

祝融那麼寵愛葉如瑤，為什麼不娶她？這便是原因！待他拜相，他就可以一輩子守在皇上身邊了，何況皇上也只信任他一個，只是礙於天下人的目光，便一直以君臣之禮暗度陳倉……沒錯，八成就是這樣，哎呀呀！想不到她居然無意間發現了容王爺與皇上兩人之間的驚天秘密！

「什麼時候？」祝融咬牙，一字字問道。

葉如濛手撐在香几上，朝他湊近，在他耳旁低聲道：「總之就是某個時候，太子離他離得很近，看起來像是親了他的臉一下，然後一隻手抱著容王爺，容王爺面帶嬌羞地看著他，好像很愛慕他的樣子，兩人交情分明不只一般……」她不知不覺腦補出許多前世記不清的畫面。「我看，你先對容王爺下手好了，太子痛失所愛，一定會很難過，難過起來失魂落魄，到時候你再對他下手，就簡單多了。」

祝融一隻手重重按在胸前，忍住、忍住；但是，心頭就是有一口氣上不來。

若是別人，敢當著他的面這樣說，他絕對會殺了他！可是……她不是別人……

「果然，長得漂亮，連男人都喜歡。」葉如濛逕自認真道，太子已經長得很好看了，可還是無法抗拒容王爺的誘惑。

突然，周圍安靜下來，葉如濛疑惑地抬頭，才發現原先還在眼前的黑衣人連影子都不見了。

怪了，他什麼時候走的？難道是去探查實情了？

第六章

中元節這日，葉如濛起了個大早，香北為她梳了個垂鬟分肖髻，黑亮的燕尾上綴了粉色珠花，耳朵上戴著色澤瑩潤的小珍珠耳墜，微微一笑，有幾分安靜的淑女模樣。香南也一大早從林氏那裡過來，收拾妥當，她便帶著香北和香南兩人出門。

待她到葉國公府時比上次早了一些，老夫人她們還沒出來，葉如濛在前廳等了一會兒，才見她們成群結隊地出來。

七嬸因為有孕身子不穩便不同去，柳姨娘聽說病了，也沒有來。她在人群中見到葉如思，對她點頭笑了笑，兩人沒有說上話，葉如濛便跟著二嬸季氏上馬車。

中元節路上很熱鬧，到了山腳下，車水馬龍連綿不斷，擠得車轎都有些走不動了，虧得她們提前訂好上山的轎子，不然還得一陣好等。

到臨淵寺已近午時，她們不趕上午那場法會，主要聽的是下午的法會。一行人在寺中拜了一圈後便到飯點，在五觀堂用齋飯，葉如濛拉著葉如思坐在一塊兒，葉如蓉也湊了過來，笑道：「不知妳們兩個何時竟好上了。」

葉如思有些不好意思，可她嘴笨，不知該說什麼，便羞赧地笑了笑。

葉如濛只是淺淺一笑，並不說話。

今日的菜有羅漢齋、苦菊仁、素三鮮和炒雜菌，外加一道白玉豆腐湯，沒什麼大菜，想是今日人多，伙房裡忙不過來；不過，這寺裡的伙食已算不錯，比起她前世待的靜華庵好多了。

她在靜華庵的時候，早上就是地瓜粥、小米粥，中午那頓吃得早，而且菜主要都是水煮白菜、地瓜葉，姑子們過午不食，晚上是沒得吃的，剛到寺裡那陣子她常常餓得兩眼發黑……想到前世，葉如濛更加珍惜眼前的飯菜，不管喜歡還是不喜歡吃的，都吃得乾乾淨淨，粒米不剩。

「好吃嗎？」見她吃得這麼乾淨，葉如思小聲問道。

「好吃啊！」葉如濛笑道，心滿意足，重生後她吃什麼都覺得香，而且胃口似乎是越來越大了。

葉如瑤聽了，冷嗤一聲，放下筷子不吃了，抱怨道：「今天的菜真難吃！」確實，她只吃幾口便吃不下去了，她也不怕肚子餓，娘早就給她準備了許多好吃的帶著，都是她廚房裡的廚子特地做的。

老夫人聽見葉如瑤的話，沒說話，她年紀大，牙齒沒那麼好，慢慢地嚼著口中清淡的菜餚，抬眼看了葉如濛一眼，只覺得這丫頭似懂事許多，看起來落落大方，不像之前總是畏畏縮縮。

吃完齋飯，孫輩的小姐們都相約到處走走，葉如瑤這邊，已經有人先來約了，是一個年約十四、五的小姐，生得一雙大眼睛，但也就眼睛出色些，在滿頭珠釵的映襯下，倒顯得那張臉平淡無奇了。

見葉如濛打量那位小姐，葉如蓉笑道：「那位是丞相府的賀三小姐，賀明珠。」

經她這麼一提，葉如濛有些印象，丞相家嫡、庶共生有兩子兩女，丞相夫人生了一子一女，這位賀三小姐便是上次在瓜田旁遇到的賀爾俊的親妹妹，比賀爾俊小三歲，今年快十五歲了，還沒及笄。

葉如瑤一走，葉如漫也跟著別家的小姐離開了，葉如巧見她們三個聚在一起，生怕自己一個人被落下，趕緊湊了過來。

姊妹幾個去了十八羅漢殿，一一叩拜十八羅漢，叩拜完都出了一身香汗。一行人跨出殿門後，來到一個八角重簷石亭休息，石亭旁一排翠綠的青柳，密密麻麻的垂柳遮掩出一片蔭涼的天地。

身後的丫鬟們紛紛將食籃中的茶水、瓜果端出來，放置在亭中的青石圓桌上，幾個小姐圍成一桌，端起茶水解渴。剛喝沒兩口，亭外便傳來銀鈴般的笑聲，一道聲音略有些尖的姑娘笑道：「快！去和那葉五小姐討幾口水喝！」

葉如濛聞言，微微一瞥，便見亭外三、五個粉衣紫裙、身形窈窕的小姐笑盈盈地走來。

葉如蓉放下茶杯，笑臉相迎。

這幾位也是官家的庶小姐，與葉如蓉很相熟，葉如巧和葉如思都認識。京裡的官家小姐們經常去一些賞花宴，來來去去幾次便認識了。

前世葉如濛住到葉國公府後，因為守孝多有避諱，幾乎沒有參加過什麼宴會，只有府裡作東時她才會難得地出席一、兩次，可她那時心緒低落，整日鬱鬱寡歡，比葉如思還要寡言，也就沒交到什麼朋友了。

見小姐們都進入亭子，葉如濛站起來，葉如蓉笑咪咪地將她介紹給眾人，又一一介紹眾人給她認識。

這幾位小姐中，有一位是葉如濛認識的——丞相府的庶女賀明玉，她和賀知君雖不是同母所出，但兩人的關係很是不錯。賀明玉今年十四歲，模樣不算出眾，但看起來很是乖巧，葉如濛一眼看過去，正好對上了她的眼，賀明玉只覺得她看起來有些面善，便對她溫和地笑了笑。

葉如濛對她印象不錯，她還記得在前世那時，宴會上大家都有說有笑的，卻沒人搭理她，只有賀明玉過來和她說話。因此這一次，她有意與賀明玉相交，尋了個她感興趣的話題開頭，兩人妳一句、我一句地說起話來。葉如思話不多，便安靜地聽兩人說話，時不時被這兩人逗得掩嘴淺笑。

「咦？」不遠處，一個穿粉色襦裙的小姐小小聲和葉如蓉打探道：「妳這四姊姊，我記得好像是妳大伯的女兒吧？」

葉如蓉點點頭，和善笑道：「是啊，我大伯就這麼一個閨女，自小寵著呢！」

「我聽說妳大伯只是個七品官？」有小姐插了句話。

「好像是在當檢討呢！」一位小姐小聲說道：「那可是從七品。」連正七品都不是。

「可是我記得她爹以前當過太子少傅呢！我爹說的，說她爹才高八斗，曾經中過狀元……」

幾位小姐還在竊竊私語，忽見葉如濛朝這邊看了過來，連忙住口，高聲說起妳頭上的珠花、我手上的鐲子來。

賀明玉也聽到了一二，小聲道：「葉四小姐不用在意，妳生得漂亮，所以很多人注意妳，她們沒有惡意的。」雖然她爹是丞相，可是她模樣生得普通，也不太會說話，就不怎麼討人喜歡。

葉如濛朝她露出一個燦爛的笑。「我不在意這些，我爹如今確實空閒不少，每天一得空就在家裡陪我娘親。」

「真好！」賀明玉羨慕道。

葉如濛還是笑咪咪的，忽見葉如思低垂下頭，知道自己無意間讓她想起了她的娘親紀姨娘，連忙拉起她的手道：「對了，我這個妹妹煮茶可好吃了，妳有機會一定要試試。」

「真的呀，我也喜歡吃茶呢！」

葉如思被她誇得有些不好意思。「其實，四姊姊繡藝很好的。」

「沒辦法，我娘自小就逼著我刺繡，說繡不好，就嫁不出去。」

葉如濛此言一出，她們兩個都笑起來。其實姑娘家聊到喜歡的話題便停不住口，沒一會兒，這三人便相熟起來。

小半個時辰後，寺院裡傳來陣陣鐘聲，眾人知道，這是法會要開始了，紛紛攜手往大悲殿的方向走去。

法會很熱鬧，密密麻麻的善男信女們坐在大殿中的蒲團上，面目虔誠，敬仰地看著上座的了塵大師。了塵大師是得道高僧，長眉齊胸，耳垂至肩，生得一張笑臉，面如彌勒。

葉如濛遠遠瞄了他一眼，先前聽說了塵大師救了容世子時，她心中還有些不痛快，這會兒聽見他善唇歙張，梵音飄渺，越發對心中的想法慚愧。

「阿彌陀佛，願容世子……哦不，是容王爺，早日悔改，勿再作惡。」

葉如濛正念叨著，忽然看見一個身穿黑袍的男子從了塵大師身後的窗外緩緩走過，俊逸的面容上一雙鷹般銳利的眼睛正盯著她，她嚇了一大跳，趕緊低下頭，猛唸阿彌陀佛。這容王爺怎麼陰魂不散啊！

祝融走出大殿後，緊接著，殿內便有一個身穿櫻粉色齊胸襦裙的姑娘快步跟了出來，她神采飛揚，胸前戴著八珍菩薩瓔珞，襯得面如桃花。

「融哥哥！」葉如瑤跑到他跟前興奮道：「瑤瑤好久沒見到你了，初十那日瑤瑤也在臨淵寺，聽到你受傷的消息，都快擔心死了，融哥哥你真的沒事嗎？」葉如瑤眨著大眼睛看著他，像是要將他看個夠，但是融哥哥這張臉，怎麼看都看不夠。

祝融垂眸，瞥了她一眼，淡淡道：「自然沒事。」

聽了他的答話，葉如瑤有些開心。「融哥哥，你好久沒來找我玩了，明日你帶瑤瑤去騎馬好不好？」

「沒時間。」他抬眸，輕輕瞄了一眼大殿內的那個藍色身影，見她頭還是低低的，心中有些不舒服，她還是怕他怕得緊。

「那……」葉如瑤咬唇。「融哥哥你有空來看看我好不好？」

「嗯。」他淡淡應下。

葉如瑤頓時笑靨如花。「對了，我還沒恭喜你呢！融哥哥，我送你的禮物你收到了嗎？你喜歡嗎？」

「嗯。」府中賀禮堆積如山，都由管事們登記處理，再將禮單拿來給他過目，葉如瑤送的是一個她自己繡的荷包；但是……他比較想要葉如濛做的那個香囊。

前世她遞給他時，雖然她的小手有些抖，但他還是看到了，上面繡著幾株青竹，每一片竹葉都像會動似的……他差點就伸手接過了，只是當時兩旁樹叢後圍滿了人，都在等著看她笑話，他終是冷著臉說出「不要」兩個字，一說出口，他像是鬆了一口氣，但是心……又好像空了一些。

那個時候的他，還不懂這是什麼感覺，後來幾年，他醉心於朝政，用權力填滿自己空洞的心，偶爾會在夜深人靜時想起她，那個在人前小心謹慎，卻在人後有些調皮搗蛋的小姑娘。

或許是從小到大習慣了別人的愛慕，他從來沒意識到自己的這份感情，當他察覺到，當年救他的小女孩有可能是她的時候，他心中極度地歡喜，可是還未來得及確認，便傳來了她的死訊……

想到這，祝融對著面前的葉如瑤眸色又冷了幾分。

「融哥哥……」葉如瑤被他的眼神看得有些瑟縮，融哥哥從來沒用這樣的眼神看過她。

祝融收起眉目間的陰寒，靜靜地看著她，眸色不喜不悲。

葉如瑤被他看得心中發毛，低垂下頭。

「妳還記得……那年冬至嗎？」

祝融突然開口，葉如瑤一聽，心中如同響起一道驚雷，可當她抬起頭來時，面上卻是洋溢著天真無邪的笑臉。「融哥哥，你怎麼突然想起這個啦？」

祝融不緊不慢開口。「本王昨日在屋裡，看見當年那件斗篷，突然想起妳那個時候說有人踢了妳一腳，妳才會摔出去。」祝融說著，緩緩對上她的眼睛。「妳還記得，當年是誰踢妳的嗎？」

葉如瑤面色有一瞬間的慘白，慌忙低下頭，袖中的指甲深深陷入掌心；可是片刻後她便揚起臉坦然地對上他的眼，微笑著搖頭。「不記得了。」她露出笑臉，略撒嬌道：「融哥哥，事情都過去這麼多年，瑤瑤哪裡還記得？」此時此刻，她雖然故作輕鬆，內心卻好害怕，彷彿這麼多年來的謊言，會在下一刻被突然揭穿。

小時候，融哥哥是真心待她好，可是隨著她慢慢長大，他漸漸地和她有了距離，雖不像對別人那般冷冰冰的，可也親密不起來。

而今，融哥哥似乎又有哪裡不一樣了，這是他封王後兩人頭一回見面，融哥哥對她自稱本王，她感到一股從未有過的陌生，這種陌生的感覺，與他以往待自己的那種疏離感不同。

未待她再問，祝融忽然淡淡一笑。「妳回去吧，本王有空，就帶妳去騎馬。」見到他笑，葉如瑤這才鬆了口氣。對，一定是她想多了，融哥哥生性冷淡，本來就少有笑容。

「融哥哥。」葉如瑤有些小心翼翼問道：「你等一下會送我回府嗎？」

「我派人送妳回去。」祝融說著，瞄了一眼殿內的人兒。葉如濛這邊正伸長了脖子在偷瞄兩人，一個不小心被祝融抓了個正著，又連忙低下頭。祝融看在眼中，不動聲色，轉身離開。

「融哥哥！」葉如瑤連忙想跟上，誰知道墨辰突然出現攔住她的路。

葉如瑤被一臉冷冰的他嚇得倒退一步，不禁瞪了他一眼。這個人最討厭了！她以後要是嫁給融哥哥，一定讓融哥哥把他辭退！

祝融轉身離開，面色陰沈。

當年救他的小姑娘，根本就沒有說過有人踢她……

娘親去世那一日，傷心的他獨自跑出府外，卻在茫茫雪地裡迷了路。大雪剛停，外頭一個人都沒有，他又冷又累，體力不支地倒坐在大石頭旁，任憑視線逐漸模糊。

不知過了多久，一個小小姑娘發現他，費了九牛二虎之力將他拖進一個石洞裡，不過石洞裡也是冰涼得很，而且前後透風，兩人沒一會兒便凍得瑟瑟發抖。

「你放心，我姊姊和妹妹們都知道我掉下來了，她們會找人來救我們的。剛剛我們在玩的時候……她們、她們不小心撞到我，我從狗洞掉下來，現在她們一定急壞了，應該都在找我。」生怕他不相信，她又解釋了一遍。

當時他頭昏腦脹得厲害，她還一直在他耳旁聒噪個不停。

——我是不小心掉下來的。你呢？怎麼會在這裡？

——我今年六歲，你今年多大了呀？

——你眼睛怎麼了？好紅哦，很疼嗎？我幫你吹吹。

——你的衣服真好看、好白，難怪在雪地裡沒人發現，可是這麼冷的天，你怎麼不穿多點呢？

——你的手好滑呀！

小姑娘搓著他的手為他取暖，又將自己身上的斗篷取下，緊緊裹住兩人，安慰道：「你放心，我家裡人很快就會找過來，到時馬上送你回家。我爹娘很疼我，他們一定會找到我們的。」

她聲音脆脆的，很好聽，呼出來的熱氣暖暖的，噴灑在他耳邊，微微有些發癢。

漸漸地，小姑娘似乎睏了，收起冰涼的小手，縮著身子靠在他懷中，為了取暖，他也抱緊了她，然而直到一個寒夜過去了，外面仍是靜悄悄的，沒有一個人來……

天亮了，他發起高燒，整張臉燒得通紅，開始喃喃地說起胡話來，吵醒了小姑娘，小姑娘強撐著小小的身子爬起來，開口道：「別怕、別怕，我現在就去找人來救我們。」她聲音沙啞得厲害，想必情況沒有比他好多少。

他忽然清醒了些，伸出手緊緊拉住她。他還沒看清她長什麼模樣，他的眼睛昨日被雪傷了，只要一睜眼便會流淚，可是此時此刻，他真的很想睜開眼看看她長什麼模樣，他想記住她。

她安慰道：「姊姊妳別怕，我不是要走，我還會回來的，我只是要先去找人來救妳。」她用昨夜兩人禦寒的斗篷緊緊裹住他的身子，不忘囑咐道：「這斗篷是我的，是狐狸毛做的，很暖和的，而且很漂亮，別弄丟了哦。」她邊說著，伸出小手摸摸他的臉，甚至還在他白淨的臉上輕輕「啵」了一口。

姊姊？她為何喚他姊姊……他頭腦昏脹得厲害，未及細想便又昏睡過去。

不知睡了多久，小姑娘沒有回來，倒是府裡的人先找到他了，將他帶回府裡，之後連發了幾日高燒，他好不容易才醒過來。

御醫說，多虧有這件極為保暖的斗篷禦寒，世子才能撐過冬至這至寒的一夜；可是管家說，這斗篷屁股上的位置有一個小孩子的腳印，像是這斗篷的主人被人踢了一腳。他一聽，聯想到昨夜小丫頭說的，便知道是發生了什麼事。昨日那個小丫頭八成是被人踢下去的，竟還傻乎乎地等人來救他們。

「去，找到這件斗篷的主人。」

他兩眼蒙著紗布，雖然看不見，卻緊了緊懷中的斗篷，誓言此生要好好保護她，不再讓她受欺負。將斗篷遞給管家後，他下意識地摸摸自己的臉，若他沒記錯，那個小丫頭臨走前好像還親了他一下？

管家接過斗篷便退了出去，這倒不難找，這斗篷是霓裳閣所出，也虧得霓裳閣的衣裳從來不偷工減料，才護得住小世子，看這件衣裳質地極佳，想必斗篷的主人也是非富即貴。

管家帶人到霓裳閣一查，查出這斗篷是霓裳閣前不久才出的新品，被葉國公府的七夫人買去，找到世子的地方正好毗鄰葉國公府後院，世子說那小姑娘今年六歲，不用懷疑，府中能穿得起這件斗篷的，也只有那七夫人的嫡女——葉三小姐了。

祝融身子恢復後，第一時間便去了葉國公府，見到葉如瑤時，祝融便覺得她與自己印象中的那個小丫頭有些出入。這小姑娘生得極其嬌豔，一雙桃花眼波光瀲灩，看起來聰慧伶俐，怎麼都不像是昨夜那個誇自己喪服好看的笨丫頭。

他也曾試探過葉如瑤幾回，可是葉如瑤都回答得天衣無縫，就如同她也在場似的。

這麼多年，他始終對那一夜念念不忘，那是前生、今世，他娘去世後他度過最溫馨的一夜，雖然天寒地凍，可他永遠都忘不了她給予他的溫暖與柔軟，她脆生生的聲音彷彿還迴盪在他耳旁——你冷嗎？我抱抱你就不冷了。

大悲殿裡，葉如濛再抬起頭來時，見殿前的側門口外已空無一人。法會結束後，葉如濛姊妹倆又和賀明玉小聚了一會兒，賀明玉對今日的相遇有些意猶未盡，又和姊妹倆約了下次再聚的時間。

葉府一行人下山後，單獨給葉如濛叫了一輛馬車，派一個小廝護送她們主僕三人回府。葉如濛家與葉國公府是不順路的，分開走還快一些。

馬車行一段時間，估算著也快到家了，這時，馬車突然急急停住，若不是有香北、香南兩人扶著，葉如濛只怕要直接摔到馬車地板上了。

「怎麼回事啊？」香北連忙掀開窗簾，探頭看了看。

「妳個臭娘兒們瞎了不成！」外面傳來車伕不知對誰的斥罵聲，坐在車伕旁的小廝連忙提醒道：「說話注意點，轎子裡坐的可是葉國公府的小姐。」

「是、是。」車伕連忙道。

「對不起、對不起！」外面傳來一個女子急忙道歉的聲音，葉如濛聽著，覺得有些耳熟，不由得往車窗外瞄了一眼，那女子正好從窗前經過，對上她的臉，一看見她，立刻就叫了出來。「小姐！」

「小梅，妳怎麼在這兒？」這姑娘葉如濛認識，是醫館望聞堂的女醫僕。

「小姐，快隨我來，妳娘出事了！」

「什麼！」葉如濛一聽整個人都懵了。

「快啊！小姐！」

葉如濛慌忙下了馬車，急急跟上她，往醫館的方向奔去。

「小姐！等等我們！」香北和香南連忙跟上，小廝也想跟上，卻被一旁的車伕扯住了衣裳。

「這位小哥兒，銀子還沒給呢！」

小廝心急，連忙扯了錢袋出來，可是付完錢，那主僕三人已不見影兒，只能到處亂找一通。

「小姐，走這邊！」小梅逕自在前面帶路。「抄小路，快！」

葉如濛沒有多想，狂奔著跟上去。「小梅，我娘怎麼了？妳說呀！」

「今日葉夫人出門，沒注意讓馬車給撞了，現躺在醫館裡呢！」

「什麼？」

葉如濛急得眼淚都流出來了，娘怎麼會突然出門，還這麼不小心被撞了？出了這麼大的事，只怕肚子裡的孩子……不，只要她娘還好好的，其餘的她也不敢奢求了。

小梅跑進一條深巷裡，推開一扇木門，葉如濛急急跟了進去，沒想到一進去，卻見兩名彪形大漢在等著她，她嚇了一跳，連忙後退一步，可是後面也堵著兩個大漢，轉身一看，香南和香北兩人已被打暈倒在地上，她一驚，這才反應過來這是個圈套！

「你們想幹什麼！」她斥道。

「小姐對不起！」小梅急道：「他們只要銀子，妳乖乖配合他們就行，他們不會傷害妳的。」

「小梅！妳、妳居然……」

葉如濛氣急，卻被他們前後夾擊，逼得無路可退。大漢們立時朝她撲上來，她害怕得緊緊閉上眼睛，可是片刻後卻聽到耳旁陸續傳來「砰、砰、砰」重物倒地的聲音，葉如濛睜開眼，見那四名彪形大漢都倒在地上，不省人事，小梅也被打暈了。

葉如濛眨眨眼，這是怎麼回事？

就在此時，門外忽然走來一位白衣公子，公子身形俊朗，風度翩翩，手持一把繪桃花象骨竹扇，摺扇掩面，看不清面容。

「小姐。」公子幽幽開口。「下次，可不要輕信他人了。」

這聲音，聽來似乎有點耳熟？

公子一收摺扇，葉如濛立刻叫了出來。「你是……你是青時！」

青時對她輕輕一笑。「我家主子說，今晚容王爺會夜遊暮雲江，我特來通知小姐一聲，晚上會安排小姐上畫舫，希望小姐能乘機接近容王爺。」

「什麼？不行、不行，這時候我接近他能幹麼？我不會殺人，你們不會要我殺他吧？」葉如濛驚懼道，讓她去接近容王爺，這不是羊入虎口嗎？

「不不不，只是希望小姐先混個臉熟，讓容王爺放鬆警覺，主子也好下手。」青時從容道。

沒想到主子平日悶不吭聲，追起姑娘來，手段竟不在他之下。主子既然喜歡眼前這位姑娘，這姑娘定然有可取之處，只是，他不敢多問，也不敢多說，天知道他多想出去亂吼一通，他家主子是正常的！正常的！他為這個主子真是操碎了心，長這麼大，連姑娘家的衣裳都沒摸過，只和太子有著「肉體」上的往來，他擔心啊！

「可是……」

「小姐，另外還有一事，屬下此次來是奉主子之命，給小姐送兩個人的。」遇上這樣的事情，還真是湊巧，主子已將葉府一家納入保護範圍，這下他帶來的人也能順順利利地送出去了。「出來吧！」

青時話一落，門外便走進兩位高䠷的姑娘，年約十六、七，一個身著藍衣，一個身著紫衣，眉宇間皆帶有幾分英氣，鴨蛋臉、鼻子高而挺，等等，怎麼這兩個人的臉，看起來好像一模一樣？

葉如濛的視線在兩人臉上轉來轉去，青時笑著說道：「這兩人是雙生子，紫衣的是姊姊，藍衣的是妹妹，主子說這兩人機靈，還會點武功，要讓她們待在小姐身邊保護小姐。我看也正好，對付今天這種小混混，這兩人的功夫綽綽有餘。」

「可是……」

「小姐，我走啦，記得今夜亥時，不見不散。」青時說完，便閃身出去了。

葉如濛還沒反應過來，眼前的雙生子突然抱拳跪下，齊聲道：「請小姐賜名！」

「什麼？」

「小姐莫不是嫌棄我們？」藍衣姑娘眨了眨眼睛，抬頭看她。

「不是、不是！」葉如濛連忙擺手。

「那便請小姐為我兩人賜名，我等誓死守護在小姐身旁。」

葉如濛一臉為難，還沒來得及開口說話，院子外面便傳來葉長風急切的呼喊聲。「濛濛！」

「爹！我在這兒！」

葉如濛連忙奔了出去。她走得急，跨過門檻時摔了一跤，正好倒入葉長風懷中，葉長風一把抱住女兒，又鬆開她將她上下看了個遍，見她毫髮無傷這才鬆了一口氣，一把將她緊緊擁入懷中。

葉如濛依在爹爹懷中，聽得他心撲通直跳，她從未見過爹爹這般緊張的模樣，連忙安撫道：「爹爹，濛濛沒事。」

「沒事就好！」葉長風大手撫著她的後腦勺，當他得知女兒被人中途帶走，立即帶人趕過來，當看到暈過去的香南、香北那一刻，他的心都提到嗓子眼，多怕自己來遲了。

「爹爹，您怎麼會來？」葉如濛鬆開他，見他身後還跟著福伯和兩個打手模樣的人。

葉長風正欲開口，突然眼角餘光瞄到兩位身形俊俏的姑娘從屋裡走出來，再往裡一看，只見幾個彪形大漢倒在地上不省人事，當下便猜到方才的情形，連忙謝道：「兩位救了小女，請受葉某人一拜！」

紫衣女子立時伸手相扶。「先生切勿多禮，我們只是路見不平，拔刀相助罷了。」

葉長風抱拳。「多謝兩位出手相助，不知兩位姑娘怎麼稱呼？」

這時，這對雙生子卻緘口不言，齊齊看向葉如濛，葉如濛眨眨眼，一臉為難，見爹爹也盯著自己，她沒辦法，只能硬著頭皮道：「這、這位叫藍衣，這位叫紫衣……」說完尷尬地笑了兩聲，一時半刻之間，她能想到什麼名呀！

「紫衣、藍衣見過老爺！」雙生子齊齊抱拳道。

兩人一喚，葉長風頓時怔住，看向女兒，葉如濛抓了抓頭，不知該如何解釋，這也太突然了吧！

紫衣從容不迫開口道：「我兩人流落到京城，機緣巧合之下救了小姐，多謝小姐願意收留我們，我們不要銀錢，只要管吃管住就行了，還望老爺莫要嫌棄我們兩人。」

「是啊、是啊！」藍衣道：「我們吃得不多，一頓只要一碗飯。」

「這……」

葉長風用眼神詢問女兒，葉如濛這會兒騎虎難下，只能咬唇認了，仰頭看他。「爹爹，可以嗎？」

葉長風是心思細膩之人，覺得當下情形有些怪異，不像表面看起來這般簡單；他又看了雙生子一眼，見這對姊妹神情坦蕩、態度大方，倒有幾分江湖兒女不拘小節的模樣，不像另有圖謀，可是，他怎麼可能讓兩個來歷不明的人待在女兒身邊？

他客氣地笑笑，溫和婉拒。「兩位姑娘救了小女，是小女的恩人，我等自當給予酬謝，姑娘眼下暫無落腳處，屈就寒舍恐有所怠慢，不如讓葉某代為安排適宜之處吧！」葉長風回身喚了一聲。「福伯！先帶兩位姑娘去客棧休息。」

「是。」福伯已經指示手下將那幾個暈死的大漢捆綁起來，押去衙門，這會兒把事處理完畢，拍了拍衣袖上的塵土快步走出來。「請兩位姑娘隨我來。」

姊妹兩人互望一眼，知道葉長風此時並不信任她們，紫衣突地上前一步，壓低聲音道：「葉伯伯，我姊妹兩人對來歷有所隱瞞實乃不得已，請您見諒，您可還記得何如滿？」

葉長風一聽，登時吃了一驚，仔細打量眼前的這對雙生子。「妳們是……」

紫衣兩人跪下抱拳道：「解憂、無憂拜見葉伯伯。」

葉長風一愣，連忙將兩人扶起。「妳們兩人……是……解憂和無憂？」

「正是。」紫衣道：「此次我們回京便是為了報答葉伯伯當年對我一家的救命之恩，願追隨在葉伯伯身邊伺候夫人、保護小姐，隨時聽候差遣！」

葉長風一臉欣喜。「這……快別說什麼報恩的話了，隨我回府見見夫人，她多年來都念著你們一家，只盼著你們安然無恙，如今見到妳們姊妹倆，她一定很開心……」他突地想起。「對了，妳們長姊呢？她可還好？」

「葉伯伯放心，長姊很好，我們姊妹三人是一起回京的，只是她有些疲累，現正在客棧休息。」

三人一下子像失散多年的親人久別重逢般聊得熱絡，看得葉如濛直咬手指，這是什麼情況？這對姊妹說的是真是假？是不是在演戲騙她爹爹？她當真一點都看不出來。

「沒事就好。來，先跟葉伯伯回去，再慢慢說這些年來妳們過得如何。」既是故人之女，葉長風二話不說，立刻就帶著姊妹倆回府，回頭正要邁出大門，才想起女兒還落在後面，忙踅回來將她帶上。

福伯駕著馬車將一行人送回府，在馬車上，葉如濛才知道姊妹兩人的身世。

原來，這姊妹兩人的父親何如滿，原是葉國公府的護衛，深得葉長風重用。當年葉長風離府後，舉薦何如滿去當大理寺獄史，本來做得好好的，不料十年前有一重犯出逃，皇上震怒究責，大理寺竟將他推出去頂罪。何如滿在牢中不堪酷刑逼供，為證清白撞牆自盡。

葉長風為此案奔波許久，一年後好不容易才找到證據為何如滿洗清冤屈，可惜雖然沈冤得雪，其妻劉氏因憂慮成疾，不久後還是鬱鬱而終。臨死前，囑咐大女兒帶著兩個妹妹離開京城，前往徐州投靠她開鏢局的娘家。

葉長風協助她們姊妹辦好劉氏的後事，遣人護送姊妹三人前往徐州，臨行前給了一筆不小的銀子。可以說若沒有他的幫助，何氏姊妹當時就活不下去，也到不了徐州，因此這些年來姊妹三人對此一直感念於心。

一行人回府後，林氏見到姊妹倆十分驚喜，急忙催促福伯去客棧將她們的長姊接來。她們的長姊何忘憂，林氏是看著她長大的，何氏夫妻兩人都是習武之人，偏偏長女靜得很，不喜動武，自小便是知書達禮、溫柔嫻淑的性子，深得林氏的喜愛。

姊妹倆在廳裡和葉長風夫妻倆敘舊，紫衣道：「雖然當年的冤案事隔多年，但為免招來不必要的禍端，我們姊妹三人決定隱姓埋名低調行事，先前才未吐實。今日剛到京城不久，沒想到遇見了小姐，真真是有緣，請葉伯伯答應收留我們，讓我們姊妹留在小姐身邊保護她，以報當年的恩情。」

「葉伯伯請放心。」藍衣緊接著道：「我兩人自小在鏢局長大，還隨舅舅們出過鏢，舅舅說我們的武功已在爹娘之上……」

「不，不是這個問題。」葉長風連忙道：「妳們姊妹要留下當然可以，既然來到京城，我當好生照料，妳們在府中住下便是，別再提什麼報恩了。」

「葉伯伯！」姊妹兩人突然起身跪下，紫衣道：「當年多虧了葉伯伯，我們姊妹三人才得以順利回徐州。長姊常說，若今生還有機會，我們做牛做馬都要報答葉伯伯，還望葉伯伯成全。」

「是啊！」藍衣續道：「請葉伯伯給我們姊妹回報的機會，如果葉伯伯不肯答應，那我們只能回徐州繼續走鏢了。」

葉長風皺眉不語。

「葉伯伯……」姊妹兩人期待地仰頭看著他。

「妳們兩個先起來吧！」林氏看不過去，欲上前將兩人扶起，葉如濛連忙也起身相扶，但她還是心存懷疑，哪有這麼巧的事，這兩姊妹不會是冒充的吧？

姊妹兩人執意不肯起來。「若葉伯伯不答應，我們明日便啟程回徐州。」

葉長風輕嘆了一聲。「妳們起來吧。好吧，我就聘妳們兩人保護濛濛。」頓了頓，又道：「每月十兩銀子，妳們不能不收。」

「這……」姊妹兩人面面相覷。「十兩銀子太多了。」確實，她們做這行的話，一個月能有幾兩銀子就不錯了。

葉長風冷臉。「嫌多的話，那就回徐州吧！」

姊妹兩人連忙起身。「紫衣、藍衣謝過老爺！」姊妹兩人，連改口也改得心有靈犀。

「好了、好了，都起來吧，坐下說話。」林氏連忙招呼道。

「謝夫人！」姊妹兩人笑道。

林氏無可奈何地笑了笑，對女兒說道：「濛濛，這兩位姊姊見多識廣，妳平日行事偶有衝動，記得多聽聽兩位姊姊的話。」

「濛濛知道。」葉如濛有些心虛地應道，娘親這是讓她不要將這對姊妹當成外人的意思；可是這姊妹兩人所言還不知是真是假呢！她該不會引狼入室吧？

只是，若把實情告訴爹爹，又得從臨淵寺她遇到刺客說起，想到她和刺客之間的約定……葉如濛決定把嘴巴閉得緊緊的！

「葉伯伯，紫衣還有個不情之請。」紫衣直起身子，看著葉長風。

「妳說。」

「長姊雖不像我兩人一樣會武，可是她懂醫，繡藝也極好，可以讓長姊伺候在夫人身邊嗎？」

林氏一聽笑道：「說這什麼胡話，妳們長姊我向來喜歡她，這次她過來，我定要讓她陪著我。」

聽見林氏這般說，紫衣、藍衣兩人才會心一笑。

葉長風又問了一些話，姊妹倆皆一一作答，見兩人英姿颯爽，口齒伶俐，葉長風很是欣慰。

門外，福嬸已經將東廂房的客臥收拾好了，桂嬤嬤便先帶著姊妹兩人下去休息。

姊妹兩人下去後，葉長風感慨道：「不愧是阿滿的女兒，長得這般好，若阿滿泉下有知，也該瞑目了。」

林氏頓了頓，壓低聲音問道：「夫君，不知忘憂她……」

葉長風知她想說什麼。「這個我也不知，等她晚上過來了再說吧！」

葉如濛豎起小耳朵，沒聽明白爹娘在說什麼，葉長風看見她這小動作，輕咳一聲，站了起來。「妳隨我來。」

葉如濛連忙隨葉長風去小書房。

一入書房，葉如濛便打探起來。「爹，娘親剛剛是問忘憂姊姊什麼？」

葉長風也不瞞她。「十年前何家出事當時，忘憂已有十六歲，也談了一門不錯的親事，再有一個月便要出嫁了，只是阿滿一出事，便給耽擱了。」

「那……她現在嫁人了嗎？」

葉長風看她一眼。「這正是妳娘剛剛問的。」

「那當年和她訂親的那戶人家呢？」葉如濛追問道。

「早就娶妻，孩子都有好幾個了。」

「哦。」葉如濛聽了，心生可惜，只能算是有緣無分了。「那忘憂姊姊今年有二十六了吧？」

「嗯。」葉長風感慨道：「今年……二十有六了。」這個年紀，應該已經成親了吧，說不定孩子都有了，那……

「爹爹？」見葉長風神情似乎有些遺憾，葉如濛喚了一聲。

「唔，沒事。」葉長風低頭收拾印章，又從抽屜裡取出一些銀票，數了數，納入懷中。

「爹，您要出去嗎？」

「嗯，去一趟衙門。妳先前不是問我怎麼會知道妳出事了嗎？」葉如濛看著他，葉長風沈聲道：「這段時間我讓福伯去探查劉大夫，沒有發現劉大夫有什麼問題，不過，福伯卻在望聞堂碰到了老鄭。」

「鄭管家？」

「嗯，福伯看到鄭管家和小梅偷偷摸摸地不知在說什麼，便派人跟蹤兩人，這才發現了他們的陰謀詭計。」

「原來是鄭管家！」葉如濛忍不住叫了出來，居然是鄭管家派人來綁架她！

「噓。」葉長風忙做了個噤聲的動作。「小聲點，別讓妳娘聽到了。」若是讓妻子知道濛濛今天被綁架，只怕會嚇得動到胎氣，是以今日紫衣姊妹倆救了葉如濛的事，都是瞞著林氏的，只說是在路上碰到的。

「那……爹……」葉如濛頓時覺得有些後怕，怕今日之事會再重演。

「濛濛害怕？」

葉如濛點點頭。

「濛濛不怕，爹會將老鄭一家人收拾妥當，讓他們再也回不了京城。」葉長風摸了摸她的頭。「妳以後出門注意些，一定要讓紫衣姊妹倆陪著妳。」

「嗯。」葉如濛連忙點頭。「爹爹，您平日也要小心一些。」

「嗯。」葉長風想了想。「爹準備等滿三個月後，再將妳娘懷了身孕的事說與祖母聽。」

葉如濛點點頭，爹既然有這個打算，那應當是能保證娘親平平安安的了，畢竟娘親的事情爹比她還上心呢！

葉長風的心中確實已有打算，其實很多事情，他不是爭不起，只是不想去爭。

晚上，葉如濛沐浴完回到閨房，紫衣姊妹倆已經等在她房中了，趁著香北出去斟茶，她懷疑地看著兩人。「妳們……今天說的那些話，究竟是真是假呀？」

紫衣看她這副狐疑的模樣，淺笑道：「小姐放心，我們的身分是真的，只是我們當年也曾遭人追殺，後來是主人救了我們，因此和主人另有一段淵源，這回青時大人挑選我們來服侍您，您放心，我們姊妹三人絕無二心。」

「這麼……巧啊？」葉如濛仍有些懷疑。

「我們發誓，所言都是真的。」藍衣道。

葉如濛看著她們兩人，輕聲道：「如果妳們是真心待我們的話，那我們也會報以真心的。」

姊妹兩人輕笑道：「小姐您就放心吧！」說著將她拉了起來。「姊姊已經來了，正在北屋裡呢，小姐不妨過去一聚。」

葉如濛聽了後，忙抬腳往北屋去了。

入屋後，便見林氏與一青衣女子相擁在一起，林氏紅著眼，正用帕子輕輕擦拭眼淚，青衣女子身量高䠷纖瘦，背對著葉如濛。

一旁的葉長風見到女兒，開口道：「濛濛來了。」

林氏這才鬆開青衣女子，女子轉過身來，葉如濛見她梳著百合髻，眉目間與紫衣姊妹倆有幾分相似，卻又柔和許多，臉要圓上一些，看起來典雅嫻靜。

她以帕掩面吸了吸鼻子，看著葉如濛笑道：「濛濛都長這麼大了。」

「濛濛，這是妳忘憂姊姊。」林氏笑道。「小時候她還抱過妳呢，妳還記得妳那個小魚荷包嗎？就是她繡給妳的！」

何忘憂聽了，笑道：「還在嗎？」

「還在呢！」林氏道：「那時濛濛看見解憂的花荷包，便纏著也要一個，妳一時半刻繡不出來，濛濛便哭了半日，哄了許久才不哭。」

何忘憂輕輕拭了拭眼角的淚。「我記得濛濛小時候是有些愛哭。」

「現在不會啦！」葉如濛趕緊道，都被她們說得有些不好意思了。

何忘憂拉起葉如濛的手，細細打量著她，讚賞道：「果然是女大十八變。」小姑娘依稀還有些幼時的模樣，當年那般精靈可愛的一個小女孩，如今已經出落得亭亭玉立，頗有淑女姿態。

一群人聚在一起，又聊起許多以前小孩子間的趣事，有說有笑的，在葉如濛印象中，家裡從來沒有這麼熱鬧過，一下子新奇得讓她有些樂開懷。

談笑漸靜，林氏執著繡帕的手習慣性地撫上微微顯懷的小腹，何忘憂看在眸中，淺淺一笑，輕聲道：「恕忘憂多嘴，剛剛碰到夫人的手腕，似有滑脈之狀？」

她此言一出，林氏放在小腹上的手略微有些僵硬，又有些不好意思地點了點頭。

「可否讓忘憂為夫人把上一脈？」何忘憂輕聲問道。

林氏自是無異議，伸出手腕放在茶桌上。

何忘憂探出三指，片刻後笑道：「脈來流利，如盤走珠，胎象極穩。」

聽她這麼一說，大家都眉開眼笑，可她卻未收回手，起指後又把了一次，此次把得目不眨眼，葉長風和葉如濛見到她這副神情專注的模樣，忍不住都屏住呼吸，是怎麼了嗎？

可是緊接著，何忘憂便收回了手，笑道：「恭喜老爺、夫人，添得男丁。」

林氏一聽，驚喜地看向葉長風，葉長風面色雖有欣喜之意，卻無林氏那般顯露，他是怕高興得太早，就算是宮中的御醫，也不一定能把得出男女，忘憂的醫術當真有這般高明？

葉如濛心中甚是歡喜，連忙問道：「真的嗎？忘憂姊姊是說，我娘懷的是個弟弟？」

何忘憂笑道：「這個錯不了，男女脈同，唯尺各異，如今不到三月，左脈極疾，定是無疑。」

「如此，那便承忘憂姊姊的吉言了。」葉如濛高興道，她是真心高興啊！雖然她覺得有個妹妹也不錯，但如果有個弟弟，爹娘絕對能在宗族中站穩腳跟！

葉長風輕輕抓住林氏的手，輕聲道：「不管是男是女，只要健健康康、平平安安就好。」又笑道：「給濛濛生個小妹妹也不錯。」他怕忘憂斷言過早，給了妻子希望，若到時生下的是女兒，只怕妻子會失望。

「夫君說得是。」林氏垂首溫婉道。

何忘憂莞爾一笑。「若夫人不嫌棄，忘憂以後就伺候在夫人身邊。」

林氏笑著拉起她的手。「妳跟著我就是了，妳們三個都不要拘謹。」這三姊妹，她定然不會將她們當外人看待。

葉如濛幾人回去後，林氏又拉著何忘憂說了一會兒話，待何忘憂一走，葉長風才湊近問：「如何？」其實他也不抱希望了，今日見到忘憂，她已做婦人裝扮。

林氏搖了搖頭。「聽她意思是已經嫁過人，但是和離還是被休棄，或是成了未亡人，妾身實在不便往下細問。」

葉長風聽了，也低低嘆了口氣。

「夫君，此事你可會告知六弟？」

葉長風搖搖頭。「不必了，這麼多年了，便讓他繼續在外逍遙吧！」

「可是……」林氏低聲道：「妾身覺得，這麼多年，倦鳥也該歸巢了。」

葉長風猶豫了許久，終是提筆修書一封給在外漂泊的六弟葉長傾——

有故人歸來，是否一聚？

第七章

東廂房裡。

葉如濛回屋後便解開束髮，紫衣見她一副準備上床歇息的模樣，連忙開口提醒道：「小姐，戌時快到了。」

「幹麼？」葉如濛一頭霧水地看著她。

「要去暮雲江呀，小姐忘了？」

「……」葉如濛摸了摸頭。「好像沒有這回事吧？天色不早了，大家洗洗睡吧！」說完便立刻躺到床上，滾入床內，緊緊抱住被子閉目裝睡。

「小姐！」紫衣忙將她拉了起來，再將她按坐在梳妝檯前，另一邊，藍衣也打開她的衣櫃，取出一套桃紅色的襦裙來。

葉如濛掙扎不過，仰頭看著紫衣，面色驚恐道：「如果容王爺要殺我，妳們會救我嗎？」

「小姐放心吧，有青時大人在，您不會有事的。」藍衣說著，打開一個小巧玲瓏的粉彩桃形花卉胭脂盒。

「幹什麼？」

「抹胭脂呀，藍衣給小姐畫個淡雅的妝容吧！小姐皮膚白，上一點胭脂會顯得氣色更好。」

「不用、不用。」葉如濛連忙擺手。「我娘說我年紀小，上妝對皮膚不好。」

「小姐放心，這胭脂是前不久剛用新鮮的老樹山茶花製的呢！」

「等等，還是先上點妝粉得好。」紫衣拿出一個鎏金粉餅盒。「小姐，閉眼。」

「不是……」

「小姐，抿一下唇。」紫衣動作熟練地給葉如濛上妝，這妝粉研製得細膩如沫，再加上葉如濛皮膚底子好，上妝後效果極佳。

最後，紫衣又給她描了眉，點了唇脂，最後的點睛之筆，便是在她眉心處繪上一塊紅色的桃花鈿。

接下來，便是梳髮換裝了。

「我還是穿齊胸的吧，別穿齊腰的。」她穿齊腰的顯得有點腰細胸大，怪羞人的。

「小姐身段玲瓏，遮掩住多可惜呀！」

葉如濛說不過兩人，只能任由姊妹倆折騰。

裝扮完畢後，紫衣將葉如濛偷偷帶出府，留下藍衣在房中幫她打掩護。這麼晚了，葉如濛的爹娘肯定是不會讓她出去的，何況還是去會容王爺？只能偷溜了。

兩人剛走沒多遠，便有一輛馬車在等候著，葉如濛趕緊扯緊臉上的面紗，生怕被人認出來。

臨上車時，葉如濛忽然想起什麼，連忙頓住步子，拔腿往回跑。

「怎麼了小姐？」紫衣忙拉住她。

「我想起來，今夜是七月十五，容易撞鬼，我要回家！」她怎麼就給忘了呢！

「小姐，晚上外頭人還很多呢！」

「不行、不行，桂嬤嬤說今夜鬼門關大開，我八字輕，很容易鬼上身的！」

「小姐！」

葉如濛被紫衣強行推上馬車，掙扎不過，只能緊緊抱住紫衣。「紫衣我真的好怕呀！我覺得容王爺比鬼還可怕，我們還是回家吧，妳告訴妳主子，下次有機會再接近他吧，大白天我可能還沒那麼害怕……」

「小姐。」

「而且，我覺得穿這一身太累贅了，萬一容王爺要打我，我跑不快很危險，不然我們先回府換一身再說吧？」

「小姐，若容王爺真要打您，您覺得您跑得掉？」

「……」

葉如濛絕望地閉上眼睛，忽然想到一事又睜開眼。對了！七月十五中元節，不正是容王爺的生辰嗎？三姊姊是正月十五元宵節出生的，前世還有一道士說葉如瑤和容王爺是天造地設的一對呢——

天官生在正月十五日，稱上元節，主要職責是為人間賜福；地官生在七月十五日，稱中元節，主要職責是為人間赦罪，上元女子配中元男子，乃天造地設也。那道士還說什麼兩人成婚福澤極佳，能保國運之長興，總之說得是天花亂墜。

小半個時辰後，馬車停下來，葉如濛緊緊抓住馬車壁柱，不肯下車。

「小姐，再不走人就多起來，您面紗又薄，很容易被人認出來的。」紫衣勸道。

葉如濛心知自己不過是拖延時間，一咬牙，狠心放手，下了馬車後才發現她們已經在暮雲江邊了。

江邊一排連綿的柳樹，垂柳搖曳，婀娜多姿，柳樹上掛著形狀各異的燈籠，岸邊還有不少人在放花燈紙船，葉如濛頓時覺得陰風陣陣，忍不住起了一身的雞皮疙瘩，她從小到大最怕鬼了！

不遠處，一艘精巧的雙層畫舫緩緩行來，停在江邊。葉如濛一抬頭，便見一襲白衣的青時負手立在舷邊，衣袂飄飄，看見她，朝她溫和一笑。葉如濛仰望著他，忽然覺得這場景美得如詩如畫。

白淨的面容，溫柔的眉目，嘴角總是噙著恰到好處的微笑，看起來親切良善，不過她知道，這絕對是假象，能得容王爺重用的人，一定是一隻披著羊皮的狼！

「四小姐，請。」青時微微俯身，做了個請的手勢。

葉如濛心驚膽戰上了船，小聲道：「青時大人，你一定要想辦法保護我啊！」

青時笑得如同春風拂面。「四小姐請放心。」真沒想到，他有生之年居然能夠看到爺的約會。

青時引領著她往前走去，打開艙門口的垂簾，葉如濛低頭走進去，腳下如履薄冰，彷彿赴死一般；可是裡面怎麼這麼安靜？不是應該很多人一同載歌載舞嗎？葉如濛一抬頭，見船艙內佈置典雅，壁上點著幾盞溫馨不失明亮的蓮花燈，可是……裡面只有祝融一人！

什麼情況？只有她和容王爺兩個人？葉如濛一回頭，卻見艙門已被關上，讓她進退不得。

祝融今日穿著一身深藍色直裰，正襟危坐地坐在桌前，見到她，微微垂了垂眸子，掩住眸中一閃而過的驚豔。

今日她穿著一襲桃紅色的繡曇花齊腰襦裙，襯得膚色細白如雪，雙目清澈靈動，唇脂嫣紅欲滴，眉間的花鈿更添了幾分女人味。她平日甚少穿這般明豔的顏色，還上了妝容，這妝容與服飾兩相映襯，襯得她分外惹人注目。

祝融忍不住又抬眸看了她一眼，或許是因為有些緊張，她貝齒咬住紅唇，這一瞬，竟讓他感覺到有那麼一絲絲的誘惑，慌忙又垂下眼眸。他好像有一種心動的感覺，因她而動。

「過來。」祝融開口，聲音輕柔。

葉如濛抬腳，極其緩慢地朝他走過去，簡直是舉步維艱，來到桌前三步之距，便不敢再往前走了。
祝融伸出手做個「請」的手勢，雖然沒有笑，但面容已柔和許多。
葉如濛小心上前兩步，挪了挪屁股坐在椅上，一副隨時準備逃走的模樣。
祝融是個不愛笑之人，可是現在生怕嚇到她，連忙唇角彎起，朝她露出一個微笑，又輕聲喚了句。「濛濛。」
「啊？」葉如濛頓時從椅子上跳起來，瞪大眼睛看著他。
他也看著她，並沒有迴避她的眼神。
「你、你叫我什麼？」葉如濛緊張道。
「濛濛。」他又重複一遍，輕輕地，像是在呼喚自己的寵兒一般。
葉如濛內心很複雜，不知道該笑還是該哭，臉忍不住抽筋了，連忙揉了揉臉。
「坐下。」他淡淡道，面色柔和。
葉如濛一屁股坐下，覺得眼睛有點發熱，突然有想哭的衝動，這容王爺究竟想幹麼？
「給。」祝融拿出一塊小金玉，放在桌上，往她的方向推了推。
「什、什麼東西？」葉如濛迅速抬眸看他一眼，目光落在小金玉上，這是一塊水滴狀的金鑲玉，上面刻著一個「容」字。
「憑這塊玉墜，妳可以在京城三閣中任意挑選喜歡的東西。」祝融看著她，又耐心解釋道：「看上什麼，直接拿走就可以。」他說完，自認為非常和善地朝她露出一個微笑，他已經對著鏡子練習許久，這個微笑是最適合的，不會太嚇人。

葉如濛眼皮直抽筋，僵硬地看著他，他究竟想幹麼？

「收下。」他輕聲道。

葉如濛朝他擠出一個僵硬的笑，顫聲問：「為、為什麼？」為什麼呀！這是為什麼呀！她心中不斷咆哮著，他究竟想做什麼？殺人不過頭落地，他為什麼要這麼嚇唬她？

祝融瞄了一眼角落裡的書，書名是《我知女人心》，風流公子著——

十個女人，有九個愛胭脂水粉、衣裳首飾，剩下的一個，不是女人，定是男扮女裝。不管她表面上說喜不喜歡，或者要不要，送就對了。女人也愛面子，你送得越值錢珍貴，她越覺得你在意她。

想到書中寫的，他又鼓起幾分勇氣，忽然站了起來。

葉如濛一驚，像彈簧般跳起來，見他一步步朝自己走來，她下意識連連後退，背緊緊抵在後面畫壁上，如臨大敵，雙手緊握成拳擋在胸前。他、他要是再過來，她就要叫了啊！可是，隨著他的步步逼近，她的喉嚨像是被鎖住般，一點聲音都發不出來。

祝融來到她跟前，居高臨下地看著她，她額上落下豆大的汗。

他微微蹙眉，鼓起勇氣說道：「濛濛，」葉如濛看著他好看的薄唇一張一合，吐出了她此生最難忘也最受驚嚇的一句話。「我……我心悅妳。」
這一刻，葉如濛覺得頭頂上像響起一道驚雷，晴天霹靂般將她震得腦中嗡嗡作響，緊接著，她兩眼一翻，直接暈倒。
祝融連忙抱住她，當他意識到她在自己懷中之時，他突然渾身一顫，全身僵硬，可是，卻沒有放手。
連他自己都感到意外，他居然下意識抱住了她，而且此時此刻，他並不反感與她的接觸。她的身子軟軟的，與她如此靠近，他一點都不討厭。
他抱她在懷中，靜靜看了許久。她眉間的花鈿很漂亮，眉毛……似乎比上次見到時畫得還要長些，添了幾分風韻，睫毛還是又密又鬈，像兩把小扇子似的。
祝融慢慢伸出手，用指背輕輕觸了觸她彈滑的臉蛋，又觸了一下，再……輕輕摩挲著。這種感覺好舒服，她的臉好嫩好滑，軟彈軟彈的；而她的身子抱在懷中，柔弱無骨，軟得像水一樣，又暖暖的……祝融喉結突然一動，目光落在她光澤紅潤的唇上。
這唇，是塗了唇脂的吧，好像很甜……他舔了舔唇，微微俯下頭來……
就在此時，他突然聽到一丁點細微的響聲，他警覺地抬頭，見門口微微露出了一條縫。
垂簾外，青時嘴巴張得像雞蛋一樣大。什麼情況？爺居然抱著四小姐，好像……好像要吻她了？青時放下垂簾，當即猛捶胸口，他是在作夢嗎？
不，不，他要再次確認一下。青時深呼吸幾次，調整好之後，又偷偷湊近，對準那垂簾縫，眯起眼睛……

這時，垂簾猛然被人拉開，他直接對上祝融陰沈的臉，青時嚇了一大跳，連忙裝作正在看風景。

祝融一臉冰冷，青時連忙垂首道：「爺，青時知錯了。」說著，便欲往船下跳。

「慢。」祝融拉住他。「診診脈。」說著便往船艙內走。

青時隨即跟了進去，見葉如濛閉著眼睛躺在榻上，他伸出手，卻又有些猶疑，爺的人他不敢碰，怕會被剁手。

祝融冷瞥他一眼，輕輕拉過她的手，將她袖子往上微微拉了拉，露出皓腕後，他才不疾不徐地從懷中掏出帕子，輕輕覆在上面。

青時看得目瞪口呆，爺碰她了！真的碰她了！而且……動作好溫柔有沒有！

「眼睛再睜大一點，以後就別合上了。」祝融冷冷道。

青時連忙閉上眼，爺這句話的意思是——再看，你就要死不瞑目了。

青時微微側頭，認真把脈，片刻後有些小心翼翼地開口。「爺，這位四小姐好像是……驚嚇過度了；當然，也有可能是驚喜，呵呵。」不過，爺究竟對這葉四小姐做了什麼？

祝融沈吟片刻。「讓紫衣送她回去。還有，讓人把那風流公子揍一頓，若他三個月內能下床，就換你下不了床。」他說完抬腳便走，忽然腳步一頓，將角落裡的書撿起來，隨手丟出窗外，窗外傳來「咚」的落水聲。

青時鬆了一口氣，卻聽聞祝融淡淡說了句。「下次你再試試，自己把眼睛挖了。」

青時連忙擦汗，剛剛自己實在好奇得很，便忍不住偷偷瞄了一眼，誰知道還是被爺察覺了。唉，這種事還是墨辰做才有辦法做得天衣無縫；可問題是，墨辰不會這樣做啊！

當葉如濛醒來時，已回到自己的閨房，驚出了一身汗，好一會兒後想起在畫舫上發生的事，方連連拍著胸口，這容王爺也太可怕了。

「小姐？」睡在外間榻上的紫衣聽到聲響，連忙進來。

「妳怎麼在這？」葉如濛詫異問道，隔壁房不是已經收拾出來了嗎？

「替小姐守夜呀！」

「不用、不用！」葉如濛連忙擺手。「我不用人守夜的。」

「小姐，我這是為了保護妳，萬一有賊人進來了呢？」

說到賊人，葉如濛就想到那個刺客，就是那個刺客把自己送入虎口的！

「小姐，好好睡覺吧！」紫衣笑道。

葉如濛望了眼窗外，外面烏漆抹黑的，什麼也看不清。「什麼時辰了？」

「三更了。」

「那……我、我怎麼回來的？」

「紫衣送小姐回來的呀！」

「那、那妳看見我的時候，我還好吧？」衣裳還是完好的嗎？不過想想，容王爺也不可能會碰她，自己定是想多了。

「好好的呢，就是暈過去了。」

葉如濛這才鬆了口氣，擦了把汗，小聲說了句。「我覺得……容王爺好像有點不正常。」

紫衣眨眨眼，沒說話，這話她要怎麼回稟給青時大人呀？

葉如濛躺下，又覺得有些失眠了。

容王爺說他……心悅她？呵呵，呵呵，葉如濛一陣傻笑，怎麼可能？難道容王爺鬼上身了？嗯，有這個可能，葉如濛仔細想了想，只有這個可能了，今天可是中元節呢！

七月十六，又是嶄新的一天。

葉如濛醒來後，看見梳妝檯上放著昨夜容王爺給她的金鑲玉，皺了皺眉，彎下身從桌底下拿出一個小巧的硬木描金首飾盒，上面還貼著一道嶄新的黃符。

葉如濛小心將黃符撕開，掀開蓋子後，打開裡面的繡花棉帕，便見一塊成色極佳、周身澄澈的碧玉靜靜躺在裡面，葉如濛將金鑲玉放進去後，低低嘆了口氣，看得直皺眉。這容王爺究竟發了什麼瘋，竟送了兩塊這麼值錢的東西給她，她根本就不知道他想要做什麼。

這兩塊玉，她多看一眼都覺得害怕，彷彿玉面上映射出容王爺的面容，那原本俊美冷冰的容顏，忽地唇角彎起，朝她露出一個討好的笑……

葉如濛猛地打了個冷顫，連忙拿帕子蓋住這兩塊玉，合上蓋子，又拿黃符貼好，雙手合十拜了拜。

吃早膳時好熱鬧，以往飯桌上只有他們一家三口，從今以後，就多了三姊妹，一下子多出三個姊姊，葉如濛有些後知後覺地興奮起來。

今日的早飯很豐盛，桂嬤嬤和香南、香北都去廚房幫忙，菜端上來是擺了滿滿一桌。

「吃吧！」葉長風拿起筷子。「以後沒有外人在，咱們就是一家人了。」

「是啊！」林氏笑道：「妳們姊妹幾個試試福嬸做的金絲燒賣。」林氏說著，將燒賣一一挾到她們碗中。

「謝謝夫人。」三姊妹還是有些客氣，卻也沒有太拘謹。

「娘我也要！」葉如濛將碗遞到她面前，撒嬌道。

林氏也給女兒挾一個。

葉如濛拿到燒賣，也跟著怪裡怪氣地說了句。「謝謝夫人。」引得桌上的幾人都跟著笑了。

「好好吃飯。」葉長風收起笑容。

葉如濛吐了吐舌頭，拿了個熱呼呼的荷葉糯米雞。一打開荷葉，便有一股荷香撲鼻而來，一口咬下去，糯米潤滑可口，雞肉的香味完全滲入到糯米中，荷葉香、糯米黏、雞肉滑、香菇鮮，讓人回味無窮，葉如濛吃得津津有味。待吃完肥美的燒賣後，葉如濛已經有些飽了，可一看見煎得金黃的蔥花煎餅，又忍不住吃了一小塊，就著煎餅，還喝了小半碗紅棗豆漿。

這一下，可是飽得坐都坐不住了。其實以前，她的胃口是很小的，桂嬤嬤總是說她吃得像貓一樣少；但自重生後，便不知不覺地吃得多起來，或許是餓怕了，能吃就是福，她一定要多吃些。

林氏吃完肉沫蒸蛋，拿帕子輕輕擦了擦嘴，笑道：「濛濛今日胃口真好。」

「吃多才能長高嘛！」葉如濛摸了摸脹鼓鼓的肚子。「紫衣姊姊和藍衣姊姊只長我兩歲，可是卻高我這麼多。」

「是是是，吃多點好。」林氏又往紫衣和藍衣碗中舀了兩勺蒸蛋。「妳們兩個也多吃點，正在長身體呢！」

「謝謝夫人，真吃不下了。」藍衣忙道。

「嗯，晚些還有早茶呢！」林氏看著這對雙生子就喜歡，臉上一直掛著笑，對她們姊妹的喜愛溢於言表。

用完早飯後，葉如濛在院子裡散了一會兒步，爹爹今天不用當值，正和娘親在園子裡澆花。她倚在抄手遊廊上歇了一會兒，見陽光漸漸刺眼，便準備回屋。桂嬤嬤已經幫她裁好了兩條月布，她昨兒個挑好花樣，準備這幾日將月布繡好，下個月月事來時，便可以用這新月布了。

下午，葉長風在書房考核葉如濛的功課，考核完後隨口問了一句。「聽妳娘說妳昨日認識了丞相家的二小姐，明日要和她出去玩？」

葉如濛點點頭，笑道：「是明玉，我先前便認識的。」

葉長風知她說的先前指的是什麼時候，沈吟了片刻，語重心長道：「知人知面不知心，有時妳親眼所見、親耳所聽都不一定是真的，不要太過依賴妳之前的記憶，要按此生之事來做判斷，畢竟人都會變。」

葉如濛認真點了點頭。「爹爹放心，濛濛會注意的。」

「不要讓妳娘為妳擔心，有什麼事告訴爹爹。」

「嗯。對了，爹爹，七嬸是真的有了？」

葉長風點了點頭。「這個假不了。」

「可是前世的時候……」

「這便能證明，此生已經和妳前世不一樣了。」葉長風壓低了聲音。「昨夜福伯給了我一條線索，劉大夫可能和本家府裡有些關係。」

「什麼關係啊？」難道說，前世娘懷孕的消息，真的是劉大夫透露給七房的？

「劉大夫是王管家的遠房表哥，不過兩人明面上甚少往來。」

「王管家？」葉如濛有點印象，王管家是七叔的人，雖然是個下人，可在國公府裡頗有地位，府中上下都由他掌事，很得七叔的器重。

「嗯，王英是妳七嬸從娘家帶來的下人，做事乾淨俐落，是個聰明人；妳平日若回本家，記得留個心眼，一切小心。」

「爹放心，濛濛會注意的。那……」葉如濛抬頭看他一眼。「娘親，是七叔害的嗎？」

葉長風緩緩嘆了口氣。「不會的，妳七叔……應不會迫害妳娘親。」有些事，他沒有告訴女兒。當年他還沒娶妻子過門時，經常帶著么弟出去玩，表面上是疼愛弟弟，實則是藉幼弟做掩護以會佳人；那時的他從未想過，長大後葉長澤情竇初開，竟會對溫柔的長嫂有了遐想。

不知道從什麼時候開始，夫妻倆陸續察覺，可是彼此都心照不宣，到後來他們夫妻兩人搬出國公府，才覺得鬆了一口氣。

七弟對他的妻子一直有著求而不得的遺憾，但是以七弟的性格，絕對不可能在他死後企圖霸占長嫂。七弟從小到大一帆風順，自然有他的傲氣，不會勉強女人，更不可能迫害於她；那麼到底是誰暗中圖財害命，使得七弟也忍氣吞聲，不敢為他亡妻作主？這人，要麼是身分、地位在他之上，要麼就是與他利益相關。

「如果不是七叔，那還會有誰呢？」葉如濛低低道：「我們孤女寡母的，就算娘親懷了身孕，若生下的是兒子，七叔他抱養也行，若生下的是女兒，對他也沒有任何威脅。」

葉長風搖頭。「不，以妳娘的性格，不會讓人抱養我們的孩子。」他忽然想到了什麼。

「假如……假如妳七叔和妳一樣，根本不知道妳娘是被人害死的呢？」葉長風這話，問得葉如濛一怔。思來想去，也只有國公府的人才有動機，可若不是七叔，那會是誰？

「爹，您為什麼要護著七叔？」葉如濛忽然語氣一冷。

葉長風抿唇。「爹沒有護他，爹是就事論事。濛濛，不要被仇恨蒙蔽雙眼，要看清事實真相，妳七叔確實沒有理由害妳娘親，如果妳一直認定幕後主使者是妳七叔，有可能會忽略其他線索，反而讓真正的凶手逃走，妳明白嗎？」

葉如濛癟嘴，低垂著眉眼。「濛濛明白，可是，濛濛不開心。」她轉過身去。「我不想和爹爹往下說了，我回屋了。」

「濛濛……」

葉如濛頭也不回，抬腳便離開書房。

她多希望，有那麼一個人可以永遠支持她，無論如何都願意相信她。

入夜後，葉如濛盤著腿坐在窗臺上，低頭繡月布，月布的花樣是石榴花，桌上的蓮花老銅燭檯上點著明亮的燭火，將她的臉色照得嬌豔動人。

一會兒後，葉如濛覺得脖子有些痠了，便停下來，抬頭望著庭院上空的一輪明月，明月渾圓皎潔，高高掛在漆黑的夜空中。

涼爽的夜風吹來，窗前掛著的一串青竹風鈴叮咚作響，清脆悅耳。這是前不久爹爹買給她的，一個矮胖的毛竹筒下用白麻線繫著四、五根纖細的長竹筒，有風吹來搖曳碰撞，煞是好聽。不知為何，她忽然想起那日無為大師為她解的姻緣籤——風弄竹聲，只道金珮響；月移花影，疑是玉人來。

她眸光一動，忽然看向窗前的曇花，這株曇花已經結了幾個大大小小的花苞，似乎這幾日就要開了。葉如濛盼著早些開花，新鮮的曇花煮糖水喝，有清熱宣肺之用，而且味道清甜鮮美，她最喜歡吃了。

如今正好是花前月下……葉如濛笑著搖搖頭，正想將目光從曇花上收回，忽見曇花一動，其中一個花苞突然緩緩地展開來，像是在輕輕試探著什麼，幾乎在下一刻，花瓣便以一種優雅而迅速的姿態全然綻放，帶著一種聖潔而純淨的美。

葉如濛一愣，緊接著滿臉驚喜，還未歡喜叫出聲，驀地對上花朵後一雙深如墨的鳳眼，一下子，笑僵在臉上，連忙壓低聲音問道：「你怎麼在這兒？」

祝融微微垂目，顯然他也是剛剛與她一起目睹了這株曇花的盛放。「有事找妳。」

「你！」葉如濛四處看看，雖說她這裡位處府內角落，還有楊柳遮擋著，但很難說不會意外被爹娘或桂嬤嬤瞧見，她急道：「你快躲起來呀！」

祝融一躍，便從窗外躍進來，葉如濛也連忙從窗臺上下來，忽然發現自己手中還抓著繡到一半的月布，連忙藏到身後。

祝融看了一眼，低聲問道：「妳在繡什麼？」他一直記得，她還欠他一個香囊。

「關你什麼事！」葉如濛一下脹紅了臉。

祝融被她罵得一愣，這小丫頭，怎麼突然這麼凶？

「你來做什麼？」葉如濛瞪他。

「我……」祝融想了想，壓低聲音以免被認出。「我是來問妳，妳行動得如何？昨晚在畫舫上，容王爺有沒有和妳說什麼？」他也只能找這個藉口來看她了，只有蒙著臉她才不怕他，甚至還敢凶他。

「他……」葉如濛想到那句「我心悅妳」，忍不住起了雞皮疙瘩，全身打了個寒顫，小聲道：「他沒說什麼，容王爺根本鬼上身了！」

「什麼？」他皺眉。

「昨天可是中元節。」葉如濛小聲道。

「他究竟和妳說什麼了？」他想試探她的想法。

葉如濛不說話了。

他只好再問：「還是他……有沒有給妳什麼東西？」

葉如濛搖搖頭，忽然想起來。「啊！有，等等。」她連忙鑽進桌底下將那硬木描金首飾盒拿出來，祝融看見上面貼著的黃符，額上直冒黑線。

「就這個。」

葉如濛將盒子打開，以食指和拇指輕輕捏起金鑲玉，一臉嫌棄的模樣。
祝融伸出手，葉如濛小心翼翼地放到他掌中。「不知道會不會有毒。」
「嗯……」祝融裝模作樣看了下。「沒毒。我告訴妳，這個妳得隨身戴著，還有這個……」他將盒中的另一塊玉珮也拿了出來。「也必須隨身戴著。」
「為什麼呀？」
「關鍵時刻，這兩樣東西能夠保命。」
「真的啊？」她眼睛一亮。
「嗯。」
「可是……這兩樣東西都沒毒嗎？」葉如濛一臉迫切地看著他。「你再幫我看看，確認一下，他會不會下了什麼慢性的毒藥在上頭？」
祝融抿唇忍耐地回道：「真的……沒毒。」
「那，好吧！」葉如濛小聲嘟囔道：「我明天洗乾淨再戴好了。」必須得裡裡外外刷洗乾淨。「對了，這兩塊玉如果用開水燙一下或者丟在不要的鍋裡煮一下，會不會壞啊？」
祝融閉目，微微調整了下呼吸，睜眼平靜道：「會。」
「哦。」葉如濛若有所思，像是打消了念頭，又抬眼看他。「還有事嗎？你不會又要我去親近容王爺吧？我和你說，你有機會下手就下手，沒機會就算了，反正以後我是不去了。」

「為什麼？妳很怕他？」祝融輕問。

「那還用說！」葉如濛想也不想。「對了，你查到沒有？」

「查到什麼？」

「容王爺和太子的『關係』啊！」葉如濛雙手拇指對著彎了彎。

祝融眸色忍不住一冷，強調道：「沒有！」

葉如濛點了點頭。「也是，如果真被你這麼容易查到，那他們也沒辦法瞞天下人瞞這麼多年。」

祝融咬牙。「葉如濛。」

「什麼事？」葉如濛眨眨眼，她怎麼突然間覺得這刺客變凶了。

祝融見她眸色開始有些警戒，連忙語氣軟了軟，溫和道：「容王爺和太子，沒有斷袖之癖。」他用的是陳述事實的語氣。

「呵呵。」葉如濛只是敷衍一笑。

祝融胸口微微起伏。

「說真的，你到底來找我幹麼？」

「我、我就是要問妳幾件事。」

「還要問什麼？你說。」

「妳喜歡什麼花？」

「花？」葉如濛一怔。「你問這個做什麼？」

「妳回答就是，我有用。」

葉如濛想了想，覺得告訴他也沒什麼關係。「嗯，其實我很多花都滿喜歡的。」

「最喜歡的？」

「嗯……」葉如濛歪頭想了想。「應該是紫藤吧！」

「紫藤。」

「嗯。」葉如濛點頭，眼裡出現了淡淡的笑意。「小時候，我娘曾經帶我去外祖父家，外祖父的院子裡有個花架爬滿了紫藤，成串成串的紫藤花就和葡萄一樣，超漂亮的，可惜我們家沒地方種。」爹爹曾說過要把葡萄樹換成紫藤樹，可是她捨不得葡萄，後面也就不了了之了。

「哦。」祝融淡淡應下，又不動聲色問道：「妳喜歡吃什麼？」

提起吃的，葉如濛舔了舔唇。「可多了！我告訴你，我三姊姊有個廚子，他做的脆皮烤鴨超香的，肥而不膩、外脆裡嫩，再配上那個酸梅醬……」葉如濛連忙擦了擦口水。「不過我就只吃過一次，有時晚上我肚子餓的時候，總會特別特別想吃烤鴨，尤其是那個鴨腿……」她嘸了嘸口水。「還有好多好吃的，像是芙蓉雞、東坡肉、八寶鴨、糖醋里肌、宮保野兔，蟹黃蒸餃……都很好吃！」她如數家珍，一一道來。

「怎麼都是肉？」祝融聽著都覺得膩。

「啊？是嗎？」葉如濛倒沒意識到，不過好像也是，都是前世在靜華庵吃素吃怕了。

「妳有沒有什麼特別特別喜歡的東西？很想要的？」

葉如濛歪頭想了想，搖搖頭。

「真的沒有嗎？譬如……什麼願望想實現？」

葉如濛又想了想，好一會兒才小小聲道：「我就想要容王爺快點出事。」

「……」

「好了啦，你還有問題嗎？」葉如濛眨眨眼，他還要在這兒待多久，怎麼還不走？

「嗯，暫時沒有了……對了！」祝融不讓她輕易打發走。「妳想不想去騎馬？」

「騎馬？」

「容王爺……這陣子可能會去馬場。」祝融這話說得有些心虛，青時說的英雄救美這方法真的有效嗎？他有點不確定，一般手段用在別人身上可能會順利，但若是用在她身上，似乎都會起相反的效果；而且若是被她發現實情，她會生氣吧……嗯，她當然不會知道。

「真的嗎？你準備在他的馬上動手腳？」葉如濛天真問道。

「……妳去嗎？」不，是要在妳的馬上動手腳。

「你不會想讓我親眼看到容王爺從馬上掉下來摔死吧？」葉如濛起了一身雞皮疙瘩，有些害怕，連連擺手。「我不去，我不想親眼看他出事，你自己去。」

祝融輕輕嘆了口氣，他覺得很不開心怎麼辦？

「你怎麼啦？咦，對了，你手上的傷好些了沒？」

聽見她的關心，他心中微微舒服了一些。「快了。」

「嗯，那就好。什麼時候能拿劍？」

祝融心塞，看著她道：「我一好就立刻去刺殺容王爺，成嗎？」

葉如濛連連點頭，關切道：「那你要快點好，一定要好好養傷哦！」

祝融看她一眼，見她小手背在身後，隱約露出一條紅帶子，便道：「妳剛剛究竟在繡什麼？」

葉如濛一聽，連忙把月布藏好，頭甩得像博浪鼓一樣。「沒什麼！」

祝融低頭道：「也給我繡一個行不行？什麼花樣都可以。」

「什麼?!」葉如濛瞪大眼。

「我正好也缺一個……」

祝融「香囊」兩字還沒說出口，葉如濛便尖聲喝斥。「登徒子！」說著立刻抓起身後妝檯上的胭脂盒砸過去。

祝融即刻閃身接住，聽見外面傳來聲響，連忙從另一邊的窗臺跳了出去，幾乎是下一刻，紫衣、藍衣便衝了進來。

葉如濛脹紅了臉，這個殺手，真是個不要臉的登徒子！

「小姐，怎麼了？」紫衣、藍衣齊聲問道。

葉如濛連忙搖頭，好一會兒才憋出一句話。「沒有，剛剛不小心……撞到桌子了。」

「撞到哪了？有沒有受傷？」紫衣關心問道。

「沒事。」葉如濛裝模作樣，揉了揉髖骨處。

「小姐！」門外傳來桂嬤嬤的呼喚聲。「剛剛怎麼了？」她正好出來院子，也聽到了葉如濛的叫聲。

「嬤嬤！」葉如濛連忙誇張地指著窗前的曇花道：「曇花開了，我剛剛看見曇花開了！」

桂嬤嬤一聽，眉開眼笑。「是嗎？小姐，這是好兆頭啊，以後運氣好著呢！」

「真的嗎？」

「當然啦！」紫衣、藍衣兩人笑道：「小姐運氣真好，曇花開一瞬，正好讓小姐看見了，這不是好運氣是什麼？」

桂嬤嬤幾步來到窗前，拿起剪刀將剛開的曇花剪了下來。「嬤嬤去給妳煮糖水。」

「嬤嬤我也去！」

葉如濛興高采烈地跟著去了廚房。

桂嬤嬤將曇花洗淨後，剪成細絲，放入鍋中煮，因為葉如濛癸水來了，她沒有加冰糖，水沸後直接撈起來，放涼後加些許蜂蜜，煮了一小鍋，約莫有四、五碗。

葉如濛道：「娘親要喝嗎？」聽說懷孕的女子喝了曇花水，生出來的孩子皮膚會白白淨淨的呢！

桂嬤嬤笑道：「三個月前最好不喝。」

「哦。」葉如濛有些遺憾，剩下那幾朵曇花娘都吃不了。「那請忘憂姊姊她們來喝嗎？」

「嗯，給妳們一人盛一碗。」

「那我們一人盛少一點，嬤嬤也吃上一碗。」

桂嬤嬤欣慰地笑了笑，將曇花糖水舀入青花纏枝牡丹紋小碗中，曇花水黏稠順滑，如同瓊漿玉露般晶瑩剔透，加入蜂蜜後變成淡淡的琥珀色，瑩白淺色的花瓣映在其中，如同仙女的霓裳羽衣在胭霞脂霧中蕩漾，湯色看起來賞心悅目。

葉如濛喜孜孜地捧起小碗，舀了一勺曇花入口，還未來得及細細品味，曇花便順溜地滑入喉中，糖水黏稠如熬爛的雪耳，清雅的花香又帶著絲絲蜂蜜的甘甜，一碗下肚，她心滿意足，出了微汗後在院子裡納了一會兒涼，便回屋睡覺了。

於她而言，世界上最幸福的事就是吃飽然後睡覺了，如果沒有那麼多煩心的事，該有多好？

葉如濛這邊剛恬靜入睡，葉國公府的葉如瑤卻是從惡夢中驚醒，滿頭大汗！

她、她夢見了融哥哥……融哥哥神色嚴厲地拿著那件斗篷，朝她狠狠地甩了過來！葉如瑤緊緊捂住嘴巴，卻不敢哭出聲。

「小姐，怎麼了？」守夜的如意聽到裡面似乎傳來啜泣聲。

「出去！」葉如瑤尖聲叫道。

如意一聽，連忙退下。

如意退下後，閨房內一片寂靜，卻寂寞得讓她害怕。她緊緊地抱住自己，臉上梨花帶雨，一雙桃花眼有些失神。

她的思緒，飄到多年前的一個夜晚，那時她還很年幼，小小的個兒還搆不到矮矮的香几，那天夜裡，她爬下床。

她睡醒了，可是沒有哭，她只想找奶娘抱抱。

門口那兒，倚著兩個年輕的婦人正說著話——

「呿，妳以為三小姐是嫡長女？我告訴妳，四小姐才是！那是大爺不願意爭，哪天要是大爺回來給老夫人磕個頭、認個錯，國公爺的位置還不是一下子就到了大爺手裡？到時候七爺算什麼？三小姐又算得了什麼？她現在享用的這些，不過是從四小姐手裡借來的，哪天四小姐要是回來了，妳當三小姐還能嬌貴多久？」

那時候的她，還有些懵懵懂懂。

可是之後的每一天，那兩個婦人就像約好似的，每天都會刻意說這些話給她聽，最後她總算清楚明白了，原來，她所擁有的一切，都是四妹妹施捨給她的，哪天如果四妹妹回來了，她就會一無所有，什麼都沒有了，爹娘也會失去他們現在擁有的一切，祖母也不會疼她了，因為她不再是唯一的嫡女。

年幼時的記憶，兩名婦人的背影輪廓都是模糊的，白天她們不在，可是一入夜，總是她們守夜，就站在她房門口說話，有人來了她們就閉口不談。她不知道這兩名婦人是誰分派的、平時又在哪裡，她們好像只是每晚來她這兒說上半夜的話，讓她害怕就可以了。到了白天她也不敢問，她怕一切只是自己的一個夢，夢裡的這兩個婦人是鬼怪，若是她點破了，她們晚上就會變成厲鬼來找她。

葉如瑤擦乾眼淚，穿著櫻粉色的寢衣起身，來到多寶格前，打開一個又一個精緻的妝匣，輕輕觸碰著裡面每一支金釵珠墜，她抓起滿滿一把，捧得滿懷，掀起自己的衣裳兜著，緊緊抱在胸前；然後又打開一個又一個的衣櫃，伸出未曾沾過陽春水的纖纖玉手憐愛地撫過裡面一件又一件的羅裙華裳。她抬腳，鑽進滿是香味的衣櫃中，抱著珠釵蹲在衣櫃的角落裡，整個人被滿滿的綾羅綢緞包圍著，幾近窒息。

她覺得無比安心，嘴角浮起淡淡的微笑，如同鬼魅。

她現在擁有的一切，本來就是她的，只有她才配得起用這些金玉珠寶、霓裳羽衣！她生來就應當在這些香澤綺羅中，是，這些一直都是屬於她的，根本就不是葉如濛施捨給她的，葉如濛也搶不走！

當年那件斗篷也是她的呀，如果不是那個時候送給了葉如濛，葉如濛又怎麼可能救得了融哥哥？葉如濛，她差點就搶走原本屬於她的東西，幸好，她又奪回來了。

兩天後，葉如濛兩條月布已經繡好了，可是在這其間，只要一想到那天那個蒙面刺客和她說的話，她每下一針都覺得尷尬，繡好後，也覺得這兩條月布像是被他糟蹋了，都不太想用了。

那個蒙面人可能不知道她繡的是什麼，可就算她繡的是別的東西，她一個未出閣的女子怎麼可能會答應無端繡東西給外人？他腦袋要不是被驢踢了就是被門夾了，淨說胡話！

她忽然想起了容王爺，確實，她前世曾經繡了一個香囊給他，那時候的她，每一針、每一線都是懷著忐忑而甜蜜的心情下針的，當真愛慕他愛慕得緊；可是當他說出「不要」的那一刻，她的心真的好難過。是啊，以他那麼冷淡的性子怎麼可能會接受她的香囊，在那之前，她總懷著那麼一點點僥倖的心，聽了五妹妹的話，真以為自己對他來說是有一點點特別的，她真是太自以為是了。

那天他說……他心悅於她？葉如濛連連搖晃著腦袋，肯定不可能，如果不是鬼上身，那他一定是和三姊姊商量好要作弄她。容王爺真壞，想到這，葉如濛心中浮起的一點點舊情即刻消散無蹤。

或許她喜歡的，只是那年元宵救了她的那個少年吧！如果那個少年不是容王爺就好了，葉如濛默默想著。

今日她的月事已經徹底乾淨了，桂嬤嬤給她燉了一盅枸杞紅棗當歸湯，當歸下得重，苦得她舌頭都有些發麻了，她趁桂嬤嬤不注意又偷偷加了幾勺紅糖，吃完後往口中送了一顆甜甜的蜜餞，這才有一種苦盡甘來的感覺。

這之後，葉如濛閒得發慌，月布繡完了沒什麼事做，這陣子在家中悶了許久，她打算明天早上去外面逛一逛。

次日一早，葉如濛便帶著紫衣、藍衣、香北三個丫鬟出門去城北，城北不如城南、城東熱鬧，卻有許多新鮮的小玩意兒，而且來這兒也不怕會遇到葉如瑤她們，京城那些貴女們很少會來城西、城北逛。

馬車到了城北停下，葉如濛下來逛了一圈鋪子，買了許多新鮮的小玩意兒，還有不少小食，準備帶回家吃。

到得時辰差不多，她準備回去時，便喚藍衣去叫馬車，她們幾個在路邊等。

就在這時，不遠處忽然起了爭執，葉如濛探頭一看，只見一個約莫十歲出頭的小丫頭，穿著一身有些短的舊衣裳，正哭哭啼啼。這小丫頭模樣生得有幾分秀麗，看來有些眼熟，一個滿臉橫肉的中年壯漢正拽著她，凶巴巴的，小丫頭不肯走，一下子摔倒在地上，壯漢一把扯起她細細的胳膊，往前拖起來，看得人心疼。

「等一下！」圍觀的人群中突然冒出一個紅衣少年擋住壯漢的去路，少年朝壯漢質問道：「你幹什麼！」

壯漢見這少年錦衣華服，不敢對他動手，只是惡狠狠道：「我教訓自家的閨女，不關你的事！」

「有你這樣教訓的嗎？她是不是你親生的？」少年憤然道。

壯漢被他喝得一怔，很快又回過神來。「她偷東西，我教訓她，天經地義！」說著，拉起小丫頭繞道準備離開。

「不是！」小丫頭哭得滿臉是淚。「我沒有偷東西，救救我，我爹要賣我去青樓！求大哥哥救救我！」小丫頭一把扯住了少年的袍角。

「什麼？」或許是因她喚了他一聲哥哥，少年心中更是不忍，想起自己十年前走丟的小妹，不由得憤而質問道：「你身為她爹，怎麼可以將自己的女兒賣去那種地方？」

「不賣也行，要不公子你買了，給你做小妾！」壯漢打起這紅衣少年的主意，畢竟這小丫頭瘦巴巴的，賣去青樓也得不到幾個錢。

少年一下子有些羞怒，他今年不過十六歲，還未經人事，怎禁得起他開這種葷玩笑。

壯漢見圍觀的人多了起來，也明白這些富家子弟多是要面子的，便大聲道：「公子，十兩銀子，這丫頭便賣給你，隨你處置！」

他這是獅子大開口，這麼一個瘦巴巴、乾癟癟的丫頭，只怕去到人牙子那兒也賣不了兩、三兩。

少年怒歸怒，卻開始掏銀子，從荷包中拿出一錠銀子丟給他。

壯漢接到銀子，立刻笑咪咪的。早知道要多點，不過多了估計這貴公子也不要，他拿了銀子轉身便走。他一走，這紅衣少年開始愁了，這麼一個小丫頭，如何安置才好？家裡不缺下人，而且這麼瘦小，看來也幹不了什麼活兒。

只見小丫頭吸著鼻子，趴在他腳邊眼巴巴地看著他，眼睛、鼻子都哭得紅彤彤的，就像一隻可憐、無家可歸的小狗。

葉如濛神色極認真地看著她，越看越覺得眼熟。

「小姐。」藍衣走過來。「馬車來了。」

葉如濛腳一抬，卻是往小丫頭的方向走去，她來到小丫頭面前蹲下來，溫和問道：「妳叫什麼名字？」

小丫頭一怔，忙擦了擦眼淚。「我叫……丫丫。」

丫丫？葉如濛又仔細看了看她，小丫頭說起話來兩頰有淺淺的梨渦，細眉杏眼，眉眼若是長開了……像，很像。

葉如濛忍不住多看了她幾眼，開口道：「我身邊還缺一個小丫鬟，妳願不願意跟我走？」

小丫頭一個愣怔，眨了眨眼，又抬頭看了看紅衣少年，這位大哥哥好像不想帶她回家，可是這位姊姊願意收留她，而且姊姊看起來一點都不凶，還好溫柔，不像是會打人的，便連忙像小雞啄米般點點頭。

「那好。」葉如濛起身。「這位公子，若不介意，我想買了她，不知能不能行個方便？」

紅衣少年連連點頭，笑逐顏開。「送妳，送妳了！記得好好待她，不要把她賣了。」紅衣少年濃眉大眼，生得一張娃娃臉，還未褪去稚氣，笑起來很乾淨。

葉如濛看得微微有些臉紅。「我向公子買下她便是。」說著低下頭開始掏荷包，可是發現自己身上只有七兩多，頓時紅了臉。

紅衣少年見她這窘迫的模樣，頓時也有些不知所措，抓了抓後腦勺，然後連連擺手。「真的不用，算了！」

葉如濛咬唇，看向身後的紫衣等人。「妳們有銀子嗎？」

紫衣、藍衣搖搖頭，她們身上是帶了幾張大錢防身，可那銀票怎麼能讓小姐看到？為了符合她們的身分，她們只摸出些小碎銀，也只有二兩多，還差一點兒，所幸香北還有一點，幾人東拼西湊，總算湊足十兩銀子。葉如濛連忙捧著細碎的銀子到少年跟前，少年一下子脹紅了臉，伸手接也不是、不接也不是。

「公子……」葉如濛眨眨眼看他，紅衣少年這才有些彆扭地拿出自己的荷包，打開荷包，讓葉如濛將手中的銀子丟進去。「謝謝公子成全。」

紅衣少年「嗯」了一聲，便紅著臉跑開了。他的心撲通、撲通直跳，這個小姐好可愛，嘴巴真好看。

待他離開後，葉如濛蹲下身去，見小丫頭頭髮有些亂，便輕輕幫她往後撥了撥，看見她左耳後的一顆紅痣，葉如濛唇角彎彎一笑，果然是她，她沒認錯人。

這小丫頭的身分可不簡單，她是驃騎大將軍顏華走失了整整十年的女兒。

驃騎大將軍是大元朝品級最高的武官，位同國公。顏華只有一妻一妾，妻子孫氏嫁給他後，十年內連生了五個兒子，再四年後，才得了一個女兒，名喚顏寶兒。這顏寶兒一出世，自然就被當成寶貝一樣疼著，被養得精緻如玉，不僅夫妻倆視如珍寶，五個哥哥也是日日夜夜寵著，可是卻在兩歲那年被姊姊帶出去玩的時候走丟了。

孫氏生了五兒一女，顏寶兒排行第七，排行第六的小姐名喚顏如玉，是顏華的侍妾所出，和孫氏最小的兒子同一年出生。那侍妾是孫氏的陪嫁丫鬟，生顏如玉的時候難產死了，之後孫氏見一直生不出女兒，便將顏如玉養到自己名下，當成嫡女般寵著，就算後面自己生了個女兒，也不曾虧待過她。

在顏寶兒走丟後，孫氏整日以淚洗面，也不知過了多少年情緒才略略緩和，最後幾乎將心力都放在唯一的女兒顏如玉身上，直到顏如玉出嫁後，夫妻倆和五個兒子仍舊多方關懷。

這些年來，這一家人從來沒有放棄過尋找他們的寶兒。

前世據她所知，要再兩年，顏家才會得到消息，抓到當年拐賣寶兒的人販子。這時，那殺千刀的人販子才供出實情，原來當年竟是年僅六歲的顏如玉逼他拐賣顏寶兒的。當時顏如玉給了他一大筆銀子，還將身上值錢的首飾都塞給他，要他將兩歲的顏寶兒賣得遠遠的，不許再回到京城。

他當時聽見顏寶兒一直哭喊著姊姊，又見這兩個小姑娘衣著華麗，顯見不是普通人家，本不敢犯這事；可是那顏如玉竟狠了心，直接從懷中掏出剪刀剪了顏寶兒的一根腳趾頭，還放狠話威脅他，這才逼得他帶著顏寶兒跑了。

十二年了，當年得來的那筆錢他早就揮霍光了，或許是因為作孽太多，中年後妻離子散，後來病重，不得不將藏了多年的首飾拿出來變賣，誰知道一賣了顏寶兒的長命鎖，立刻就被人抓到了。

將軍府還沒嚴刑逼供，那六個凶神惡煞的父兄一嚇唬，他立刻全招了。顏家人順著蹤跡火速搜查，不到十日時間，便尋到了顏寶兒。那個時候，顏寶兒已經在葉國公府當了兩年的丫鬟，可並不是被葉如濛買回去的，是被葉如瑤在機緣巧合之下買回去的，當了一個粗使丫鬟。

這個顏寶兒在府中養了兩年之後，越發水靈起來，被葉如瑤的一個表哥看上，葉如瑤睜一隻眼、閉一隻眼，任由她表哥將顏寶兒糟蹋了，顏寶兒當天便投了河。

將軍府的人趕到時，顏寶兒剛被人打撈起來，衣不蔽體，死不瞑目。

那個時候，孫氏顫著腿走過來，跪倒在顏寶兒屍身旁。顏寶兒的眉目，和她年輕時多像啊……可是，她多希望這不是她的女兒，她寧願她女兒當年就死掉了，而不是現在這副模樣。她裸露出來的肌膚，大片瘀青紫紅，她不敢想像女兒生前經歷了什麼，都是她這個做娘的不好，沒有保護好自己的女兒，怪她來得太晚……

她伸出顫抖的手，輕輕轉過她冰冷的臉，在看見她耳後紅痣的那一刻，孫氏淚如泉湧，緊緊抱住顏寶兒的屍身，還未來得及哭出聲便暈死過去。

在查清事情原委後，顏寶兒的五個哥哥幾乎把葉如瑤的院子給拆了，最後還是祝融趕來，才將此事壓了下來。

葉如濛記得，這顏寶兒是乖巧的，在府中幹活很仔細，不像別的丫鬟那樣對她橫眉瞪眼，見到她也是老老實實的。當年這個小丫頭死的時候，她未曾親眼目睹，可聽當時在場的下人說了之後，她眼淚就掉下來，真的太慘了。

實在難以想像孫氏痛失愛女之痛，心心念念失散多年的女兒，日夜都難以合眼，就擔心她在外面吃不飽、穿不暖，受到哪怕一丁點的委屈；如今好不容易找到人……卻偏偏遲了那麼半日，剩下能得知的，便是她從小到大吃過的苦、臨死前受到的凌辱，這對一個愛女如命的母親來說，不知會是怎樣的凌遲。

葉如濛想得心中難受，暗暗下了決心，此生，她一定要好好保護顏寶兒，不再讓她受人欺辱。

只是，顏寶兒如今這會兒看來，還真沒點靈氣，若不是她眼力夠好，只怕認不出來，看來得帶回家調養一陣子。

幾人坐在馬車上，顏寶兒被她看得頭低了又低，以為是自己臉上有髒東西，不停地拿手背擦臉。突然，肚子咕嚕、咕嚕叫了起來，一下子整個耳朵都紅了。

葉如濛朝她溫和一笑，讓香北打開油紙包著的吃食，遞到她面前。

顏寶兒嚥了嚥口水。「給、給我吃？」

葉如濛忽然心一疼，點了點頭。這本該是集萬千寵愛於一身的金枝玉葉，誰知命運弄人，竟落得那樣的下場。

顏寶兒手在衣襬上擦了擦，小心翼翼拿起一塊玫瑰酥，吃得急，還被嗆到，可是這會兒沒水喝，葉如濛忙伸手幫她順了順背。

「真、真好吃！」顏寶兒吃得滿嘴都是，連手指都快吃下去了。

「慢慢吃，沒人和妳搶，以後，不會再餓肚子了。」葉如濛輕聲安撫道，也是對自己的一個承諾。

顏寶兒抬眼看著她，突然紅了眼眶，覺得喉間哽咽得厲害，有些說不出話來。

「妳叫丫丫是嗎？」待她吃完了，葉如濛輕聲道。

小丫頭點點頭。

葉如濛淺淺一笑。「我給妳另外起個名字可好？」

「嗯。」她連忙點頭。

「不如……就叫寶兒吧？寶貝的寶。」

顏寶兒怔了怔，又低下頭，她配得起這個名字嗎？

「不喜歡？」

「不是！」她連忙搖頭。「只是……我可以叫寶兒嗎？這、這名字……這麼好聽。」

「就叫寶兒吧！」葉如濛微笑道。

她起這個名字是有用意的，顏寶兒養上一陣子之後，眉宇間與孫氏會更相似，若到時她有機會遇到孫氏，在孫氏面前喚一下寶兒……說不定會引起孫氏注意。

畢竟按照前世的軌跡，將軍府的人還要差不多兩年才能找到顏寶兒。兩年太久了，只怕對孫氏來說，一天都如萬年般長久難挨；若換成她出了這樣的事，只怕她娘親……每一日都是生不如死，她不忍任何一位母親受這樣的苦楚。

她一定會好好待寶兒的。她有能力在寶兒回家前好好照顧她，雖不能給她原本應該擁有的錦衣玉食生活，但定是衣食無憂、安樂自由的。

葉如濛一行人回到府後，甚是狼狽，因為付不出回來的車錢，最後只能喚福伯出來幫忙付了銀子。

一回到家裡，葉如濛便讓藍衣帶著寶兒先去淨室拾掇，拾掇完畢，才帶著寶兒去正屋見娘親。林氏這邊已經聽香北說了寶兒的事，這會兒見葉如濛身後跟著一個低著頭的小丫頭，微微笑了笑。

「娘親！」葉如濛率先跑過去，趴在她膝蓋上。「這是寶兒，我喜歡她，我跟她有緣，娘親讓她做我的丫鬟好不好？以後就可以讓香南一直陪著娘親了。」

林氏看了那乾瘦的小丫頭一眼，朝她招招手。「妳過來。」

寶兒怯怯抬頭看了林氏一眼，又看向葉如濛。

葉如濛笑著朝她招手。「快過來呀，我娘親人可好了！」

「妳呀！」林氏輕點了一下她的小鼻子，這才打量起小丫頭，見她雖然面黃肌瘦，但五官底子還不錯，長開了應該是個標致的可人兒。

「妳今年多大了？」林氏溫婉問道。

顏寶兒抬眸一看，只覺得這家的夫人像菩薩一樣端莊和氣，怔了一會兒才怯怯應道：「十一。」

葉如濛心中嘀咕，其實她今年應當是十二歲的，比自己還小上兩歲呢，可憐她連自己真實的生辰都不知道。

「既然濛濛喜歡妳，那以後妳便跟在她身邊服侍，規矩不懂，可以慢慢學，香北、香南、紫衣、藍衣幾位姊姊還有桂嬤嬤都會教妳，入了府，自然不會少了妳吃穿，但若是有手腳不乾淨的地方，心思不正，發賣了妳也是可能的。」林氏正色提點了幾句。

「丫丫知錯了！」顏寶兒立即撲通一聲跪倒，哭道：「求夫人不要趕我走。」

林氏一怔，葉如濛連忙上去將她扶起。「妳胡說什麼呢？我娘什麼時候說要趕妳走了？」葉如濛頗埋怨地看向林氏。「娘，您嚇到寶兒了。」

林氏垂眸，對一旁的香北吩咐道：「妳帶她下去吧！」

待香北將寶兒帶下去後，林氏這才語重心長道：「濛濛，當家要有當家的樣子，妳若是不立好規矩，只怕以後下人對妳難以服從；寶兒性格怯弱，妳更要好好教她，若不教好她，恐怕以後也會為她招來禍端。」

畢竟顏寶兒先前沒在大戶人家待過，很多規矩都不懂，葉如濛先前只顧著心疼顏寶兒，並無多想，此刻經娘親提點，才意識到自己思慮不周，連忙點頭道：「濛濛知錯了，濛濛會好好教寶兒的。」這樣才是對寶兒好。

「知道就好。」林氏看著她。「說吧，妳為什麼要帶她回來？」女兒平日並無讓丫鬟服侍的習慣，如今身邊有一個香北照顧已足夠，何況還有紫衣、藍衣姊妹倆陪著她，怎麼就看上這麼一個小丫頭？這其中定是有什麼緣故。

葉如濛覺得有些苦惱，也不知該怎麼和娘親說，便直接蹲下來趴到她腿上，仰頭天真道：「娘親，其實我也不知道，就是一看到寶兒，就很心疼她，就很想很想帶她回家照顧她。」

林氏想了想，覺得她這話半真半假，但既然她不願意說，她也不勉強。「妳已經是個大人了，要為自己做的事負責。寶兒的話，妳還是得看著點，知人知面不知心。」

「娘您放心吧！」葉如濛朝她眨了眨眼。

林氏憐愛地摸了摸女兒的臉，輕聲笑道：「寶兒膽子小，妳還不去哄一下她？」

林氏的溫柔疼愛使得葉如濛心裡一酸，她總覺得，寶兒的娘親會比她娘親還要疼女兒，若是寶兒也能在自己的娘親面前這般撒嬌，那該有多好，她娘心裡一定會像灌了蜜一樣的甜。

葉如濛突然眼眶一熱，連忙站起來在林氏臉上親了一下。「娘最好了！」孩子像根草的生活，她再知道不過了。她是如此珍惜她現在所擁有的一切呀，希望上天不要再奪走她的家人了，就讓他們一家人一直幸福下去吧！

第八章

太子東宮。

偌大的紫檀萬字福鏤空圍子床上，擺著一張楠木雕花矮榻，榻上趴有一人，雙臂自然撐在紫檀床板上，一隻養尊處優的手時不時輕輕翻閱著床板上的一本古書。

「太子殿下。」門外侍衛來稟。「容王爺來了。」

侍衛一落音，祝融的黑靴便踏了進來。

祝司恪起不了身，只能側頭看他，面色歡喜。「你終於來看我了，這幾日無聊死了，躺得我身子都僵了，真難受，以後本宮再也不要受這種罪了。」

「吃得苦中苦，方為人上人。」祝融淡淡說了句，一掀長袍在圍子床上坐下。

一旁的侍衛忙將原先從圍子床上撤下的紫檀几搬過來，又迅速擺上兩杯清茶，恭敬退了下去。

兩人在內低聲談了有小半個時辰，祝融語畢，端起汝窯天青釉茶盞輕輕抿了一口尚有餘溫的君山銀針。

「喏。」祝司恪朝他努了努嘴，他也口渴了。

祝融冷瞥他一眼，伸手將茶遞給他。

祝司恪灌了兩口，低低嘆口氣，將茶盞遞回去。「照你這麼說來，二弟確實有奪位之心，是我疏忽了。」

祝融接過茶盞，放回几上。「李貴妃的娘家不容小覷，我們必須斷了祝司慎的後路。」李貴妃是四妃之一，正是二皇子祝司慎的生母，其娘家李氏一族主營商行，各行各業皆有涉及，百年來長盛不衰。

「這個……李家確實不好對付。」祝司恪蹙眉道。

「我來。」祝融輕聲道：「半年之內，我會讓李氏一族名存實亡，你只須專心對付他便可。」

祝司恪聞言吃了一驚，李家可是百年世家，半年內恐怕無法動搖其根基。

祝融側目，看向一旁的黃花梨骨雕八仙桌，祝司恪順著他的目光看去，桌上的藍底白花高足瓷盤上擺放著色澤誘人的紅秀蜜桃。

祝司恪看了一會兒，喃喃自語。「桃子？」他忽然間恍然大悟。「你要另外扶持陶家？」陶家是大元朝的百年經商世家，只是近十幾年來受到李家多方排擠打壓，實力大不如前。

祝融幽然頷首道：「陶賢有個流落在外的孫子，名喚陶醉，是個不可多得的人才。」這個陶醉，真是個經商奇才，可惜前世他發現得太晚，當年墨辰將陶醉救回來時，他已身染重病，青時耗盡心力醫治，也只讓他苟延殘喘了兩年。

然而區區兩年，已足夠讓他充分見識到陶醉的經商鬼才。最後就憑著陶醉留下來的經商之策與用人之道，再加上他手中的實權，不到一年之間，他便一手壟斷了大元朝的財政。

今世他決定先下手為強，昨日便已將鬱鬱不得志的陶醉收到麾下，讓他掌管京城三閣，相信憑藉陶醉之才，陶家定能再現榮光，扳倒李家，成為大元朝的第一經商世家。

至於李家，前世他與二皇子纏鬥多年，早已掌握李氏一族金碧輝煌下的瘡痍漏洞，只要適時給予重擊，定能讓李家從此一蹶不振。

「此人可以信任嗎？」祝司恪問道。

「此人是個驚世鬼才，只是生母出身卑微，他自小也受盡冷眼；不過他此生注定不會被埋沒，缺的只是崛起的時機，我們不能讓別人占得先機。」

祝司恪看向祝融，見他胸有成竹，試探問道：「你已經找到他了？」

「嗯。」祝融頷首。「他剛回陶家不久，只是韜光養晦多年，如今初露鋒芒，已招來殺身之禍，墨辰昨日去得巧，正好救了他一命。」

祝司恪點頭。「如此正好，若能讓陶家成為我們的人……」

「陶家只能成為我們的人。」祝融打斷他的話，堅定道。

「不過僅憑一個陶醉……就算有你當靠山，也不一定能扳倒李家吧？」祝融定是還有其他計畫。

「這就不用你操心了，你只須專心對付祝司慎就好；另外，祝司忻那兒，你有空最好也多多來往，雖說他性子較為頑劣，但是個聰明人，若能得到他的支持，有益無害。」

「三弟性子是不錯，只是，容德妃向來不喜他與我們接觸，不然也不會將他養成這般天真的性子。」容德妃是個聰明人，不會讓自己的兒子妄想不該得到的東西。

「他天不天真，不過是做給人看的，他不笨。」祝融起身，抬頭看了看天。「時候不早了，我走了。」他還有許多事情要忙，得等這陣子忙完了才有時間去看葉如濛。

「別這樣嘛，今晚陪我睡啊！」祝司恪喚住他。「我養傷休息多日，哪裡都去不了，這幾天晚上都睡不著，今晚不如你留下陪我聊聊天。」

「你真睡不著？」祝融勾唇一笑。「要不要讓左憶給你喚幾個侍妾來？」左憶和段恒之於祝司恪，就等於青時和墨辰之於他，是他們兩人的左右手，無論少了哪一個，他們都會不習慣。段恒如今還關押在大理寺中，只怕得等祝司恪痊癒後，親自去皇上面前求情才能將他求出來了。

或許是因為心情不錯，祝融難得地和他開了個玩笑，面容輕鬆，祝司恪一下子有些看怔了，他……是在笑嗎？

祝融忽地收起笑，因為此時祝司恪仰頭看他的神情好像有點……花癡？對，就像外面的女人看他一樣的神色。

「唉。」祝司恪忽生感慨，幽幽嘆息一聲。「如果我是女兒身，我一定求父皇將我許配給你。」

祝融一聽，當即臉色一沈，面前彷彿浮現葉如濛不懷好意的笑，她看著他，兩根拇指對著彎了彎，一雙靈動的大眼睛彷彿在說：我就說嘛。

祝融當場便黑了臉拂袖而去。

「喂！你要去哪？」祝司恪有些不明白，祝融怎麼突然就生氣了？其實他剛剛原本是想說，如果你是女兒身，我寧可不要江山，也要娶你為妻；可是這樣的話肯定激怒他，他便轉個彎換種說法，不知這樣也會惹到祝融……等等，他不會當真了吧？一想到這，祝司恪起了一身雞皮疙瘩。

入夜後，顏寶兒躺在床上，有些難以入眠。

這床好舒服，顏寶兒屁股挪了挪，到處都是軟的，她忍不住輕輕拍了拍身下軟軟的墊子，這墊子是今天剛拿出來，乾乾淨淨的，還有點香，雖然不是全新的，但對她來說已經是她睡過最好的床褥了。

寶兒又摸了摸自己身上的寢衣，原來大戶人家穿著睡覺的衣裳和平時白日穿的衣裳是不一樣的。這套寢衣是新的，布料又軟又細，她不禁覺得像是在作夢，她有些不敢睡，怕睡醒之後夢就醒了。

她又想起今天在府裡吃的飯菜，小姐居然給她挾了隻大雞腿，滿滿的都是肉，又嫩又香，她吃得好飽啊！晚上睡覺前還吃了兩碗甜甜的紅豆糖水，她從來沒吃得這麼滿足過，彷佛到現在還感覺得到嘴裡的甜味，又連忙舔了舔。

小姐為什麼對她那麼好呢？一點都沒有把她當成下人，把她當成妹妹在照顧似的，真好！雖然香南姊姊好像有些不喜歡她，但香北姊姊人就挺好的，紫衣、藍衣姊姊人也好，嗯，還有桂嬤嬤，忘憂姊姊，她們人都好好，在這裡，大家就像一家人一樣，其樂融融的，好溫馨。

至於夫人……夫人就像觀世音菩薩一樣，長得好好看，對小姐好溫柔，不知道為什麼，一看到夫人她就會忍不住想起自己的娘親，雖然娘一直對她很凶，但在她夢裡，娘親就像小姐的娘親這樣，說話輕聲細語，笑容溫溫柔柔。今天夫人說要發賣她的時候，她突然好難過，好像是自己的娘說不要她了一樣。不行，她明天一定要早點起來幹活，讓夫人喜歡她，她不要離開這兒。

顏寶兒這樣想著，連忙閉上眼，抱著香軟的被子睡了，沒一會兒，床上便傳來她輕輕的呼吸聲。

紫衣悄悄走進來，無聲無息，來到床前，俯身輕輕點了寶兒的睡穴。寶兒左耳後有一顆紅痣，今日她給她梳頭時已經確認過了，可是那腳……

紫衣目光落在她穿著棉襪的腳上，如今這種天氣，睡覺實在不必穿襪子，而且今日沐浴時，寶兒也有意遮掩自己的右腳……

她走到床尾，輕輕褪下她右腳的襪子，襪子取下後，紫衣微微蹙了蹙眉，只有四根腳趾，少了一根尾趾。她輕抬起寶兒的腳仔細察看，傷口渾圓得很，不難分辨是幼時被利器所傷的，像是……被刀刃直接砍斷。

嗯……或許是因長年穿著襪子，這寶兒還有點腳氣，看來得尋個機會讓姊姊給她治一下。

紫衣探查完畢，準備離去，又回頭看了寶兒一眼。寶兒這會兒睡得香甜，不知夢見什麼，在睡夢中露出童真的笑顏，還低低笑了幾聲。

紫衣看得心裡一軟，俯下身輕輕幫她蓋好被子，這才轉身離去。

兩日後，正是財神爺生日。

葉如濛中元節那日便和賀明玉約好這日下午去鴻漸茶莊吃茶。她先前已與娘親說過，林氏細細問了一些話，丞相家的姑娘她不認識，不過看濛濛很喜歡賀明玉，想來也是個好相處的，何況還有府裡的六姑娘葉如思一同跟著去，她便同意了。

午睡後，葉如濛去葉國公府接葉如思，姊妹兩人一同往鴻漸茶莊去。

賀明玉早就到了，三人在茶莊一聚，聊得歡快，一個下午便這麼過去了，直到日暮漸斜，幾人也該各自回府，離開茶莊時，正好碰到賀知君來接賀明玉，葉如思見到賀知君，小臉微微一紅。

賀知君對葉如濛姊妹兩人溫文做了一揖，沒說什麼話，便帶著小妹回府了。

接下來的時日，三位姑娘又在茶莊裡小聚了兩回，這兩回，葉如濛都讓寶兒隨侍在旁，以便習慣這些場合，葉如思和賀明玉都是好說話的，就算寶兒在她們面前出了差錯也不打緊；寶兒也就第一次上茶時有些緊張，之後便自然許多，這還多虧紫衣她們的調教。

賀知君是疼妹妹的，每次一從國子監下課，就繞道來接賀明玉回家，自然也與葉如濛姊妹倆打了兩次照面。葉如濛注意到，葉如思每回一見到他，便紅著臉低頭不說話；賀知君也是個榆木腦袋，每次都是非禮勿視，非禮勿言，從不多說一個字，也不多看兩人一眼。這讓她看得直著急，下個月就秋闈了，若到時賀知君中了舉人……其實舉人倒還好，葉如思許他為妻也不算高攀；可若是待他明年春闈中了貢士，緊接著再中個探花……唉，有了探花郎的身分，只怕丞相府就看不上一個國公府的庶女了。

葉如濛盼望這兩人能在賀知君高中前對上眼，可也得趕在這之前訂親才行；而且，不知賀知君會不會是個「陳世美」，她不敢胡亂牽線，怕將葉如思往火坑裡推，只能耐著性子暗中觀察，只是又免不了心急，怎麼賀知君究竟喜不喜歡葉如思，她一點都看不出來？

月底時，葉長風回了一趟葉國公府，將林氏懷了身孕的事說了，老夫人聽了頓時高興得合不攏嘴。

葉長澤即刻笑道：「恭喜大哥、大嫂了。」倒是柳若是，面色不自然了一瞬，才跟著溫婉笑道：「真是巧，大嫂和我一樣的月分。」

葉長風坦然道：「已有三月了。」

老夫人笑得面頰紅潤。「真是菩薩保佑！」她雙手合十，欣慰道：「這陣子先讓她在家裡好好養著，你也要多看著點，都這個年紀了，不容易。」

「母親說得是。」葉長風低頭應道。

「明日初一，讓濛濛隨我去臨淵寺吧！」老夫人笑盈盈道。

葉長風輕聲道：「好，今晚兒子回去和她說。」

「嗯，我看濛濛最近懂事許多。」老夫人越想越覺得滿意。「讓她平日有空，經常回府裡走走。」

「是，兒子下次帶她一起過來。」

「嗯，你這當爹的對女兒也要上點心。」

母子倆有說有笑，倒顯得葉長澤像個外人，只是他面上並無一絲不悅，只恭敬站在一旁面帶微笑，俯首傾聽；身後的柳若是同樣低垂著頭，一臉溫順，可是一雙波光流轉的桃花眼已經不知打起了什麼主意。

葉長風回府後與女兒說了此事，葉如濛自是沒意見，當天晚上早早地就上床睡了。一覺醒來，卻見外面天還是黑的，屋內的燭火仍未燃盡。葉如濛眨了眨眼，忽然覺得有精神，睡了一個飽覺，她在床上伸懶腰，肚子突然「咕嚕」叫了一聲，一下子餓得厲害。

福嬸今晚燉了桂圓老母雞湯，桂嬤嬤給她舀的湯裡有一隻超大的雞腿，不過她捨不得吃，趁桂嬤嬤沒注意的時候偷偷挾到寶兒的碗裡。老母雞很補的，寶兒身子那麼瘦弱，得好好補一下才行。

只是這陣子以來，她的胃口已經養大，今晚吃得少了點，現在肚子便餓了。在這夜深人靜的時候，她尤其想吃脆皮烤鴨，越想肚子越餓，像是魔怔了，一下子突然餓得抓心撓肺。廚房裡應該還有東西吃吧，她好想好想吃肉啊，有塊肉就成，魚肉、雞肉、豬肉都行，冷的也可以吃。

葉如濛連忙一骨碌從床上爬起來，從雕花衣架上拿了件外裳就往外走，一拐出屏風，正好看見守夜的紫衣從外面剛回屋裡。

紫衣一怔。「姑娘還沒睡？」

葉如濛搖頭，摸著扁平的肚子。「我肚子好餓，要去廚房裡找點吃的。」這是她第一次肚子餓得像肚子痛一樣急。「妳別和桂嬤嬤說，我偷偷去。桂嬤嬤應該睡了吧？」這個時辰有些晚了，家裡人差不多都睡了。

「姑娘，您等等。」紫衣三兩步便踏出門外，沒一會兒又回來關上門。

葉如濛覺得莫名其妙，難不成要把她關起來，不給她去廚房裡找吃的？突然，身後傳來輕微的聲響，一陣烤鴨的味道傳來。

果然，一轉過身，便見一身黑衣的蒙面殺手手中捧著一團油紙包著的——烤鴨！

葉如濛一下子口水就掉下來了，連忙擦了擦。「你來幹什麼？」

祝融將烤鴨往前遞了遞。「給妳。」

「給、給我吃？」葉如濛有些難以置信。她是在作夢嗎？在如此迫切想吃烤鴨的情況下，突然房間裡出現一個人，手捧著烤鴨要給她吃？這是真的嗎？

「嗯，快趁熱吃。」

烤鴨的香味迎面撲鼻而來，葉如濛更是饞得口水直往下流，再猶豫，肚子開始咕嚕、咕嚕地抗議起來。

「那、那我不客氣了啊！」葉如濛擦了擦口水，忙不迭接過烤鴨。哇！她一見烤鴨眼睛便發亮，是一隻大鴨腿，而且還熱呼呼的，上面刷了一層酸梅醬，泛著光滑的油澤，看得她垂涎三尺，下一刻，葉如濛就張口咬了下去。

嗯……葉如濛忍不住閉上眼睛，享受著食物與味蕾第一次碰觸的瞬間。真是超好吃的，鴨皮烤得薄而脆，鴨肉酥嫩、肥而不膩，配上酸甜的醬汁，簡直是人間美味！

「好好吃啊！」葉如濛吃得嘴巴鼓鼓的，話都有些說不清了。她口中塞滿了香嫩的鴨肉，好吃得都快哭出來，這烤鴨的味道，和三姊姊那個廚子做出來的好像，不，或許比他做的還好吃。

葉如濛沒空多說話，沒一會兒就將整隻鴨腿都吃完，連骨頭都來回舔了幾次，本來還想咬碎骨頭吸一下骨髓的，可是咬了幾次都咬不動，最後只能放棄。她心滿意足地舔了舔沾滿醬汁的紅唇，打了個飽嗝。好舒服啊！她摸了摸圓滾滾的肚子，準備上床睡覺，哎呀，飽得都有些走不動了，這隻鴨腿可比她手掌還大呢！她還真沒吃過這麼大、這麼飽滿的一隻鴨腿，在吃飽的這一刻，她覺得此生已經別無所求。

葉如濛走沒兩步，忽然停下來，有些石化地轉過身子。「咦？你還在啊？」

祝融沈默。「……嗯。」話說，真有那麼好吃嗎？不過，看她吃得這麼香，他覺得自己彷彿也心滿意足，就像是感同身受到她的快樂。

「你……這烤鴨在哪買的？怎麼那麼好吃！」葉如濛連忙打探道。

祝融眼眸一動。「我家廚子做的，妳要是喜歡，以後我可以再帶給妳吃。」

「哦，你家廚子啊，那他真厲害啊！」葉如濛有些羨慕，回味了一會兒才回過神來。

「所以你過來是幹麼的？」他總不可能是特地過來給她送烤鴨吧，一定是有事情才找她。

「嗯……」祝融想了想，其實他真的只是過來送烤鴨，可若是直說又有些難為情，便問道：「明天妳要去臨淵寺？」

「你怎麼知道？」葉如濛有些驚訝。

「明日是初一。」

「哦。」葉如濛似懂非懂點了點頭，所以……他怎麼會知道？

「容王爺也會去。」

「什麼！」葉如濛一聽，原本迷惘的臉色霎時變得驚恐萬分。

「妳別怕。」他連忙安撫道。

「我、我、我不怕！」葉如濛舌頭有些打結。「不怕才怪！」

「妳……到底為什麼那麼怕他？」祝融誠懇問道，她怕他什麼，他一定會改，如果是因為他不愛笑，他可以回去對著鏡子一遍遍地練習微笑，直到她滿意為止。

「因為他要害我啊！」葉如濛立即脫口而出，清澈的大眼睛有幾分無辜和委屈。

她此言一出，祝融神色黯淡下去，輕聲道：「他從來沒想過害妳。」前生今世，都沒有過。

葉如濛一聽，心緒不知為何跟著低落起來。「或許……他是沒想過吧，可是……有人想，他會幫那個人。」

「妳指的是誰？」祝融抬眸看她。

葉如濛搖頭，頹喪道：「說了你也不認識。算了，你以後還是別來了。」

「為什麼？我、我以後……不晚上來唐突妳……我、我白日來……」

「不，我是說，你以後都別來了。」葉如濛打斷他。

祝融靜了靜，一會兒低聲問道：「妳……不想殺容王爺了嗎？」

葉如濛感慨。「其實我覺得……不值得。我現在生活得好好的，已經很滿足了，有時候……我會很害怕，怕因為他而害到我身邊的人，畢竟他是容王爺啊，我們這種平民百姓怎麼可能傷害得了他？」

祝融低頭不語，他寧願她策劃著怎麼刺殺自己，而不是像如今這樣，好像他們是再無瓜葛的兩個人。

「你說，若是我離容王爺離得遠遠的，他是不是就不會害我了……」

「如果說，容王爺喜歡妳呢？」祝融心中一緊，迫不及待輕聲問出口。「如果說……他想娶妳為妻呢？」

他話剛落音，葉如濛一個愣怔，瞪大眼睛一眨不眨地看著他，突然，她身子一軟，斜斜地往一側倒去，未待祝融扶住她，她已經抓穩桌子，勉強將身子撐扶起來，可是神情還是像受到極度的打擊一般。

久久之後，她才回過神來，一臉呆滯地看著祝融，開始打起嗝來。「呃！」眨一下眼睛，就打一下嗝。「呃！」

葉如濛吞了幾次口水，都沒止住嗝，見她打嗝打得厲害，祝融忙從桌上倒杯茶水給她，她接過來，剛灌一口，一個嗝便將剛入口的茶水給噴出來，吐了祝融一身。

祝融身子一僵，彷彿回到當初被她噴了一臉綠豆渣的瞬間。

「對……呃！對不……呃！起……呃！」葉如濛話都說不清，連連拍打著胸口，只能在屋子裡到處亂轉，卻根本停不下來，好不容易灌下一杯茶水，還是連連打嗝，止都止不住。

祝融沈默不語地看著她，寂靜的夜裡，只聽得到葉如濛響亮、富有節奏感的打嗝聲……哦，還有府外更伕打更的聲音——「咚！——咚！咚！」

她打嗝打得眼淚在眼眶裡直打轉，頗幽怨地看著祝融，大半夜地他說這些話嚇她做什麼呀？

就在這時，祝融忽然上前一步，一手抱住她的腰，將她身子提起來，未待葉如濛反應過來，他便俯下頭，隔著面巾對準她的唇；可是，他的吻卻沒有落下，只是離她離得很近，不到一指之距……

四目相對，葉如濛睜大了眼，祝融卻微斂鳳目，忍不住眸中一痛，忽然鬆開她。

幾乎是下一刻，寂靜的夜裡響起一記響亮的巴掌聲，祝融的頭迅速歪向一邊。

畫面彷彿定格在這一刻，葉如濛的手還舉在空中，像是被人點住穴道般一動不動，祝融也一動不動；若不是有風吹動竹風鈴，葉如濛還以為全世界都隨她戛然靜止了。

片刻的沈默後，祝融微微低頭，低聲道了一句。「對……不起。」話一落音，便一躍從窗子離開了。

葉如濛手還是僵著的，一臉呆滯。他離開的這一刻，她忽然有種錯覺，彷彿這個殺手很委屈，委屈極了，就像是一個被冤枉了又無力反駁的孩子。

可是被輕薄的人不是她嗎？怎麼好像還成了她的不對？而且，剛剛對上他眼的那一瞬，她彷彿落入一個看不到底的深淵，可是卻能看到他眼底的哀痛，有種既熟悉又陌生的感覺，那痛忽然直傳入她的心。

他那句對不起，似乎不為剛剛的輕薄。

這會兒冷靜下來後，突然發現她好像不打嗝了，難道剛剛那個殺手是故意嚇她的？可是，就算他吻沒落下，他還是輕薄了她啊！想到剛剛他摟著她的腰……葉如濛忽然覺得臉發燙得厲害，他那一抱，就算是隔著衣裳，她也能感覺到他手臂的力量，剛硬而結實。

天啊！葉如濛突然雙手緊緊捧住發燙的臉，她難道是懷春了？不可能啊，現在不是才夏末嗎？還是，她真的到了恨嫁的年紀？

其實，她年紀也不小了，前幾日，她還聽到娘親和爹爹在偷偷討論她的親事，娘親還在發愁，愁沒有一個人上門提親。

其實也是，她從小到大見過的外男沒幾個，怎麼可能會有人喜歡她？葉如濛覺得有些不開心，哪個姑娘不希望有那麼一、兩個愛慕者。剛剛那個殺手說……容王爺喜歡她？難道說，他知道那天容王爺對她說的話，所以故意來試探她？嗯，有這個可能，還好這次她反應過來，不然又差點被這個殺手誆了。

這邊，祝融離開葉府後，心跳仍有些快。

這是他兩世為人，第一次挨耳光，可是挨完這一耳光，他卻覺得心裡舒服了一些。

剛剛對上她眼睛的那一刻，不知怎地，他腦海中突然浮現她的屍體被人從井裡打撈起來的畫面，她全身都濕透了，身子還是軟的，黑色的濕髮貼在慘白的面容上，雙目緊緊閉著，他心忽地一痛，不敢再看她的眼……

確實，前世他雖從未主動害過她，但卻是他的不作為害死了她。他對葉如瑤的所作所為，向來都是睜一隻眼、閉一隻眼，當時若不是出了那件事讓他碰上，他還真不知道葉如瑤竟欺辱她到如此地步。

或許是他的插手，他對於她所表現出的種種不同，才會使得葉如瑤對她起了殺機——這是他一直不願面對的事實，葉如瑤比他更早覺察到他對葉如濛有所不同，是他的喜歡害死了她。

倘若他當時能多留個心眼……或者勇敢一點，直接回應她的情意，或許，他們的餘生都會不一樣。

「爺。」青時溫潤的聲音將他從思緒中喚回來。「事情已經成了，使了一點催情香，兩人便如乾柴烈火……」

祝融像是沒聽到，眸光直直看著前方。「青時。」

「嗯？」青時如往常應了一聲。

「我想娶她。」

「嗄？」青時一怔，呆愣地看著祝融，突然覺得腦袋嗡嗡作響，好像有些聽不清聲音。咦，剛剛他在和爺稟報什麼來著？爺回他什麼了？

次日一早，葉國公府便派馬車來接葉如濛，葉如濛帶著紫衣和香北兩人出門。

到了葉國公府，七嬸還是沒出現，也是，七嬸懷了身孕，只怕在出月子前都不會去像臨淵寺這麼遠的地方，至於葉如瑤和葉如漫，兩人倒像約好似的，早上起來都著了涼，起不了身。

葉老夫人笑咪咪的，拉著葉如濛的手讓她隨自己上了華蓋大馬車。這倒是稀奇，看得葉如巧都有些眼紅，老夫人招招手，讓二嬸季氏也跟著上來。

「妳娘這陣子可好？」一坐穩，老夫人就破天荒地提起她娘。

「嗯，挺好的，還胖了一點兒。」葉如濛有些受寵若驚，沒想到祖母竟然主動關心她娘，看來祖母對她娘懷孕的事很上心呀！

「當然該胖了，畢竟是懷了身孕的人，她這個年紀了，不能疏忽，可有請大夫每日前來診脈？」

「有的，爹爹請了個女醫住在家中，醫術很不錯。」

「女醫？哪請來的？」

「嗯，忘憂姊姊是八寶齋陸伯伯的師妹，陸伯伯說忘憂姊姊醫術精湛，爹和娘都很放心。」

「陸清徐……」老夫人想了想，點點頭。「那孩子是個信得過的。」

老夫人又細細問了些話，葉如濛皆一一作答，她滿意地點點頭，端起青花瓷玉面茶盞淺淺抿了口峨眉竹葉青。

葉如濛微微鬆一口氣，還好爹聰明，事先都交代好了。其實何如滿一家人，陸伯伯確實是認識的，早就打好招呼了，忘憂姊姊她們此次回京，都是隱瞞原先的身分，免得招來不必要的禍端。

見老夫人問完話，季氏開口輕聲道：「妳母親這次可有害喜？」

葉如濛笑道：「沒有呢，初時胃口不大好，後來忘憂姊姊來了之後，調整了一些膳食，母親便吃得多了些。」

老夫人一聽，來了興趣。「這陣子她口味變了嗎？愛吃酸的還是辣的？」她知道，她這個媳婦口味很是清淡。

葉如濛想了想，聲音有些低。「母親的口味好像變重了，可是也沒有特別愛吃酸或是辣的。」她不敢瞎說，她要是說酸的，祖母便會猜她娘懷的是兒子，倘若到時生下來的是妹妹，祖母定會空歡喜一場。

老夫人聽了沒說什麼，七房的那位可是愛吃酸的；不過不管是誰，至少也要有一個是兒子吧，菩薩保佑，萬萬不能讓葉家在這孫輩絕了子嗣啊！

到了山腳下，因為葉如瑤沒來，葉如濛此次坐上葉如瑤的轎子，這轎子，果真比外面招客的轎子舒服多了，軟而穩，再加上這幾日天氣不熱，在轎中還有些涼快呢！她不禁感慨，果然受寵的嫡女就是不一樣……覺察到自己生起羨慕之心，她連忙暗暗告誡自己，富貴不能淫。

爹爹常說，由儉入奢易，由奢入儉難，她沒有葉如瑤的小姐命，還是老老實實過自己的好日子吧！現在吃穿不愁，偶爾還能奢侈一下，還有爹娘陪伴，她已經很滿足了。葉如濛在轎中雙手合十默唸，生怕自己歪了性情，生起不該有的貪念。

今日來臨淵寺上香的人極多，葉府一行女眷在大雄寶殿上完香後，用了齋飯，老夫人便像往常般回廂房休息了。

葉如濛正想拉著葉如思在寺中到處走走，葉如蓉突然湊了過來，她一湊上來，葉如巧也緊緊跟上，沒辦法，她只能帶上三個妹妹一起逛了。

姊妹四人走在遊廊小道上，時不時遇見一些相熟的女眷，因此停下來說上幾句話。葉如濛覺得有點奇妙，在聽到某個熟悉的名字時，總會忍不住多看那人幾眼，腦海中也會浮現前世她聽說過的事情。

比如，這個姑娘到時嫁給了誰，生了兒子還是女兒，受不受寵；比如，這位整日來拜菩薩的婦人，其實是因為當年做了虧心事，害死過一個小妾；又比如，這一位愛美的夫人後來得了脫髮病，一頭長髮掉得稀稀疏疏……眾生百相，喜怒哀樂，她似乎都了然於心。

與幾位貴女笑語分別後，迎面又走來一個年輕的新婦，穿著嫣紅色的繡百合齊胸襦裙，髮上盤著新婦髻，髻上插著富貴雙喜嵌珠金步搖，簪著翠鑲如玉花釵，耳上是一對紅玉流光耳墜，胸前戴著一圈比巴掌還大的沈甸甸多子多福金豬吊墜。整個人面色如春，光彩照人，一看便知出身富貴，而且嫁得極好。

新婦一隻纖纖玉手輕輕扶了扶髮髻上的雲鬢花顏金步搖，露出一小截瑩白色的藕臂，腕上還有好幾只沈甸甸的金玉鐲，也不知在夫家是有多受寵，看得人心生羨慕。

葉如濛也忍不住多看了她一眼，忽地，葉如濛一怔，目光落在新婦身後的紅衣少年上。這個紅衣少年正是上個月買下寶兒的那位公子，紅衣公子見到她，也認了出來，有些驚喜地朝她笑了笑，笑容燦爛得如同春日的陽光。

這麼個年輕的公子，先前見他還有些羞澀，沒想到這麼快就新婚了。

紅衣少年見她身後跟著一群女眷，有些不好意思上前和她打招呼，葉如濛想到他剛成婚，自然不好當著新娘子的面與別的未婚姑娘說話，便輕輕垂下眸子，微微一笑。

「四姊姊，妳認識這位公子？」葉如蓉忽然輕聲問道。

葉如蓉此言一出，少年有些羞澀地抓了抓後腦勺，那貴氣的新婦也朝她們這邊看了過來。葉如濛對著婦人淺淺一笑，大方解釋道：「應當是上個月吧，與這公子有過一面之緣，這位公子真是好福氣。」

新婦一聽便明白了，忍不住掩嘴一笑，對著少年七分撒嬌、三分埋怨道：「五哥，叫你整日穿紅衣裳，這幾日我不和你走一起了！」

「我……」少年一怔，才明白葉如濛誤會了，一下子又抓了抓頭，忙對葉如濛解釋道：「我、我妹妹。」

這下輪到葉如濛尷尬了，忙低了低頭。「公子好福氣，有這麼漂亮的妹妹。」

新婦見哥哥不知如何接話，淺笑道：「不知這位妹妹是哪位府上的？」新婦一顰一笑，一舉一動，皆是大家閨秀的氣質，一看便知出身非凡。

「姊姊客氣了，我們是葉國公府的姑娘。」葉如濛輕聲道。

新婦聞言，淡淡「哦」了一聲，想來是對她們的身分有些失望，葉國公府的葉如瑤她是認識的，這些不認識的，只怕都是庶女了。

想來這新婦身分不低，所以才會流露出這樣的反應吧！也是，看她的穿著打扮便知道，葉如濛淡淡一笑。「不打擾姊姊了。」態度不卑不亢。

新婦也僅是禮貌地報以一笑。

紅衣公子不知她們兩人間的心領神會，有些靦覥地朝葉如濛笑了笑，沒想到居然這麼有緣，還能在這兒碰到她，她是葉國公府的哪位姑娘呢？

他知道葉國公生了很多女兒，還因為府上只出姑娘，被人私下笑稱「葉岳父」。

葉如濛與新婦兩人擦肩而過，葉如蓉悄悄放慢了腳步，回頭看了那兄妹兩人一眼，卻正好對上那公子的眼，她臉一熱，連忙轉回頭，快步跟上前，低聲笑問：「姊姊，妳認識那位公子？」

葉如濛微笑道：「剛剛不是說了，就有過一面之緣。」

「那、姊姊，妳知那公子是何人嗎？」

葉如濛搖頭。「不知。」難道五妹妹知道？可是看那新婦的模樣，不是不認識她嗎？

「五姊姊妳知道？」葉如巧湊上來問道，剛剛那位紅衣公子，生得劍眉星眼，很是英傻，她很好奇他是哪個府上的。

葉如蓉眼睛轉了轉，眉心那顆米粒大的硃砂痣在鵝蛋臉上顯得有些水靈。「若我沒猜錯，前不久大將軍的女兒嫁給了太師府的二公子，方才她又喚那公子五哥……」葉如蓉說到一半頓住，因為葉如濛忽然睜大了眼睛瞪著她，看著有些嚇人。

「妳……」葉如濛有些難以置信地看著她。「妳的意思是剛剛那女子，是、是顏如玉？」大將軍，便是驃騎大將軍了。

葉如蓉對她這般誇張的反應有些不理解。「應當是了，剛剛她喚那位公子叫五哥，將軍府有五位公子呢！」

葉如濛突然猛地朝顏如玉離去的方向看去，見兩人已經走遠了，恰巧那紅衣公子又回過頭來看她，見她也轉過頭，忙朝她揮了揮手，雖然有些看不清她的面容，但他還是傻笑著，彷彿她能看清楚似的。

葉如濛知道，將軍府中五位公子，這五公子與顏如玉同齡，兩人關係是最好的，他極疼愛這個僅剩的妹妹。

葉如濛一時間氣得直咬牙，恨不得眼神化成利刃狠狠射向那顏如玉的背。世間怎會有這般歹毒的人！年僅六歲，便心思毒如蛇蠍，好一個鳩占鵲巢，好一個顏如玉！想到她這十幾年來穿金戴銀、受盡恩寵，而真正的嫡女顏寶兒卻顛沛流離、受盡人間疾苦……葉如濛一時間氣憤難平。

只怕這顏如玉的日子，過得並不比葉如瑤差，一個妾生的小姐，頂著嫡女的名分，居然能嫁給太師府的嫡次子劉三品為妻。前世還聽聞劉三品因為懼怕她的哥哥們，連納妾都不敢，直到之後休妻，立即連納了四、五個侍妾。

前世將軍府的人得知小妹被拐賣的真相後，立刻衝去太師府興師問罪，聽說顏家五個公子中有好幾個都出手打了顏如玉，若不是有念舊情的護著，只怕顏如玉當場就被打死了。

顏家人性子耿直、愛恨分明，緊接著又逼劉三品休妻；那劉三品也是心狠的，二話不說就提筆，據聞在寫休書時，顏如玉跪在地上苦苦哀求，他直接一腳踹過去，連同她生的一個不滿兩歲的嫡子，也都被貶為庶子。

顏如玉被逐出府後下場極為淒涼，流落街邊，受盡路人唾棄，加上先前被打個半死，不到半個月便病死了，死後也沒人給她收屍，直到屍體發臭，才被官府的人用草蓆裹去丟在亂葬墳。

可饒是如此，也難解葉如濛心頭之恨。前世寶兒死得那麼淒慘，顏如玉僅以半個多月的悲慘換來整整十八年的榮華富貴，最後還一死了之，留下一個無辜的孩子來替她受罪，這叫她如何能解恨！

「四姊姊，妳沒事吧？」葉如思見她面色不對勁，忙上前輕輕扶住她，卻發現她的手有些發抖。

「我沒事。」葉如濛忙朝她擠出一個笑。她不由得想起前世，莫非寶兒在被葉如瑤買回去之前，也如今世這般遇到過顏五公子？不知後來，顏五公子知不知道他當年錯過的這個丫頭，其實就是自己的親生妹妹，若是知道了……葉如濛實在難以想像他的心情。

葉如巧沒注意到葉如濛的反常，反而笑著向葉如蓉打探起來。「我聽說將軍府就四公子和五公子還沒娶妻，而且這五公子好像連個通房都沒有呢！」

「七妹妹！」葉如蓉輕喚了一句，聲音帶著警告。她一個未出閣的女子說這樣的話，未免有些不妥當。葉如蓉是個聰明人，知道以自己的身分是配不起將軍府的嫡子，也就不敢奢想；可葉如巧就不一樣了，什麼都愛幻想一下。

葉如巧被她這麼一說，吐了吐舌頭，她這不是看身邊都是自己人嗎，五姊姊這麼凶幹什麼！

見葉如巧面色不滿，葉如蓉面容堆笑，話音一轉。「不過……這五公子的名字倒是挺有趣的。」

「我知道！」葉如巧一聽，立即就來了興致，原先面上的一絲不悅也一掃而光，反而神秘兮兮問道：「姊姊們知道嗎？」

葉如思和葉如濛都搖搖頭，有些好奇地看著她。

葉如巧得意笑道：「叫顏多多，多多！」

葉如濛和葉如思一聽，都忍不住笑出聲來。葉如瑤養了一隻白色的小獅子狗，名字也叫多多，這還是她八歲那年容王爺送她的呢！

「怎麼叫這個名字？」葉如濛笑道。

「三姊姊妳不知道。」葉如蓉笑著解釋道：「五公子上面有四個哥哥，叫做顏春、顏夏、顏秋、顏冬，春夏秋冬都有了。」葉如蓉說著壓低了聲音。「估計是那將軍夫人沒想到會連生五個兒子，這第五個，就是多出來的，便叫多多了。」

姊妹幾個聽了，都笑得彎腰。

「不過還真別說，這五公子可是府裡最受寵的。」葉如蓉笑道：「聽說經常在外面打架，小時候一打輸就回家喊四個哥哥，他四個哥哥也疼他，連大將軍也拿他沒辦法。」

「那這一家人，倒是相親相愛。」葉如濛感慨道。確實，她以前也曾聽說過那大將軍很護短，誰都不能欺負他的妻子、兒女，多年前他的兩個兒子，也記不清是排第幾的，不知因為何事揍了一個皇子，皇上找他問話，他還對皇上吹鬍子、瞪眼睛，最後因為小輩間的事皇上不好插手，此事便不了了之。

這一家子倘若真有一個小妹妹，那定然是捧在手心裡，見那顏如玉便知道了。想到家中乖巧的顏寶兒，葉如濛心中很不是滋味。寶兒在家中就像個小尾巴一樣經常跟在她身後，為了能成為她的貼身丫鬟，她每天都很勤奮地在學這、學那，今兒早上出門時，還見她在咬牙練字呢！

寶兒沒有上過學，只會寫個「丫」字，因為從小都沒抓過筆，如今學起來很吃力，筆都有些拿不穩；可是，她又很想讀書認字，經常一練便一、兩個時辰，練到手腕痠疼，吃飯的時候手抖得厲害。

葉如濛看在眼裡、疼在心裡，可是卻不能心軟，這些寶兒都必須學會，身為將軍府的嫡女，怎麼可以目不識丁？在寶兒回家之前，她一定會儘量讓她多學點東西。

第九章

午後，太陽越發炙熱，姊妹幾個逛沒一會兒就想回廂房休息，葉如巧纏葉如蓉纏得緊，葉如濛乘機拉著葉如思進入自己的廂房，關上門來和她一起午休。

寺院裡晚蟬鳴噪得厲害，姊妹兩人斜躺在床上，沒睡著，就低聲說著話。

兩人正愜意地閒聊著，忽聞門外傳來女子的說話聲，屋內兩人噤聲，傾耳一聽才知道是賀明玉來了。

「快讓她進來。」葉如濛直起身子笑道，葉如思也忙理了理衣裳，下床穿好緞面繡牡丹花鞋起身相迎。

賀明玉進來後笑道：「倒打擾妳們午休了。」她在院子外見到葉國公府的人，便猜想葉如濛也跟著來了，果真如此。

「姊姊說的哪裡話。」葉如思輕聲笑道：「我和四姊姊還沒睡呢！」

「是啊，我聽外面蟬聲噪得很，聽著都覺得煩。」賀明玉頗埋怨道。

「這樹長得茂盛，上面不知有多少蟬，能吵成這樣。」葉如濛平日是很喜歡聽蟬音的，但這兒的蟬實在是多得不像話，站在樹下說話，恐怕噪得話都聽不清了。

「讓牠們叫去吧，夏日也沒剩幾天了。」賀明玉笑道。

「說得也是。」葉如濛姊妹倆淺淺一笑，忙招呼她坐下。賀明玉在床邊的雕花梨木圈椅上坐下來，吩咐丫鬟們將她帶來的小點心取出來給姊妹兩人享用。

幾人邊吃邊聊，十分閒情逸致，賀明玉很快提起自己的哥哥，不過提的卻不是葉如濛感興趣的賀知君，而是她大哥賀爾俊，賀明玉咬了一小截冬瓜糖道：「母親這幾日正在給我大哥議親呢！」

「議的哪一家的姑娘？」葉如濛問道。

賀明玉掩嘴悄聲道：「妳們可別說出去，親事還沒定呢，是平南王府的，可是我看我大哥不太樂意。」

葉如濛點了點頭，從小瓷碟上捏起一塊糖漬柚子皮送入口中，細細嚼著，賀爾俊只要不是娶葉如思，娶誰都不關她的事；只是……若賀爾俊成親，只怕離賀知君議親也不遠了，若她沒記錯，這兄弟兩人今年都有十八歲了。

葉如濛想探一下賀知君什麼時候成親，便拐著彎問道：「我聽說，妳大哥和二哥是同一天出生的？」

「是啊！」賀明玉連連點頭。「我聽奶娘說，我母親生我大哥那日，謝姨娘被貓驚嚇到，也跟著早產，我二哥就比我大哥晚半日出生。」

葉如濛若有所思地點點頭，想了一會兒笑問道：「妳大哥既然已在議親，想必妳二哥也快了，不知道什麼時候輪到妳？」

葉如濛這話問得有些技巧，將賀明玉二哥的親事一筆帶過，主要重點落在賀明玉的親事上，姑娘間私下調笑問這事是再正常不過的。

當然，賀明玉哪裡好意思提自己的親事，立刻就將話題繞到她二哥身上。「我還早著呢，我二哥也不會那麼快成親。」

賀明玉這麼說正好合了葉如濛的心意，她故作不經意地問：「哦？此話怎講？」

賀明玉沒多想，壓低了聲音答道：「我二哥說要考取功名後，才會考慮兒女私情。」或許是室內只有她們幾個，再加上窗外還有聒噪的蟬鳴，她忍不住又抱怨了一句。「不過謝姨娘可著急了，一直往我二哥房裡塞丫鬟。」有一次謝姨娘還將一個沒穿衣服的丫鬟送到她二哥床上呢，嚇得二哥往外跑時還扭傷了腳，但這種事，她實在不好意思說出口。

其實她總覺得，謝姨娘對二哥有點凶，不像她姨娘，對她可溫柔了，說話都輕聲細語的。

葉如思聽了她這話，有些不好意思，不知道如何往下接；葉如濛聽了，卻有些不歡喜，這謝姨娘看來也不是省油的燈，估計是急著抱孫，想先生個庶長孫，她忍不住往深處想了想，說不定謝姨娘當年還想生個庶長子呢！

一時間，三人都沈默了，剛剛的話題是不能再繼續往下說了，葉如濛便笑著轉移話題。

「若我沒記錯，前面還有個文昌殿，再有十來日便是秋闈，妳大哥、二哥今年不是要應試嗎？不如我們去拜拜。」

文昌殿供奉的是道教的文曲星君。大元朝有獨到的宗教文化，佛教跟道教不會涇渭分明，尤其是京城，推崇儒家文化，便在臨淵寺裡設一座文昌殿，供學子們祭拜。

賀明玉自是樂意，欣然頷首，與姊妹兩人一同前往。

葉如濛一行人來到文昌殿前，看見高大威猛的魁星銅像立在殿前，大腹便便，滿腹經綸，左手拿墨斗，右手拿硃筆。據說，他若先用筆在盛著墨汁的斗裡「點」一下，再「點」到考生的姓名上，「點」中了誰，誰就會金榜題名，最先點中的為奪魁者，便是頭名狀元，此謂「魁星點斗」。

明年的狀元郎是誰，葉如濛知道，年僅十八歲便連中三元，震驚京城。

他的老師孔儒，是大元朝最有名的學者，爹爹葉長風年輕時也曾拜在他門下，對他很是敬仰，這樣一位頗有名望的儒師，卻對年輕的狀元郎宋懷遠如此評之。「天下有才一石，懷遠獨占八斗，我得一斗，其餘天下人共分一斗。」不僅如此，便連聖上也曾稱宋懷遠為千古第一才子。

可惜這位千古第一才子，卻在數年後的某一日看破紅塵，遁入空門。此事在京城中驚起了千層浪，眾人皆扼腕嘆息，感慨他儒衣換僧袍，只有他的老師孔儒聽聞後，淡淡說了六個字。「不可惜，可幸也。」

宋懷遠一家人其實都很有才氣，他的父親宋江才也是二十年前的狀元；他還有個弟弟叫宋懷玉，聽聞兩人模樣生得很相似，宋懷玉最後也中了個二甲進士。值得一提的是，宋懷玉正是前世葉如蓉的夫君；不過，前世葉如蓉出嫁晚，葉如濛未曾見過這個堂妹夫。

宋懷玉當時的身分、地位不算低，與葉如蓉結親算是高嫁低娶，而且宋家來求親時還下了許多聘禮，葉如蓉可謂是嫁得相當風光，教人好生羨慕；只是，是宋懷玉真心求娶葉如蓉呢，還是葉如蓉暗中使了什麼伎倆，她不得而知，畢竟當一個二甲進士的嫡妻，總好過當丞相府嫡子的小妾。

尋思間，葉如濛一行人已經進入文昌殿，殿中心供奉著正襟危坐的文曲星君，星君身後站著天聾、地啞兩僮，傳說選此兩僮做陪侍，是為了避免洩漏考試題目和錄取情況。

賀明玉親自從香籠中取出三炷香，在燭火上點燃，丫鬟為她擺正了蒲團，她拂了拂裙襬，跪在蒲團之上，誠心叩拜，閉目許願。「願星君保佑大哥、二哥三元及第，金榜題名。」

葉如思也在一旁跪下叩了三拜，她無論遇見哪座神佛，都會拜拜祈求保佑她姨娘平平安安。

賀明玉去添香火錢時，葉如濛姊妹兩人便在殿內四處走走，欣賞著殿內的壁畫典故。拐過轉角來到一僻靜處時，忽見紅柱後有一紫衣男子，正與一個背對著她們、梳著雙丫髻的藍衣少女說著話。

這紫衣男子看著有些眼熟，葉如濛一時間想不起來是誰，葉如思卻是認識的，止步後低聲道：「姊姊，宋公子在前面呢，我們還是回去吧！」

經她這麼一說，葉如濛忽然想起來，這紫衣男子不正是那日她們在瓜田旁遇到跟賀爾俊走在一起的那位公子嗎？所謂物以類聚、人以群分，葉如濛對那賀爾俊並無好感，便連帶著對這宋公子的印象也差了幾分。

兩人正欲轉身，忽聽那少女低泣了一聲，葉如濛一看，那少女低垂著頭，抬起手來似在擦拭眼淚，對著宋公子連連搖頭，就在這時，那宋公子忽然抓起少女的手，欲將她從側門拉出去，少女不肯，兩人拉扯起來。

「姊姊，這是……」葉如思一見，心覺不妥，卻不敢貿然上前。

葉如濛見了，心中不由得生起幾分怒火，這個宋公子，虧他生得一張好容貌，沒承想竟是個登徒子，竟敢在文昌殿欺辱良家女子！

葉如濛拉著葉如思朝前走了幾步，高聲笑道：「我說妹妹，妳看這文曲星君雙目炯炯有神……」她忽地停住聲音，像是才看到拉扯的兩人似的。「咦？這不是宋公子嗎？」

宋公子一聽到聲音便鬆開少女的手，見到葉如濛姊妹後又連忙與少女拉開些距離。

「葉六小姐？」他略微訝異地喚了一聲，同時也認出葉如濛。「葉四小姐。」

「宋公子有禮。」葉如濛淺淺笑道，目光落在低頭不語的小姑娘身上。這小姑娘不過十一、二歲的模樣，膚白如雪，生得玲瓏剔透，真真是個玉人兒，只是當下哭得梨花帶雨，模樣甚是惹人憐。這個宋公子，居然對一個這麼小的姑娘起了淫心！

葉如濛頓時心中來氣，懶得與他敷衍，冷臉斥道：「我看宋公子是個讀書人，在文昌殿中如此拉扯，恐於禮不合吧？」她說著，邊掏出懷中的帕子輕輕擦拭著小姑娘臉上的淚痕，輕聲問道：「不知這位妹妹是哪一家的？」

宋公子聞言，知道葉如濛是將他當成登徒子了，不由得瞪了葉如濛一眼，將小姑娘往自己懷中一帶。「我家的！小妹我們走，二哥帶妳去教訓他！」

葉如濛一聽，愣了一愣，反應過來後羞得只想找個地洞鑽，那小姑娘也是難為情得很，低垂下頭，仰起頭後雙唇張了張，卻不開口說話，只對著她一臉歉意。

「小妹，快走！」宋公子拉起自家小妹就往外跑，小姑娘踉蹌著跟上去，突然從腰間掉下一個淺粉色的香包，葉如濛忙俯身撿了起來。

「姑娘妳……」

一抬眼，小姑娘已經被宋公子拖出側門，葉如濛連忙快步追了上去，可才剛抬腳跨出門檻，便撞上一個胸膛，葉如濛一下子被撞得直往後跌，虧得紫衣反應快，在她身後扶住了她。

來人被她撞得後退幾步，才站穩身子，定了定神。

葉如濛抬頭一看，她撞到的是一位年輕公子，身著溫藍色儒服，生得雍容爾雅、丰神俊美。這公子不慎與她對視了一瞬，兩人都有些呆住，他慌忙低下頭，歉意地朝她做了一揖。

「冒犯姑娘了。」

葉如濛聞言，連忙施了一禮。「公子客氣了，是小女子失禮在前。」明明是她走得急，撞到人家，他反而先致歉。

「非也，適才是在下未曾緩步而行，衝撞了姑娘，還望姑娘見諒。」儒衣公子眉眼柔和，溫潤的嗓音溫文有禮。

葉如濛忍不住多看了他一眼，只覺得他有些面善，又覺得像是第一次看到他。也是，這麼一個溫和有禮的公子，氣質又是這般翩然俊雅，倘若她真的見過，只怕很難忘懷。

忽而，這公子的目光落到她手中的香包上，面色一變。「姑娘，不知這香包……妳是從何得來？」

「哦。」葉如濛連忙道：「這是剛剛一位姑娘掉的，我正想還給她，可是她已經走遠了。」

「姑娘說的，可是一位身著藍衣的小姑娘？」他關切問道。

「正是。」葉如濛抬眸看了他一眼，忽地對上他一雙俊眼。

他的眼睛眼尾優雅地微微上揚，眸中有光流而不動，柔情而溫和，葉如濛越發覺得這個公子面善得緊，像是前不久才見過他，卻怎麼也想不起來是何時何地？

他被葉如濛看得微微紅了臉，垂眸迴避道：「姑娘，那正是舍妹。請問姑娘，她剛剛往哪邊去了？可是一個人？」

經他這麼一說，葉如濛這才想起來，她覺得這公子眼熟，其實是因為這位公子長得像剛剛的宋公子啊！可是這兩人，面容上明明有七分相似，神韻卻全然不同，猶如雲泥之別。葉如濛一時間心中唏噓，所幸還記得回答。「剛剛有位宋公子，自稱是她……二哥？他們往前面跑去了。」她執著香包的手指了指前方。

「多謝姑娘。」這位儒衣公子正欲追上，忽而腳步一頓，目光落在她手中的香包上，略帶歉意道：「姑娘，這個香包，是舍妹心愛之物……」

「哦、哦。」葉如濛連忙遞給他。

「謝謝姑娘。」他後退一步，對她做了一揖，而後禮貌地伸出手向她討要。他伸出來的右手手指修長筆直，關節處也是大小恰到好處，手心豐厚盈潤，掌心處正好有一顆顯眼的硃砂痣。

葉如濛忽地一怔，拿著香包的手停在空中，彷彿腦海中某個塵封著記憶的盒子忽然被打開來，她記得，很多年前，也有人向她伸出這麼一隻掌心有一顆硃砂痣的手；但那時，那隻手還有些幼小，白淨、白淨的……

「姑娘？」見她失神，儒衣公子又輕柔喚一聲，如清月淺鳴。

葉如濛回過神來，連忙將香包輕輕置於他手心。「對不起，小女子失禮了。」

香包落下，掩住那顆明媚的硃砂痣，記憶的盒子重新被蓋上，葉如濛什麼都想不起來了，連同那隻年幼的手，也都像是合上掌心，遠離了她的視線，容不得她多想。

「多謝姑娘。」他從容施了一禮。「在下告辭了。」很快，他便轉身快步追出去，雖然步履匆忙，卻也未失風度。

葉如濛看著他的背影若有所思，她覺得……她像是認識這個人，好像就在很多年前，在她還很小很小的時候；不知為何，她嘴角忽然泛起笑意，菱角嘴微微上揚幾分。唔，這位公子儒雅從容的模樣，倒有她爹爹的幾分風範呢！

「怎麼啦？」賀明玉從身後跟了上來，她來得晚，可剛剛的情景多少看見一些，不由得好奇問道：「濛濛，妳怎麼會認識宋大公子？」

「宋大公子？」葉如濛不明所以。

「對啊，剛剛那位是宋懷遠宋大公子。」賀明玉壓低聲音。「京城四大才子之首呢，每年詩會上都拿第一名，妳不知道嗎？」坊間都有傳言，宋狀元家有一對公子，風姿綽約、恍若雙生子，其中大公子博涉文史，以儒雅出名。

葉如濛聞言一驚，原來剛剛那位公子便是明年的狀元郎宋懷遠！那剛剛的紫衣公子便是宋懷玉了，也就是葉如蓉將來的夫婿……可前世，她並不知道這兩人還有個妹妹。

見葉如濛搖了搖頭，葉如思輕聲開口道：「我倒曾聽七妹妹說過這四大才子，不過也未見過真面目。」

「他們家真有個妹妹啊？」葉如濛不由得好奇問道，前世葉國公府和他們狀元府結親，她都沒聽說宋懷玉底下還有妹妹呢，想來是養在深閨中，低調得很。

賀明玉微微垂首，低聲道：「是有個妹妹的。」

「是嫡出的嗎？」葉如濛隨口問道。

賀明玉猶豫了片刻。「是，她人我也認識，人很好的，不過……她很少出門。」

「哦。」葉如濛點了點頭，看得出賀明玉提起宋家姑娘時，似有難言之隱，便不再多問。

賀明玉莞爾一笑。「宋伯父沒有納妾，他們家就這三兄妹了，外面的人都傳言宋伯父懼內，但是我見過宋伯母，知性溫婉，比我娘還溫柔呢！」

葉如濛聽了笑道：「外面的傳言多是不可信的，還是得眼見為實，不過，這宋大公子和宋二公子模樣倒是生得相似。」

「不過是模樣相似罷了，神韻是全然不同的，我一眼便能分辨出來。」其實明眼人都能看得出來，大公子丰神俊美、秀逸非凡，二公子雖然也俊美，卻是陰柔有餘，陽剛不足。

葉如濛贊同地點了點頭，說了句客氣話。「妳倒是好眼力。」

賀明玉笑道：「其實我幼時便見過他們多次，宋家兩位公子與我家兩位哥哥交好，常有往來；不過，宋大公子與我二哥交好，宋二公子卻是與我大哥交好的。」

聽了賀明玉這話，葉如濛倒對那賀知君有些放心起來，所謂近朱者赤、近墨者黑，宋懷遠看著便一身正氣，賀知君既然是他的好友，想來也差不到哪去，只是口才駑鈍些，沒有賀爾俊那般油嘴滑舌罷了。

姊妹幾人在回去的路上，路過一青竹圓亭又碰見他們，葉如濛一看，倒是巧了，宋家三兄妹都在，還有……她唇抿成了一條直線，因為顏多多和顏如玉兄妹倆也在，只是當下這情形，似乎有些不對勁。

一襲紅衣的顏多多正與宋懷玉兩人對峙，頗有些劍拔弩張的氣勢；宋懷遠則一臉溫和地對顏如玉說些什麼，而那宋姑娘，則躲在宋懷遠身後低頭抹著眼淚。

賀明玉也止住腳步，在看清亭子裡的人後，連忙快步過去，來到那宋姑娘身旁，關切問道：「小雪，妳怎麼啦？」

宋懷雪哭得眼睛紅彤彤的，像隻小兔子，委屈地搖了搖頭。

葉如濛姊妹倆也跟了過去，卻聽見顏多多低著頭向宋懷雪道歉。「對不起，我真不是故意的。」

宋懷雪低頭不說話，只是哭得肩膀一抽一抽的。

「妳別生氣了，我認錯了還不成？」顏多多急得直撓頭，一頭墨髮都給抓亂了，他雖然從小到大四處打架，可是自長大後，還真沒惹哭過小姑娘。

事情是這樣的，剛剛宋懷雪走路撞到了他妹妹，可是卻不道歉，他一時不快便喝了她一聲，她還是不說話，一臉委屈地看著他，他當時就說了她一句──道個歉都不會，妳是啞巴啊！結果她還真的是個啞巴，眼淚一直嘩啦嘩啦地往下掉個不停。

「對不起！對不起！我錯了，我求求妳不要再哭了，妳再哭我也要哭了！」顏多多急得手腳都不知該往哪放了，他也就隨口那麼一說，誰知道會被他說中了。

「宋妹妹，」顏如玉來到她跟前，抓起她的小手輕聲道：「我五哥真不是故意的，他只是太疼我了，所以才會……」

「呿！就妳有哥哥疼不成？」宋懷玉一臉不爽諷道：「小雪也有我們疼！你們家有五個兄弟了不起啊？」

「二弟！」宋懷遠沈聲喝了一句，宋懷玉冷著臉，轉過頭去不再說話。宋懷遠上前一步，對顏家兄妹輕聲道：「此事便到此為止吧，先前舍妹若有衝撞，宋某在此和夫人賠個不是。」

「宋公子言重了。」顏如玉福了福身，溫婉大方。

宋懷遠回了個拱手禮，轉身對宋懷雪輕聲道：「小雪，顏公子性子直率，也是無心之過，無惡意者無須介懷。」

宋懷雪抬起頭來，眨巴著眼睛掉了兩顆金豆子，吸了吸鼻子，做了幾個手勢。

葉如濛看得心中一訝，莫非這宋家姑娘不能言語？如此一來，便能解釋剛剛賀明玉提起她時的遮掩了。

宋懷遠微笑道：「乖，時辰不早了，我們快回去，莫讓母親擔心。」

宋懷雪乖巧地點了點頭，眼淚總算止住了。

「大哥，你先帶小妹回家吧，我還約了賀兄。」宋懷玉手一揚，轉身就走，走之前又揉了揉宋懷雪的頭。「乖乖和大哥回去，我看以後誰還敢欺負妳，二哥一定幫妳揍他！」說著還瞪了顏多多一眼，一臉不爽快。這個顏家五公子，他老早就看他不順眼了，只是他……文不與武鬥！

宋懷玉一出亭子，便看到葉如濛，葉如濛低了低頭，有些心虛，宋懷玉冷瞄了她一眼便走了。

顏氏兄妹一出來，也看到了葉如濛，顏多多一下子臉脹得通紅，直撓後腦勺。「葉姑娘，剛剛……讓妳看笑話了。」自己出了這麼大的糗，怎麼正好就讓她碰到了呢，真是丟人！

葉如濛朝他淺淺一笑，知道他闖禍了。顏多多忍不住開口解釋道：「其實我、我也不是故意的，我雖然愛打架，但從來沒有欺負過小姑娘，這還是第一次……」不對，這樣說不就是承認他真的欺負了人家小姑娘嗎？

他這番解釋，倒讓葉如濛有些不好意思，他無端對她解釋這個做什麼呀？顏如玉見自己五哥說多錯多，忙輕輕拉了拉他的袖子，顏多多這才閉了口。

葉如濛看見他身後的顏如玉，笑容微微有些不自然，顏如玉看見她，倒是很坦然地笑了笑。「葉姑娘，我們先告辭了。五哥，娘親還在等我們呢！」

「這個……」顏多多還想說些什麼，葉如濛先開了口。

「兩位慢走。」

葉如濛實在不想再看這顏如玉一眼，而且顏多多與她這般關係要好，她見了心中都添堵，甚至有些埋怨起顏多多；可再轉念一想，顏多多將來若知道了事情真相，最難過的應該還是他吧，一下子又有些同情起他來。

顏氏兄妹走後，宋懷遠也帶著宋懷雪步出亭子。

宋懷遠看見葉如濛，朝她溫文一笑，從袖中掏出香包遞給妹妹。「小雪，多虧這位姑娘拾到了妳的香包。」

葉如濛微微一笑。

「宋某在此替家妹謝過姑娘。」他代為道謝，並沒有讓宋懷雪開口。

宋懷雪接過香包，抬眸看了葉如濛一眼，咬唇低了低頭，猶豫了一瞬，對她笑了一笑，伸出右手握成拳，拇指彎了兩彎。

宋懷遠微訝，若是平時，自家妹妹定會感激一笑，並不會用手語致謝，暴露自己不能言語的短處。

他不由得多看了葉如濛一眼，想來小妹是對她有些好感的吧！他莞爾道：「小雪和妳說謝謝。」

葉如濛唇角彎彎一笑。「小雪姑娘客氣了。」又看了一眼她身後跟著的賀明玉，笑道：「明玉，妳陪小雪姑娘走一會兒吧，我和妹妹就先回去了。」

賀明玉應下，待她們姊妹兩人走遠後，賀明玉才小聲和宋懷雪介紹道：「剛剛那位大眼睛的是葉國公府的葉四小姐，後面那位是她妹妹葉六小姐，她們是我前不久才認識的朋友，人很不錯，那位葉六小姐煮茶可厲害了，那位葉四小姐說話好是風趣，而且她的爹爹便是『城北葉公』呢！」

宋懷遠聽了，微微吃了一驚，城北葉公——那便是葉長風葉伯父了。那剛剛的葉四姑娘，是……小濛濛？

小濛濛？這個名字忽然出現在他的腦海中，就像是一幅塵封已久的畫卷，突然滾落在地，畫卷展開，畫面毫無遮掩地顯現在他的面前——

「宋哥哥！」一個梳著花苞髻的小女娃，年紀不過三、四歲，邁著小短腿朝他跑了過來，可是很快地，便撲通一聲摔倒在草地上了。

他連忙跑過去將她抱起來，此時的宋懷遠，也不過是個六、七歲的小男孩，生得粉裝玉琢。

小女娃爬起來，哭得滿臉是淚。「宋哥哥，你要走了嗎？」

他抿唇，看著她黑葡萄般的大眼睛，哭得像水淋過一樣霧濛濛的，心中不捨。「是，我爹爹要帶我去求學。」

「你還會回來嗎？」小女娃聲音十分稚嫩。

「會的，不過，可能要很久很久以後了，我到時會回來看妳的。」

「那你會給我帶糖嗎？」

「會的。」他張開手心，手心裡靜靜躺著一顆紫色糖紙包著的糖果。

她立即破涕為笑，拿起他手心的糖果，開心地塞入口中。糖果被她拿走後，他手心空空如也，一顆顯眼的硃砂痣在陽光下明媚如初。

小女娃伸出手指，調皮地用指尖戳了戳他掌心的硃砂痣，又在上面畫著圈圈，他掌心癢癢的，忍不住朝她開口笑，露出少了一顆門牙的牙齒。小女娃一見，格格直笑，睫毛上還閃著晶瑩的淚珠，他連忙掩住口，恢復小大人的模樣，一臉正經……

宋懷遠愉悅地將畫卷捲起，唇角忍不住泛起淡淡的笑意，原來是她，小濛濛，當年那個調皮可愛的小妹妹，他怎麼就忘了呢？

可是一想起來，同時也喚醒了一連串的記憶——

「娘親，我喜歡小濛濛，我們可以把她帶回家嗎？」

「你呀，如果你長大後還喜歡她，就可以把她帶回家。」

當時的他，似懂非懂地點了頭，只盼望著快快長大。如今思來，不過童言無忌，他淺笑著搖了搖頭。

次日一早，葉如濛一覺醒來，便看到自己梳妝檯上放著一大束潔白的滿天星，新鮮得還帶著晶瑩的晨露。

葉如濛吃了一驚，揉了揉眼睛，這哪來的呀？這麼早，爹爹不可能出門帶回來吧？而且就算爹爹得到花，也不會放到她閨房來呀！

葉如濛抱起花兒輕嗅了一口，鼻間便充盈著淡淡的花香，不得不說，一早醒來看到新鮮的花兒，心情可以愉快一整天。

「小姐。」紫衣端著魚戲蓮花銅面盆進來，淺笑道：「這是主子送的。」

「主子？」葉如濛一聽，忽然想起那名殺手前晚的輕薄，頓時覺得懷中的花兒有些扎手，一臉嫌棄地放了回去。「他送這個做什麼？」哪有給姑娘家送花兒的，他這是想幹什麼？葉如濛突然紅了臉。「丟出去！」

紫衣聽了，低低應了一聲，抱起花兒便走，又問道：「小姐，丟哪呀？」

葉如濛想了想。「丟門口吧！」

之後，葉如濛每日早上醒來，都能在梳妝檯上看到一大束新鮮的花兒，各色的玫瑰、紫色的桔梗、藍色的勿忘我、白色的茉莉、紫紅的繡球，十來日過去了，每日都不重複。

這日晚上，晚膳後葉長風忍不住開口。「這陣子，也不知道是誰整日將新鮮的花兒丟到咱們家門口，我讓福伯找人埋伏了幾日，也沒看見是何人所為，妳們這幾日出門注意些，若有人送東西來，不要輕易收下。」

葉如濛有些心虛，想著以後得讓紫衣把花丟遠一點。

「對了。」葉長風拉起林氏的手笑道：「後日便仲秋了，母親說……讓咱們一起回去。」

林氏聽了，有些歡喜，手撫上微微隆起的小腹，淺笑著點了點頭。

「到時讓忘憂也一起去，回府一切注意，若有什麼不對的地方，不必忍讓，一切有我擔著。」

「嗯。」

「濛濛，妳也注意些。」葉長風提醒道。

「爹爹放心，我會幫忙顧好娘親的！」

「嗯。」葉長風點了點頭，對林氏道：「走吧！」這是夫妻倆的習慣，飯後都會去院子裡散步消消食。

「夫君，妾身去做一些棗泥月餅吧！」棗泥月餅，老夫人很喜歡吃。

葉長風皺了皺眉。「明晚再做吧，我們明日還要早起。」明日八月十四，是葉如濛外祖父的忌日，他們一家子都要去郊外祭拜，得起個大早。

林氏搖了搖頭。「明日回來，你定又會說累了一日，算了。」

葉長風笑道：「那就後日早上再做，來得及，還新鮮些。」葉長風靠近了些。「後日為夫和妳一起下廚。」

林氏低笑。

翌日，葉如濛醒來時，室內的燭火剛滅不久，還燃著裊裊餘煙。此時東方初露魚肚白，窗外還不甚明亮，葉如濛趿著睡鞋跑到梳妝檯一看，看見檯上空空如也。

葉如濛唇角彎彎，在一旁鼓凳上坐下，抱著手臂守株待兔。果然，一會兒後窗便被人從窗外悄悄撬開，來人動作很是熟練，輕輕推開窗，沒有一絲聲響。

葉如濛霍地起身，將窗子猛然推開，可是窗外卻空盪盪的，只有垂柳在輕輕搖蕩。

怎麼回事？葉如濛自個兒反而嚇了一跳，難道見鬼了不成，她爬上窗臺探出身子眺望，怎麼連個人影都沒有？

忽然，一束潔白的月光花從她頭頂緩緩落下，停在她面前，不動了，花瓣輕顫著。葉如濛一怔，抬頭一看，見那個黑衣人正倒掛金鈎，如她初次見到他一般，頭朝下，就這麼抓著一束倒著的月光花，舉到她面前，新鮮嬌嫩的花瓣擋住了他的臉，只看到一雙幽深的鳳目。他目不轉睛地看著她，眼神中像是帶著一點點期盼的討好。

葉如濛失神了片刻，忍不住低聲斥道：「你做什麼！」

他將花束往下遞了遞。「給妳。」

葉如濛本能地接了過來，他迅速收回身子，攀上屋簷便欲離開。

「你下來！」葉如濛話一落，他立刻俐落地翻了個筋斗，無聲落地，落地後單膝著地，就這麼仰起臉來看著葉如濛，黑色的面巾，如墨的眼眸。

葉如濛一怔，忽然覺得這場景好生奇怪，忙將手中的花束遞給他。

他沒有接過，直接站起身，站起來後他高大的身影遮住身後漸亮的晨光，將葉如濛籠罩在一片祥和的陰影中。

「你來做什麼呀？」

祝融沈默不語，他有很多很多話想和她說，卻又不知從何說起，他的手忍不住悄悄背到身後，像一個做錯事的孩子。

「喂，你說話呀？」葉如濛覺得莫名其妙。

他忽然後退一步。「我走了。」說罷足尖一點，便攀上屋簷，消失不見了。他真的不知道該和她說些什麼，他越來越不知道該如何與她相處，他生怕她會討厭這個身分的他。

「喂！」葉如濛喊了一聲，覺得這個殺手好生奇怪，先前話不是還挺多的嗎？怎麼突然……難道是，上回被她打怕了？她有那麼凶嗎？

很快，西廂房那邊傳來聲響，葉如濛知道，是桂嬤嬤她們起身了，她連忙爬下窗臺回屋內，虛掩上門窗。

天一亮，葉府一行人便往郊外去，馬車行了半日，終於到蒼山腳下，林氏的父母便葬在此處，一片寂靜祥和的樟樹林間，此地人煙稀少，生人鮮少踏足此處。

葉如濛到了墳前一看，今年又是如此。每次過來，他們總能在外祖父和外祖母的墓碑前看到兩束淡紫色的「福祿考」，每一朵都像是經過祭拜之人精心挑選出來的，花朵鮮豔飽滿，還帶著水珠。她幼時便問過娘親，娘親說這是外祖父的學生送來的，葉如濛想想也是，外祖父生前是書院的夫子，桃李滿天下，可是這麼有心的學生，十幾年來不曾間斷，也算是難得的了。

葉如濛注意了一下，見墓碑前有些擺放過果盤的痕跡，前面的沙地上也有數道沙土未曾掩埋住的水漬，可見來人也是祭拜過了的，只是知曉後面還會有人來祭拜，便先將自己的供品給撤走了。

桂嬤嬤和福嬸忙碌著將供品等物擺好，又燃上香燭等物。

一家三口祭拜後，林氏面容有些哀戚，手撫著小腹站在墓前說了許多話，只是說著說著，便又忍不住開始抹眼淚，葉長風站在她身後，輕聲安撫著她。

葉如濛情緒也有些低落，外祖父母在她爹娘成親之前便仙逝了，她對他們自然一點印象都沒有。幼時來拜祭的時候，她總是有些歡喜，覺得新鮮好玩，但每次看娘親都掉淚，她就開心不起來了，那些年來，她一直都不懂那種感覺，可是等到她自己也無父無母之後，這才明白娘親的心情。

看著娘親流淚，葉如濛覺得心中難受，想四處走走，便抬腳往鬱鬱的林間走去。紫衣正想跟上，葉如濛卻道：「不用跟著了，我想一個人走走。」

「那……」紫衣頓了頓。「小姐別走遠了。」

「嗯。」

葉如濛的繡花鞋輕輕踩在長得參差不齊的野草上，心緒惆悵。她這輩子……這輩子都不想給她爹娘上墳，她寧願自己死在爹娘之前；可是，她又怎麼可以讓爹娘白髮人送黑髮人？不，她還有弟弟、妹妹，對，這輩子她不會再孤身一人了，爹娘會老去，總有一天會離開她，可是兄弟姊妹不一樣，他們可以陪伴她長久，與她相依為命。她將會成為弟弟、妹妹們的依靠，她會照顧他們，長姊為母，她肩上還扛著甜蜜的負擔。

正想著，她忽地聽到些許聲響，一抬眸，便見一棵粗壯的老樟樹後隱約露出一角湛藍色的衣袍。

「什麼人？」葉如濛警覺道。

片刻的寂靜後，就在葉如濛正準備跑開喊人，忽然從樹後走出來一個她意想不到的人，她微愣了片刻，才輕輕喚了一聲。「宋……大公子？」

他怎麼會在這兒，而且還這般鬼鬼祟祟的？這宋大公子，怎麼看都像是胸懷坦蕩之人，為何會做出如此鬼祟之事？

宋懷遠站在原地，面色有些難堪，忽然，他面色一變，猛地朝葉如濛撲了過來，葉如濛驚叫了一聲，下一刻就被他撲倒在地。

兩人倒地的瞬間，葉如濛似聽到利器從耳旁「咻」的一聲飛射而過，「咚」的一聲悶沈地射中她身後的樹幹。

兩人摔倒在地，未待宋懷遠起身，葉如濛便猛地推開他，反手給了他一記響亮的耳光，耳光清脆悅耳，在這寂靜的林間似還帶著迴響。宋懷遠有些沒反應過來，摀著臉一臉呆滯地看著她，葉如濛滿面憤慨，心中震驚無比，沒想到宋公子竟是這樣的人，真是個衣冠禽獸！

葉如濛連忙爬了起來，扯開嗓子大喊。「來人啊！」

「小濛濛！」宋懷遠連忙起身拉住她，欲將她拉下來。

呸！什麼小濛濛！真不要臉！葉如濛連忙甩手，抬腳便在他心口上狠狠踹了一下，緊接著拔腿就想跑，可是才剛一轉身，她的臉便對上了一條還在吐著紅色蛇信的——蛇！

這條蛇是赤金色的，約有三尺長，幼兒拳頭般粗壯，尖細的蛇尾已被一枚飛鏢釘在樹幹上，可是蛇身仍在劇烈地掙扎著，猛然一甩身，便朝葉如濛張開大口。就在這千鈞一髮的時刻，一枚飛鏢又迅速破空襲來，直中它的七寸，一下子整個蛇身被死死地釘在樹幹上，那蛇尾無力地掙扎了兩下，終於軟了下來，不再動彈。

「小姐，您沒事吧！」紫衣迅速趕來，扶住葉如濛。

葉如濛一下子驚出一身冷汗，剛剛那蛇在她眼前吐著蛇信的時候，她甚至能感覺到周遭的空氣都在動。

「遠兒！」此時，不知從何處跑來一個身著青松色長衫的中年男子，這名男子忙將地上狼狽的宋懷遠扶了起來，宋懷遠一手摀臉，一手按住胸口，忍不住悶咳幾聲。

「濛濛！」葉長風等人聽到聲響也趕了過來。

「宋江才，你怎麼在這？」葉長風見到這中年男子，沈聲質問。

林氏見了，唇張了張，卻沒有說話，只是微微低垂眸子，後退一步躲到葉長風身後。

宋懷遠在其父的攙扶下站起來，只是……葉如濛咬唇，不敢抬頭看他。

「葉伯父、葉伯母。」宋懷遠連忙恭敬行禮，只是動作有些僵硬，不似以往抬頭挺胸，胸口悶疼是一回事，主要是他覺得自己臉上火辣辣地疼，實在無顏見人。

「……你是遠兒？」林氏上前一步，有些難以置信地打量著他，俗話說三歲看老，小懷遠幼時便有一副小大人的模樣，比同齡的孩子要穩重許多，長大後……臉是俊俏而白淨的，但怎麼會有四根紅色的指印？衣裳也算乾淨整潔，可是胸前怎麼還有個灰色的腳印？

林氏微微皺眉，瞄了一眼一旁頭都快低到地上的葉如濛，這一切看起來好像是……她女兒的傑作？究竟發生了什麼事？

第十章

葉府前廳。

葉長風和林氏夫妻倆坐在主位，林氏低頭抿了一口茶，剛將茶盞放回桌上，葉長風的大掌便越過方桌上青翠的羅漢松盆栽，一把握住林氏剛放下青花瓷茶盞的小手。

林氏小臉一紅，想抽回手卻掙不開，只能由著他去了。唉，她這個夫君，只要一碰上宋大哥就會變得幼稚較真，她自個兒想想都覺得有些丟人。

宋江才是林氏老父的得意門生，年少時便心繫林氏，長大後進京赴考，本想等考取功名後再去向林氏提親，誰知道功名還未考上，林氏便先嫁人了。後來這事不知道怎地讓葉長風知道了，本來葉長風沒說什麼，心裡吃悶醋就算了；後來有一次和林氏把酒言歡，醉酒的林氏不小心說漏了嘴──「若是沒遇見你，宋大哥來提親的話，我定然就嫁了，小時候我便答應過要嫁給他的。」自那以後，葉長風一見宋江才便冷著臉，他夫人小時候居然喜歡過他，還答應過要嫁給他，他一想到就來氣！

下座的宋江才正襟危坐，目不斜視，可是葉長風那故意為之的霸道動作已盡數落入他眼中。宋江才心中嘆了口氣，這個葉兄雖然才氣過人，但在某些方面，真的是小氣得讓人難以置信呀！這麼多年過去了，還是未變。

宋江才鄰座，端坐著微微垂首的宋懷遠，他正拿著包裹冰塊的面巾敷臉。自他懂事起，便謹聽夫子教導，君子遇事須處變不驚，從小到大，自問凡事多能泰然處之，何曾像今天這般狼狽過，當下心情很是複雜。

當年兩人年幼，兩小無猜，他只記得自己極其喜歡那個大眼睛又愛笑的小濛濛，可是隨著時間的推移，多年後的他也漸漸遺忘了最初的美好；昨日一見，當年那個乖巧黏人的小不點已經長成亭亭玉立的小小姐，知書達禮又帶著一點可愛的小迷糊。

方才在林中的情形，一遍又一遍地迴盪在他的腦海中。今日忽然碰上這樣的狀況，他當時想也不想就朝她撲了過去，只想替她擋下那條毒蛇，未料到……竟被她當成登徒子甩了一掌、又踢了一腳，這結局實在是讓人啼笑皆非。

可是她這性格，在他看來卻特別得很，他並不反感，再憶及往昔種種，他忽然對她生出更多好感，他甚至在想，倘若當年他們兩人未曾分離……

昨日兩人初遇，他一時還認不出她來，反而是她……已經先察覺到什麼了嗎？那個時候盯著他的掌心，就像是回想起什麼；可是怎麼可能？那時候她不過幾歲，遠不到懂事的年紀。

宋懷遠細思量著，覺得心中有些異樣，彷彿有一種懵懂的悸動正從心底慢慢萌芽，他小心翼翼地澆灌，有些期望看到它開花結果，他想看看它會結出什麼樣動人的果子。

他唇角彎彎一笑，端起茶盞輕抿一口，忽然發現廳裡氣氛有些怪異，廳裡有三位長輩，自然輪不到他開口說話，可是三個人都沈默不語，便寂靜得有些尷尬了。

片刻後，宋江才先開口，對葉長風坦然道：「今逢家師之祭，宋某帶長子前來祭拜，沒承想這般巧合遇到了葉兒。」他說著看了林氏一眼，見她雙目微腫，心生不忍，輕聲勸道：「葉夫人莫再感傷，若是家師在天有靈，也不希望看到妳如此悵然。」

林氏還未作答，葉長風便開口道：「唉，或許是懷了身孕，拙荊近來有些多愁善感。」雖是感嘆的神色，眸色卻略有幾分得意。

林氏如今已顯懷，宋江才也看得出來，心中微微一澀，淡笑道：「那便恭喜兩位了。」能看到她如此幸福，他便無憾，只盼望著她能給葉兒生個兒子。

若是換了他，或許是……不到三、五年便扛不住壓力納妾了吧，如何能像葉長風這樣頂著不孝的罪名出戶呢？她終是選對了人。

葉長風的話使得林氏有些尷尬，她輕咳一聲，目光落在宋懷遠身上，見其風姿綽約，遠勝其父，不禁感慨道：「十年未見，遠兒都長這麼大了。」

宋江才對宋懷遠笑道：「遠兒，你小時候可喜歡你葉伯母了，可還記得？」

宋懷遠面色雖有羞澀，仍是大方地點了點頭。「記得的，葉伯母還是沒有變，和遠兒記憶中一模一樣。」一如當年般溫婉嫻淑，他還記得，他有一次生病發燒，不小心將前來探望他的葉伯母喚作娘親，當時還有旁人笑話說，要是當了你葉伯母的女婿，便沒有喚錯。

林氏聽見他的話，笑道：「遠兒倒是變得嘴甜起來，就是……」林氏說著微垂眼眸。

「濛濛還是很不懂事，盡給你添麻煩，今日還鬧出這般鬧劇，讓你受委屈了。」

「伯母言重了。」宋懷遠連忙道：「此事是遠兒行事衝動，魯莽動作才會驚嚇到了……四小姐。」

「唉，說的什麼話。」葉長風手一揮。「那金環蛇毒性極強，紫衣也說了，倘若當時不是有你及時出手，只怕濛濛就……此事是我們要謝謝你，只是濛濛驕縱，行事不妥，才會鬧出如此笑話，我葉長風教女不嚴，在此向你賠個不是。」

「葉伯父折煞小姪了。」宋懷遠連忙起身，拱手恭敬行了一禮。

葉長風自然不是真的要同一個小輩賠不是，又寒暄客氣了幾句。宋懷遠落坐後默默不語，似在思忖著什麼。

葉長風不動聲色地打量著他，心中暗讚。此時宋懷遠臉上的指印已淡去，面容秀雅，舉手投足間自有一股風雅氣質。葉長風雖然不喜其父，但對這宋懷遠卻討厭不起來。

宋懷遠的詩作、文章在京中流傳甚廣，字跡行雲流水，坦然天地，以字窺人，可見其心性凜然；詩風飄逸灑脫，有一股從容不迫的風度氣韻，當真有泣鬼神之才；文章更不用說，下筆時篇篇錦繡，走墨時字字珠璣，讀來讓人忍不住連連拍手叫絕，這樣一個少年郎，只怕未來前程難以估量，難得的是年少得志，卻不驕不躁，進退有度。撇去私心，若他將來的子女能有他十之一二，他便覺此生無憾，也不知這宋江才是幾世修來的福分，竟能教導出這樣一個兒子，一時間，他心中嫉羨不已。

廳內又恢復了寂靜，宋懷遠張了張唇，忽然站了起來，上前兩步，神色謙恭地看著座上兩人。「葉伯父、葉伯母，適才雖是情形緊急，可是……小姪之舉恐對濛妹妹清譽有損，是以……」宋懷遠頓了頓，男子漢大丈夫，是該為自己做的事情負責任，他先前那樣撲過去將她壓在身下，兩人已有了肌膚之親，若是傳出去，讓她以後如何嫁人？

宋懷遠下定決心，抬首凜然道：「小姪願意對濛妹妹負責任，娶她為妻。」

他話一落，側廳的春夏秋冬八折雕花屏風忽然「砰」地一聲倒地，震耳欲聾。

寶兒直接撲倒在屏風上，葉如濛的身子還在搖搖晃晃。「唉、唉！」她只有一隻腳站在地上，另一隻腳並未著地，而是往後蹺起，為了保持平衡只能像小鳥一樣揮著手連連掙扎著，別倒、別倒！千萬別倒！

葉如濛在原地搖搖晃晃、垂死掙扎了好一會兒，終是堅持不住，砰地一聲摔倒在屏風上。

她和寶兒兩人原先就是側耳趴在屏風上偷聽的，這會兒屏風一倒，兩人便也先後倒下了，葉如濛痛得手腳發麻，好一會兒才從屏風上抬起頭來，瞪著宋懷遠，一臉錯愕：前世你不是出家了嗎？這輩子怎麼就要對她負責任了？

「濛濛！」葉長風喝了一聲，葉如濛這才回過神來，連忙爬了起來。等等！剛剛是、是有人說要娶她嗎？什麼？那個明年連中三元的狀元郎……說要娶她為妻？她沒聽錯吧？葉如濛滿臉不解地看著他，目不轉睛，突然開始想像他將來剃度出家的模樣……

宋懷遠看見她，知道剛剛的話被她聽了去，如今她又這般看著自己，他忍不住微微紅了臉。其實，小濛濛如此行徑是很不合體統的，偏偏在他看來，又覺得她可愛得緊，怎會如此？她這雙大眼睛，還是和當年一模一樣，不曾變過，他眼裡有了笑意，當真是個小迷糊，行事雖然莽撞，卻是如此可愛。

「濛濛。」林氏見她還盯著人家看，責怪地喚了她一聲。這個女兒，先前還想著是個知分寸的，誰知道竟和她爹爹一個德行，盡在宋大哥面前丟人。

葉如濛連忙收回目光，爬起來紅著臉對宋江才福了福身。「宋伯伯好！」

林氏皺眉，糾正道：「是宋叔叔。」

葉如濛臉更紅了，低頭道：「宋叔叔好。」

宋江才朗聲笑道：「哈哈，濛濛這模樣倒是像足了妳娘親小時候。」

這話葉長風聽著不高興了，這不是在暗示他沒和他夫人青梅竹馬過嗎？既然不高興了，氣自然是得撒出來的，就撒在他兒子身上吧！「濛濛，還不快給宋公子賠個不是，宋公子仗義出手，妳卻不分青紅皂白動手打人，這是身為閨中女子當有之舉？」葉長風起身，對宋江才道：「讓宋弟見笑了，小女頑劣，我與拙荊日後定會好生教導。」

葉長風這話已經說得很清楚，你家兒子是仗義出手，我家女兒動手打人做錯了，我自個兒留在家裡教導便行；簡而言之就是——你兒子想娶我女兒，沒門！

「宋、宋大公子，對不起。」葉如濛福了福身，連忙提起裙子踉蹌著回屋，她膝蓋摔疼了，唉，真是丟人丟大了！

葉如濛一出廳堂便小跑回房，到了房間後立刻跳到床上將臉緊緊埋入棉被中，丟臉丟死了！好不容易有人說要娶她，她居然……當著他們的面出了那麼大的糗！哼，都是寶兒沒站穩，推倒了屏風她才會摔倒的，真是被寶兒害慘了！

宋懷遠凝視著葉如濛離去的背影，忽覺得不妥，連忙收回目光，非禮勿視、非禮勿言，他心緒有些凌亂，便抿唇不語。他剛剛是不是太衝動了？可是……是衝動嗎？

知子莫若父，宋江才看了自己兒子一眼，笑道：「葉兄，當時情形緊急，宋某覺得令嬡之舉並無不妥之處，是小兒衝撞在前，還望葉兄莫怪。其實令嬡性子直率天真，倒是可人。」

葉長風皮笑肉不笑道：「宋弟過獎了。」

很明顯，宋江才想為自己的兒子再爭取一下，可葉長風卻不願繼續剛剛的話題，只當沒聽到，氣氛一下子又有些尷尬起來。

「這個……」林氏連忙道：「時辰不早了，要不……宋大哥和遠兒留下來一起用晚膳吧！」

「不了。」宋江才起身婉拒道：「時辰不早了，內子還在家中等候，我們便先行告辭了。」

葉長風面色這才稍微緩和一些。

送走宋江才父子後，葉長風一臉不快，自行回屋。

林氏也有些生氣，不願搭理他。葉長風在屋內等了許久，不見妻子回屋，連忙出來尋，一踏入前廳，便見妻子坐在太師椅上慢悠悠地喝著茉莉花茶，看也不看他一眼，他連忙遣退桂嬤嬤等人，蹲到妻子腳邊低頭認錯。

林氏看他一眼，氣也消了，只是當下不願與他說話，起身便走。

可剛一站起身，便被葉長風打橫抱了起來。林氏小叫了一聲，連忙一手護住小腹，一手攀上他的脖子。「夫君！」

「乖，別動。」葉長風抱起她大步回房。

「我要生氣了！」林氏低聲喝道，面色微慍。

「乖，回房再生氣。」

葉長風抱著林氏回到臥房，又抬腳踢上房門，將她抱到床邊，輕輕放在床上。

林氏坐在床沿，瞪著他不說話，氣得臉頰鼓起。

「柔兒，不要生氣，當心動了胎氣。」葉長風這會兒好脾氣道。

「你！」林氏確實是有些生氣，心中轉念想了幾想，又覺得有些委屈，一下子濕了眼眶。

葉長風有些慌了，忙落坐在床邊，執起她的手。「柔兒。」

林氏眼淚說掉便掉。「這些年來，我們兩個如何你還要瞎猜嗎？都這麼大個人了，如何還能這般幼稚，盡讓小輩們看笑話！」

「我……」葉長風這會兒懊惱不已，連忙一把擁她入懷。「我就是怕，誰讓那個宋江才還敢肖想妳。」

「胡說！」林氏推開他。「宋大哥已經成婚生子，與婉妹妹相親相愛，你如何能這般說他！」

葉長風不說話了，他身為男人，還不知男人的心思嗎？就算那個宋江才不表現出來，但他心裡怎麼想的他還不知道？得到的就是白米粒，得不到就是床前的白月光，時常掛在心上想著、念著。

「夫君。」林氏看見他這哀傷的模樣，心中不忍，柔柔喚了一聲，抹了抹眼淚主動環抱住他的腰。

「我錯了。」葉長風低聲道：「我總覺得我自己不夠好，或許妳嫁給他，會比嫁給我要幸福。」當年他娶她的時候雖風光，可如今自己卻不如那個宋江才了，旁人見了，定會笑話她目光短淺，所嫁非人吧！

「你再說這樣的話，妾身真的要生氣了。」林氏緊了緊環住他腰身的手，臉貼在他胸前蹭了蹭。「倘若我嫁給宋大哥，將來最多也不過是相敬如賓，哪會像和夫君這般恩愛無雙。」

「那……妳從不後悔嫁我為妻？」他心中是知道答案的，可還是想聽她親口說出來。

林氏抬頭看他。「此生不悔。以後不許這樣了。」

葉長風這才朝她咧嘴笑了笑，將頭埋在她脖間蹭了蹭。林氏笑著抱住他，摸了摸他的頭，有時葉長風就像個孩子一樣，可是她願意這樣寵愛他。

「夫人。」葉長風抬起頭，忽然正色道：「我準備辭去翰林院檢討一職。」

林氏聞言吃了一驚，略紅腫的眼看著他。「為什麼？」

葉長風笑道：「當檢討實在太過沈悶，每日只對著那幾個同僚和四面牆壁，實在百無聊賴。」

林氏聽了，覺得有異，夫君這職務都做了這麼多年，怎麼會突然間嫌棄起來呢？他以前還挺歡喜這個職位的，說是清閒得很，陪她的時間也多，如今她懷了身孕，就更應該如此，怎麼會想請辭呢？

她想了想，有些不理解。「夫君做何打算？」

葉長風輕聲道：「我準備去國子監試一下。」

「國子監？夫君要講授哪一學？」

「最好是國子學，可以從博士助教做起。」

林氏點了點頭，她夫君之前可是做過太子少傅的，做博士助教對他來說也算屈才了。

「那……進得去嗎？」

國子監難進，尤其是七學中的國子學，國子學最低都是從六品的職位。

葉長風誠實道：「我在國子監有些人脈，如無意外，這兩個月便能去應試，只要應試過了就沒問題，進入國子學，可以慢慢往上升。」

「嗯，以夫君的才學，進國子學是再適合不過了；就算應試不上也不要緊，夫君還可以自己開個私塾。」林氏開玩笑道。

葉長風也笑，只是眸色深重。

這些年來，他從翰林院修撰降到檢討，他只當是因為自己鶩鳥不群、沒有隨波逐流、阿諛奉承才會受人排擠，對此渾然不在意。

可是如今經過一番暗地裡的調查，卻發現背後的推手隱約與葉國公府有關，似乎有人要將自己關在一個小黑屋裡，慢慢截斷自己的人脈，讓他的圈子越來越小，只守著自己的妻女過日子。如今的他，有必要從小黑屋中走出來了，只有他足夠強大，才能守護自己的妻女、自己的家。

國子監的學子皆是貴族子弟，他準備踏足這個廣闊的圈子，暢遊一番；至於那隻背後的推手，若是再出手，休怪他不顧兄弟之情了。

晚上，葉如濛有些失眠，她本以為娘親臨睡前會來和她說些什麼，可是沒有。晚上吃飯的時候也是一切如常，就是娘親的嘴巴好像有點紅腫，像是被……葉如濛撓了撓頭，依稀覺得自己像是知道了些什麼，卻又不完全明瞭。

嗯，明天早上還要早起和娘親一起做棗泥月餅呢，這麼一想，她趕緊閉眼睡了。

與此同時，葉府高牆外有一輛藏青色的平頂馬車，車前有一青衣車伕，懶懶斜靠在車前，似在閉目打盹兒，可是一雙耳朵卻是豎得老高，仔細聽著附近的風吹草動。

馬車內，青時和何忘憂、藍衣三人正在細談。

藍衣聽了青時的問話，轉了轉眼珠子，小聲問道：「青時大人，藍衣冒昧問一下，主子是不是想追求小姐？」

青時盈盈一笑。「妳覺得呢？」

藍衣想了想。「我覺得小姐挺喜歡那些花的，要不就繼續送吧，說不定她哪天就不丟了呢！今天小姐出門匆忙，忘記讓姊姊把花拿去丟了，我們都裝作不知道，結果那花就一直放在屋裡，小姐今兒個回來一看，也沒說什麼，就瞪了花一眼。」

青時心中明瞭，彎唇一笑。「那個宋懷遠，妳們盯著點兒，若是他再來葉府，第一時間通知我。」

「青時大人放心。」藍衣道。

「大人。」一旁的忘憂低聲開口。「小姐和主子這陣子……是不是鬧彆扭了？」

「哦？此話怎說？」爺可沒和他說這事，這半個月來爺每天早上起那麼早千里迢迢送花，他還以為爺和那四小姐打得火熱，誰知道竟每次都是偷偷地送，連人也沒見著，光看一眼那四小姐的窗子就走了。青時心中感嘆，如此下去，爺要什麼時候才能抱得美人歸呀？

忘憂頓了頓。「小姐說，她如今已經和主子沒有關係了，如果我們作為何家人，便繼續留在府上；如果不是，她就和老爺說，讓我們離開。」

青時頓了頓。「那妳怎麼答她？」

忘憂道：「我們自然是何家人，我只和她說……我們賣身於主子，要贖回賣身契要許多銀子，等我們掙夠了便贖身。」

青時收起手中的摺扇，扇頭在另一隻手心裡敲了敲，淺笑道：「聰明，小心伺候。」最後又提醒道：「葉長風那兒，妳們想好辦法遮掩了。」

葉長風心思縝密得緊，再加上他身邊那個管家，還是從宮裡出來的，武功有兩把刷子，不容小覷啊！

次日一早，葉如濛一家人正在用早膳，忽然從葉國公府來了輛馬車，說是要接葉如濛去國公府。

一問才知道，原來往常中秋佳節，宮中都會舉辦迎秋宴，正五品以上的官員可以攜帶妻子和嫡子、嫡女參加宴會，名額都是半個月前便定好了的。

可是今日早上，宮中忽然來人，意有所指地暗示要府中的另一位嫡女一同出席。

國公府中的嫡女除了葉如瑤，便只有葉如濛了。

因為葉如濛先前從未入宮，是以國公府才會急忙將她找去，先簡單教導她一些宮中禮儀，免得到時衝撞了宮中的貴人。

事發突然，林氏擔心不已，忙裡忙外拾掇了好一會兒，才千叮嚀、萬囑咐地讓葉長風帶著女兒回國公府。

葉長風一行人一入府，二嬸季氏已帶著三、四個管教嬤嬤在等著葉如濛了，其實那些宮中的禮儀葉如濛先前也學過，只是從未入過宮，生疏得很。一看眼前這架勢，葉如濛便很緊張，施禮的時候時不時出差錯，所幸這些嬤嬤們對她不凶，再加上身邊的紫衣和藍衣不時提點，她總算漸入佳境。

葉如濛學了一、兩個時辰，用午飯時管教嬤嬤們也一直在一旁指導，弄得她都沒什麼胃口。

午休後，七嬸姍姍來遲。這是葉如濛重生後第一次見到七嬸，柳若是今年不過三十歲，看起來才二十出頭，面容光滑緊緻，一雙桃花眼顧盼生輝，模樣與葉如瑤有六、七成相似，若說葉如瑤是個小美人，那柳若是便是個純粹的大美人了，身上還有幾分美婦人的韻味；再看其身形窈窕，怎麼看都不像是生了一個十四歲女兒的婦人，平日和葉如瑤走在一起，看著就像兩姊妹似的。

葉如濛的目光不由得落在她小腹上，七嬸和娘親都有孕在身，聽說是一樣的月分，可是七嬸卻沒她娘親那般顯懷，只有腰身不像印象中纖細而已。

柳若是看見葉如濛，上下打量了一下，親切地拉起她的手笑道：「好久沒看見濛濛了，看妳這身量，和瑤瑤差不多呢！我前陣子剛給瑤瑤做了幾件衣裳，她還沒來得及穿，濛濛妳看看喜不喜歡，是霓裳閣出的，還有幾套首飾、頭面，瑤瑤大多沒有穿戴過，給妳穿戴正適合，快隨嬸嬸來看看。」

葉如濛知道，這是國公府擔心她的穿著上不了檯面，因此才拿葉如瑤的衣裳、首飾來給她。葉如瑤的東西自然都是最好的，可是她卻不想要，她還不如穿自己的，雖然不是什麼矜貴的綾羅綢緞、珠寶玉飾，可也丟……不了人，嗯，好吧，穿進宮裡可能會有些丟人。

柳若是當著下人們的面對她熱情得很，葉如濛很快便被她拉入房中，她在葉如濛身上比劃擺弄許久，後來葉老夫人派人來催，柳若是才命人送她去淨室洗浴梳妝。

葉如濛焚香沐浴後，穿戴整齊，在婢女的引領下去了前廳。前廳裡人很多，葉老夫人、葉長風、葉長澤，還有二房、七房的夫人、姨娘們都在，正在說著今日入宮參加迎秋宴之事。柳若是去過很多次了，所以只有輕描淡寫幾句，並不放在心上，柳姨娘因為身分從未去過迎秋宴，不禁生著悶氣，可在眾人面前也不敢放肆，只是有些悶悶不樂。

廳內眾人，皆是各懷心思，正聊著，忽聽香北來報，說是四小姐過來了。

眾人抬眸一見，只見從烏瓦朱柱的長廊裡走來一個丰韻娉婷的少女，少女身穿淺藍色半臂直領高腰襦裙，裙身素色淡雅，只在裙襬、腰間和袖襬處用蘇繡繡了幾團鵝黃櫻粉淡紫色的繡球，襯得整個人分外典雅、氣質出眾。

她款款行來，臨近門前，略有停頓，纖纖素手輕提了下柔軟的綢面裙襬，抬腳跨過低低的朱木門檻，一雙藕荷色的嫦娥奔月緞面繡花鞋曇花一現，又隱入裙襬一團淡紫色的繡球花叢裡。

走入前廳，她笑盈盈地向廳內的長輩們一一見禮，言行舉止端莊嫻雅，頗有大家風範，讓人挑不出一絲差錯。

季氏忍不住開口讚賞道：「七弟妹真是好眼光，濛濛穿上這衣裳跟仙子似的。」季氏一說，女眷們紛紛交口稱譽，便連葉老夫人都滿意地點了點頭。

葉如濛心中舒了一口氣，看來臨時抱佛腳還是有些用處的，不枉她累了足足半日。

柳若是看得有些愣怔，一會兒才反應過來，乾笑道：「不是呀，這些不是我給濛濛挑的呢！」葉如濛從頭到腳的穿戴，沒有一樣是她給的，她連忙輕聲問道：「濛濛，怎麼不穿七嬸給妳挑的衣裳呢？是不喜歡嗎？」

葉如濛一聽，有些羞澀道：「謝謝七嬸的好意，七嬸挑的衣裳、首飾都好漂亮，不過……那衣裳是按照三姊姊身量裁的，我好像有些穿不上，只能穿這套自己帶來的了。」

柳若是一聽，有些尷尬，又關切問道：「怎麼會不適合呢？」

葉如濛微微紅了臉，手撫上略顯豐盈的胸口，小聲道：「太緊了，穿著難受，喘不過氣來。」

她說得小聲，一旁的季氏倒是聽到了，忙輕咳兩聲。「濛濛這身衣裳倒也適合，大方得體得很呢！」

葉如濛見七嬸還看著她，有些不好意思問道：「七嬸，我這麼穿，不會失禮吧？」她這麼穿，自然是失禮不了，紫衣等人將她裝扮好後，她站在梨花木落地鏡前一照，自己都覺得驚豔。

她就這麼眨巴著水靈的小鹿眼問柳若是，神情還帶著一點稚氣天真。柳若是覺得胸口像是堵了一塊石頭般，十分沈悶，她厭惡極了葉如濛這張和林氏酷似的臉，可當著眾人的面，她只能按捺住心中的不悅，面上堆笑道：「當然不會了，好看得緊，都快把瑤瑤比下去了。」

季氏面帶欣賞道：「如此穿著打扮，倒是雅致得很，妳這丫頭，是個有眼光的，得當得很呢！」季氏說著摸了一下她的袖子，只見這衣料絲滑水潤，飄逸靈動，不由得讚道：「這衣裳質地，倒是頂好的。」

一旁的柳姨娘盯著葉如濛許久，終於忍不住上前看了看。「我記得霓裳閣昨日也出了這麼一套『花團錦簇』，雲中絲製的，只此一件，要六百多兩呢！妳這是在哪買的？仿得倒是不錯。」

霓裳閣剛出的新品，居然這麼快就仿出來了，細看手工還這般精細，幾乎能媲美真品了，也不知道是用了什麼料子。

葉如濛頓了頓，面上的不自然一閃而過，淺笑道：「這個濛濛就不知道了，我娘親買給我的。」

座上的葉長風聞言，眼眸一動，心知女兒是說謊了，這套衣裳，只怕是紫衣她們弄來的吧！紫衣幾人，也是不簡單的；若說他先前還有些懷疑，昨日便已經確定了，昨日在樟樹林中，那兩記飛鏢出手得如此精準，絕不會是一般的江湖人。

「不對呀！」姜姨娘也湊上前來看了看。「妳看這是蘇繡呢！該不會就是霓裳閣出的吧？大嫂哪來那麼多銀子呀？」姜姨娘正是七小姐葉如巧的生母，性子和葉如巧有些相似，眼尖話也多。

「是不是，看一下不就知道了嗎？」柳若是盯著她這套衣裳笑道，眸色略帶嫉恨。果然人靠衣裳馬靠鞍，稍微裝扮一下，小家碧玉就成了大家閨秀，這葉如濛以前看著有些畏首畏尾的，怎麼如今變得落落大方起來？

葉如濛一聽，忙低頭察看了下袖襬，她知道，霓裳閣出的衣裳都會在不顯眼處繡上一朵紫荊花，最好的用的是金線，次之為銀線。葉如濛沒找著，倒是香北在裙襬處找著了，一翻過來，便見一朵金色的紫荊花，奢華耀眼。

廳內眾人一見，頓時鴉雀無聲。這……長房不是過得挺窮酸的嗎？怎麼捨得花這麼多的銀子來買一套衣裳？六百多兩，該不會都占了他們近半個身家了吧？嘖嘖嘖，不會這麼愛面子吧……

葉長風淡然道：「柔兒向來疼濛濛，就買過這麼一、兩件罷了。」

他說得大方淡定，廳內眾人聽了，都紛紛揣測起他的身家來。這長房不會在外面偷偷做生意攢了許多銀錢吧？可是看他家那輛破馬車……而且還住在那麼遠的城北，好像也只是購置了一個二進的四合院，難道是這大伯一直深藏不露？

葉長澤聞言笑道：「大哥倒是大方。」

葉長澤與葉長風兩人並列而坐，兄弟倆面容生得有幾分相似，只是葉長澤年輕些，眉目間神采飛揚，相較之下，葉長風低調內斂，他則有些張揚了。

葉長澤開了頭，廳內眾人也紛紛說起話來，無非是說葉長風疼愛妻女，捨得花銀子。

姜姨娘還悄悄戳了戳柳姨娘。「妳該不會記錯了吧？怎麼可能六百多兩？」

柳姨娘冷瞥她一眼。「錯不了，六百八十兩！」

葉如濛這邊面色雖然鎮靜，但心卻是撲通猛跳個不停。怎麼這套衣裳這麼貴！紫衣她們不會是租借來的吧？要是弄破了，她得賠多少銀子啊？別說六百多兩了，這套就算是給她六十兩她也捨不得買啊！六兩她可能會考慮一下。

柳若是面上笑意盈盈，慈愛地看著葉如濛，輕聲道：「這衣裳真是不錯呢，大嫂捨得花銀子，其實七嬸給妳的首飾，妳也可以挑……」她說著忽然頓住了，葉如濛髮髻上的這一套頭飾，乍一看平淡無奇，但細看，竟是羊脂玉的。一支繡球花羊脂玉嵌寶累絲金釵，還有一支繡球花羊脂玉精雕髮簪，連那耳墜和珠花也是精緻迷你的繡球花花樣，可見她頭上的頭飾是一整套的頭面了。

若她沒記錯，這套羊脂玉頭面共有一百零八件，是玲瓏閣月初才出的新貨，當時只出了四套不同花樣，據說是十二名玉匠花了近三個月的時間嘔心瀝血才打造出來的。她長姊柳淑妃就有一套石榴花花樣的，還送了一套牡丹花樣的給皇后娘娘，另外一套百合花樣的，是大將軍府多月前便預訂給他們的女兒顏如玉作出閣之用；最後一套繡球花樣的，不知道是誰得了，去向成謎，誰能想到最後竟是穿戴在葉如濛的身上？

柳若是一下子震驚得說不出話來，這套頭飾，可不是有錢便能買到的。

季氏等人對柳若是的反應有些不解，不由得都看向葉如濛的髮飾，季氏見這套頭飾玉面光滑如油脂，卻不敢猜是羊脂玉，只當是其他色澤非凡的玉石了，笑道：「這頭飾想來是和這衣裳一套的吧，倒是細緻淡雅，我看瑤瑤的首飾多是金玉活潑的，穿戴上不一定適合。」

葉如濛順著臺階下，笑道：「三姊姊的首飾中確實找不到這種素雅的，濛濛便自作主張，辜負了七嬸的好意，還望七嬸莫怪。」

柳若是張了張唇，有些結巴道：「沒……沒事，好看就成。」她話都有些不會說了，這個葉如濛怎麼可能會得到一套這樣的頭面？

「好了。」老夫人開口道：「沒問題的話就隨妳兩位嬸嬸一同進宮吧！宮中貴人多，少看多聽，不會說話就別說，沒什麼好怕的。」

「濛濛記住了。」葉如濛垂首福身道。

「妳們兩個，多照看著點。」老夫人又對柳若是和季氏兩人叮囑道。

兩人忙低頭應是。

「瑤瑤準備好了嗎？」老夫人問道。

柳若是笑道：「這丫頭，說是要給十二公主帶些好玩的，還在準備呢！」

「嗯，讓她別遲了，也照看下妹妹，要是妹妹受了委屈，回來我可饒不了她。」老夫人笑道。

「母親說的是。」柳若是笑著應下，婆媳間心領神會。

臨上馬車，葉長風只叮囑了幾句話，並沒有問其他的。葉如濛知道，因為當下不是說話的時機，只怕她一回到家，她爹就會立刻喊她去書房「嚴刑拷問」了。

待葉如濛和二嬸、七嬸三人上了馬車後，葉如瑤才不慌不忙地在婢女和嬤嬤們的簇擁下走過來，在丫鬟吉祥的攙扶下上了馬車，看見葉如濛後一愣，坐下後低聲嘟囔了一句——「怎麼四妹妹也一起呀？」

葉如濛要進宮，她今日早晨便知道了，可她沒想到的是——怎麼四妹妹也和她們坐同一輛馬車？柳若是聽了，沒出聲，逕自想著葉如濛不可能有這麼一套頭面，想來定是仿製的，仿製上這麼幾件，倒也不是不可能，只是算起來也要百來兩吧，看來這大伯的身家還真是不容小覷。

馬車開始行駛，葉如濛看了一眼葉如瑤，顯然，她今日這身行頭也是經過悉心裝扮的，梳了個一絲不苟的雙丫髻，髻心處籠上兩朵鎏金累絲嵌五色寶珠蓮花，髻邊綴上幾串淡粉色的落英繽紛珠花，在光照下熠熠生輝，腦後還斜斜插了數支金玉簪釵，打扮得矜貴華麗。

眉心的翠羽花鈿，是用蜻蜓的薄翼製的，將蜻蜓的翠翼剪成形狀，以金漆塗上，再用膠水黏於額間，美豔動人。精緻的妝面為她絕色的臉龐錦上添花，實在是美得讓人移不開眼，再配上一身鵝黃色的嫦娥奔月抹胸襦裙，人便恍若廣寒宮中的仙子一般。

葉如濛心中忍不住讚嘆，如此一個美人，難怪有那麼多人對她動心了，可是一想到她的蛇蠍心腸，還有對自己那股莫名沒來由的嫉恨，她便欣賞不起來。美人蛇蠍，實在可怕得緊。

一路上，四人都悶聲沒有說話，柳若是不知在想什麼，想得有些入神。

馬車行到半路，葉如濛坐得腿微微有點發麻，便小動作地挪了一下腿，葉如瑤眼眸一動，像是看見什麼似的，當場便叫了起來。「娘，您看她！」

馬車裡一直安安靜靜的，葉如瑤突然叫喊起來，幾人都被嚇了一跳，正在聚精會神發著呆的柳若是更是被她嚇得人差點跳了起來，連忙雙手按在小腹上，有些按捺不住地斥了她一聲。「妳做什麼！」

葉如瑤也知自己反應過大了，可還是有些委屈，指著葉如濛的鞋子。「娘，您看四妹妹的鞋子。」

葉如濛低頭，見自己剛剛竟不慎露出了鞋面，連忙提了提裙襬蓋好，有些瑟縮地看著葉如瑤。

柳若是也看到了葉如濛的鞋面。「又怎麼了？」

葉如瑤嬌氣道：「我身上穿的是嫦娥仙子的衣裳，可您看她的鞋子！」葉如濛的鞋面居然也是嫦娥奔月的圖樣，這不是要把她踩在腳下的意思嗎？葉如瑤拉著娘親的袖子撒嬌道：「娘，我要換一套衣裳！」

「別胡鬧了。」柳若是沒好氣道，她被自家女兒嚇了一大跳，這會兒還心有餘悸。她懷的身子可不是旁人以為的三個多月，而是兩個多月，還不穩定。

「娘，我還帶了幾套衣裳來的。」

「換了衣裳，妳面上的妝容和首飾都得換，哪有那麼多時間？」柳若是懷了身孕，脾氣也沒以前好，有些不耐煩起來。

「那、那……」葉如瑤忽然眼睛一亮，對葉如濛道：「四妹妹，妳把鞋子換了吧！我給妳另一雙鞋子，我們兩個腳大小是一樣的吧？」

葉如濛抬起頭來，看著三姊姊一臉的理所當然，若是以前，她肯定不敢拒絕，倒不是因為害怕，只是覺得，不過換一雙鞋子的事，她換就是了，並沒什麼；就算碰上其他不情願的事情，她通常也會同意，因為她不想讓三姊姊不開心，所以情願自己不開心。

不過現在的情況是——其實換一雙也無所謂，但她就是不想，她是嫡長女，可不會因為旁人寵愛葉如瑤，身分就低她一等。

她看著葉如瑤驕縱的臉，一字一字道：「我不換。」

葉如瑤忽地瞪大了眼睛看著她，有些難以置信。「妳說什麼？」

葉如濛微笑，乖巧道：「三姊姊，濛濛不想換鞋子。」

「妳、妳！」葉如瑤一下子氣得直喘氣，她居然不肯換！葉如濛居然敢拒絕她？若是平日，就算是在私底下，她也肯定會同意的，何況今天還是在長輩們面前？可她居然就當著她娘親的面拒絕了她！葉如瑤一下子難以承受，氣得聲音都有些變了。「娘親，您看她！我可是她姊姊，她居然不聽姊姊的話。」

柳若是也微微皺了皺眉，這個葉如濛，平時不是挺好說話的嗎？她勸道：「濛濛，妳也知瑤瑤身上穿了這套衣裳，不如妳就換一下吧？妳不過換一下鞋子的事，瑤瑤換的話，就得換一整套，來不及了。」柳若是難得地開口，原以為葉如濛會立刻答應，畢竟勸葉如濛這個軟包子，可比勸自家寶貝女兒容易多了。

誰知葉如濛卻是好笑道：「七嬸說的是哪兒話，我可是妹妹，今日祖母還說了，讓三姊姊多多照顧我呢！」她說完，臉上還帶著鎮靜的笑，心卻是撲通直跳。

她忽然覺得自己真了不起，居然能皮笑肉不笑地說出這樣的話來，還面不改色，她實在太厲害了！以前怎麼就沒發現自己有這樣的膽量呢？有爹爹、藍衣、紫衣給她撐腰，還有、還有，她可是敢刺殺容王爺的人，面對葉如瑤母女倆又有什麼好怕的？葉如濛一想，頓時又覺得自己有膽量起來，不由得挺直了腰桿子，看著母女兩人。

柳若是一聽，頓時皺了皺眉，有些異樣地審視著葉如濛。這個葉如濛，平日只要她一個眼神過去就會乖順得像隻綿羊似的，怎地今日勸了好幾句，還這般執拗？

未待柳若是多問，葉如瑤氣得直接站起來，伸手怒指著葉如濛。「妳！」

忽然，馬車顛簸了一下，她一個沒站穩直接撲在柳若是身上，柳若是嚇了一跳，連忙護住肚子，抬手將女兒推開。

葉如瑤被她推得差點摔到地上。「娘親！」她頗委屈地喚了一聲，娘親居然這麼大力地推開她。

「胡鬧！」柳若是喝了她一聲，面容慍怒。

「七弟妹！」坐在她對面的季氏忙探過身子關切問道：「妳沒事吧？」

柳若是收起怒容。「二嫂放心，沒事。」說著連忙輕輕撫了撫小腹，似在安慰腹中受了驚嚇的嬰孩。

「娘親！」葉如瑤滿臉委屈地看著她，娘親居然對她這麼凶，就知道疼肚子裡的孩子，這都還沒出生呢，要是出生那還得了？

柳若是拉下臉，頗有些指桑罵槐的意味說道：「妳四妹妹不願意換，妳還能逼人家換不成？妳要麼就湊合著穿，要麼就去換了衣裳、頭飾，到時耽誤了時間，妳自己負責。」

「娘親！」葉如瑤苦著臉，可是見娘親冷著臉，她也沒法子，最後只能狠狠瞪了葉如濛一眼，放話道：「我要告訴融哥哥，妳等著！」

葉如濛原先見葉如瑤吃癟，還有些看熱鬧的心態，如今一聽她這話，整個人都蔫了下來，忍不住縮了縮脖子。

要是讓容王爺知道了，說不定會把她的腳砍下來。好吧，事情也沒那麼嚴重，三姊姊還不知道會想什麼法子讓她當眾出糗……想到這，葉如濛忍不住縮了縮腳，當下下不了臺階，便悶聲不說話。

唉，不就是一雙鞋子的事嗎，下馬車換了就是，爹爹說過，大丈夫能屈能伸，何況她還是個小姑娘呢！

馬車到了西華門外停下來。

丫鬟們連忙從後面的馬車下來，小跑到主子的馬車前，迅速搬好轎凳，畢恭畢敬地掀開車簾，攙扶著各自的主子下馬車。

季氏和柳若是身後都跟著自己的貼身大丫鬟，葉如瑤也帶了吉祥、如意兩人。葉如濛此次回國公府，帶了紫衣、藍衣、香北、寶兒四人，入宮的話只挑選紫衣、藍衣兩人陪伴，香北和寶兒兩人則和葉國公府的其他丫鬟、婆子們一起在宮外等候。

葉如濛下馬車後一望，看見紅牆黃瓦的西華門在陽光的照耀下顯得金碧輝煌，城臺上建有黃琉璃瓦、漢白玉欄杆的城樓，丹楹刻桷，美輪美奐。城牆下有三座拱門，幽深威嚴，拱洞外方內圓，裡外都把守著不少身著盔甲、手持刀槍的侍衛，正在對進宮的人一一盤查，頗有一股森嚴氣勢。

眾女眷下車後，葉長澤和一個身穿錦衣的中年男子走了過來，這男子正是葉如濛的二叔葉長松，也是季氏之夫。葉長松是庶出，非葉老夫人所生，是以生得和葉長風兄弟倆不怎麼相似，他面容圓潤，身材略微發福，為人行事八面圓通，如今的日子也算是過得不錯。

兄弟倆過來和各自的妻子說了一會兒話，便準備進宮了。忽然，面前的大道上走過聲勢浩大的一群人，葉長澤見了，面色微有不悅，轉過身裝作沒看見他們，又開始和葉長松說起話，似乎有意避開他們。

葉如濛不由得有些好奇，她側了側身子，尋到空隙看了過去，只見走在最前面的是一個體型高大健碩、身著金色盔甲的將軍，留著長及胸前的美髯，一雙虎目炯炯有神，看起來威風凜凜，跟隨在他身後的是一個溫順嬌巧的貴婦人，貴婦人面容姣好，與她美好的容貌不相符的是兩鬢有些斑白，看起來有些顯老。

葉如濛忍不住多看了兩眼，說真的，婦人跟在那將軍身後就好像一隻小黃鶯傍著一隻大金雕。想到一個這麼嬌小的婦人竟嫁給了這麼個虎背熊腰的將軍，葉如濛就覺得可怕，要是她嫁給這麼一個人，只怕他平日吼一聲，她都能嚇破膽。葉如濛開始替這婦人擔心起來，那位將軍要是發起脾氣來，一定很可怕，只怕一掌就能把她拍飛啊！

只見兩人身後跟著一群年輕的男女，略微年長的兩個男子也是留著滿面的落腮鬍，看起來像是這位美髯雕將軍的兒子，兩人身後也跟著妻子、孩童，孩童中年紀小的三、四歲，年紀大的八、九歲，再往後，似乎也是攜家帶眷的，只是面孔年輕些罷了。

一家子中有這麼些人口，也算正常，難得的是個個都是嫡出的。葉如濛忽地想了想，在京中，有哪個武官有這麼多嫡出，又是兒孫滿堂的？還未待她想出個所以然來，忽然，在那群年輕人中冒出一個紅衣少年，少年從後面走了過來，高聲喚了一聲。「娘！」

走在最前頭的嬌小婦人聞言停步回首，紅衣少年跑到婦人身旁，咧開嘴笑，不知說了些什麼話，惹得那婦人失笑，伸手戳了一下他的腦門。

葉如濛怔怔的，若說她一開始看到顏多多還沒反應過來，可是等那個婦人一笑，她便立刻反應過來了，因為這婦人笑起來，與寶兒實在是太相似了，她就是寶兒的娘孫氏啊！葉如濛頓時欣喜若狂。

「小姐，怎麼了？」見葉如濛神色不對，紫衣上前一步問道。

「寶、寶兒呢？」葉如濛連忙抓住紫衣的袖子問道。

「她還在馬車上呢，怎麼了？」

「快叫她來！」葉如濛當機立斷。「藍衣，妳去換寶兒，讓寶兒隨我入宮！」

「小姐。」紫衣連忙道：「寶兒不懂宮中規矩……」

「我知道，快去換，來不及了，快！」眼見將軍府一行人又繼續往前走，葉如濛著急了，忍不住推了推藍衣。

藍衣沒辦法，只能跑去車馬院將馬車上的寶兒喚來，很快，寶兒便趕了過來。「小姐，怎麼啦？」

「妳，今日隨我進宮。」葉如濛急道，又看了一下，見將軍府一行人已經走到拱門前，正在接受盤查。將軍府這些人侍衛們都是認識的，幾乎不怎麼盤查，只看一下臉便讓他們進去了。

葉如濛頓時心急如焚，只想快些跟上他們，可是她七叔還站在旁道，和她二叔有一句、沒一句地閒聊。其實葉長澤和大將軍沒什麼仇怨，只是……葉長澤生了五個女兒，大將軍生了五個兒子，此事經常被茶樓、酒肆拿來說笑，久而久之他便心生不快，不願與大將軍顏華走在一起了。

葉長澤斜眼一瞄，見將軍府一行人已走入宮門，他才慢悠悠地領著國公府一行人往城門走去。葉如濛一下子急得都想流淚了，此時此刻只想拉著寶兒的手衝上前去追上他們，可是她身為晚輩，只能跟在長輩們身後慢慢行走，而且她手上也沒有國公府的牌子，直接衝上去只怕門還沒摸到，就先讓守門的侍衛刺成刺蝟了。

待好不容易到了宮門，又盤查了好一會兒，二房和七房的人倒是盤查得挺快，葉如濛有她七叔做擔保，自然也沒問題，紫衣雖是她帶過來的丫鬟，但模樣姣好、口齒伶俐，侍衛還以為是從宮裡出來的人呢！待盤查到寶兒的時候，寶兒面生，還一副緊張兮兮的模樣，侍衛不給過，還叫來了侍衛長。

侍衛長冷瞥寶兒一眼，看向葉長澤，抱拳沈聲道：「國公爺，所帶家奴若欺上犯下，罪同連坐，可有意見？」

葉長澤頓了頓，這個小丫鬟是從哪來的？怎會這般上不了檯面？

葉如濛見七叔面色猶疑，連忙打包票道：「七叔，她雖然是我的丫鬟，但我們兩人情同姊妹，我敢保證，她絕對不會是壞人的，我爹爹也很喜歡她，還準備收她當乾女兒呢！」葉如濛小聲哀求道：「我就想帶她進宮見一下世面，七叔幫幫我吧？」

葉長澤思慮了片刻，點頭應下，見此，那侍衛長才放行。

待一行人走遠後，副侍衛長上前問道：「如此放行，當真可行？」

「嗯。」侍衛長看著寶兒的背影。「此女走路飄浮，體弱多病，並不會武。」

副侍衛笑而不語，他們不過是給容王爺面子罷了。

等葉如濛一行人進入宮門後，將軍府一行人已經走得有些遠了，葉長澤又顧著柳若是懷了身孕，慢吞吞地走著，葉如濛只能眼睜睜地看著將軍府的人消失在她的視線中，氣惱過後是無力的沮喪，只盼望待會兒可以在宴會上見到孫氏。

葉如濛轉頭看向寶兒，見紫衣正壓低聲音在教導寶兒宮中的規矩，寶兒聽得可認真了，頭像搗蒜頭一樣連連點個不停。

葉國公府一行人在莊嚴肅穆的宮道上行走了約莫半個時辰，終於走到了舉辦宴會的園子——仲芒園。

入園後，眾人在宮人的引領下徐徐前行，邊走邊欣賞園中別致的景色。園中五步一樓，十步一閣，廊腰縵縵，美不勝收，幾乎是一步一景。葉如濛一直東張西望，可是卻不為賞景，只為在人群中尋找孫氏的身影。

天色漸暗，長廊亭榭的宮燈陸續亮起，連綿不絕，為仲芒園增添一道幽幽晚景，已經佈置好的華席上也紛紛亮起了燭火。

葉長澤兄弟倆遇到同僚，免不了一陣寒暄，女眷們便先去席位上就座。葉如濛才剛坐下，便有宮女前來，對著她身旁的葉如瑤福了福身。「三小姐，十二公主有請。」

葉如瑤聽了，面色歡喜，連忙起身道：「娘親，那我先過去啦！」

柳若是笑著揮揮手。「去吧！」女兒就應該和公主她們多打些交道才是。

葉如瑤臨走前，又有些不屑地看了葉如濛一眼，目光落在她裙襬上，雖然葉如濛的鞋面掩在裙襬下，可她還是覺得刺眼得很。哼，妳就等著吧！

葉如瑤的目光看得葉如濛有些心虛，掩在袖袍下的小手不由得緊張地握了握，她該不會這就跑去告訴容王爺吧？想著想著，她只覺得腳下像踩著針似的，越發不安起來，忍不住拉了拉紫衣的袖子。

紫衣微俯下身子，葉如濛小聲道：「紫衣，我要換一雙鞋子，妳去幫我拿一下吧？」她們都有帶換洗的衣裳和鞋襪過來，只是這些衣物都放在園子裡碧煙閣的客房中，走路來回得花一炷香的時間。

紫衣不解。「怎麼了？這鞋子不合腳嗎？」不可能吧，小姐穿的就是這個尺碼呀，而且這鞋子還是宮裡的頂級繡娘一針一線納的千層底，穿著柔軟舒適，不可能會磨腳。

葉如濛覺得自己有些膽怯，不敢告訴紫衣馬車上發生的事。「沒有，就覺得不舒服，快去幫我拿來吧！」

葉如濛都這麼說了，紫衣不好拒絕，便吩咐道：「寶兒，妳去碧煙閣幫小姐拿一下吧，直接報我們葉國公府，那裡的姊姊會給妳鑰匙的，還記得是哪個房間嗎？」

寶兒點頭。「知道的，黃字四號，寶兒認得這四個字。」天地玄黃，這是她剛學的字。

「可是，」葉如濛有些不放心。「寶兒妳認識路嗎？」

「認識的！」寶兒連連點頭，各府有專用的客房放置用不著的物什，適才已有專門的宮人先帶隨同進宮的丫鬟們去過一回了。「有一個月洞門，兩旁還有些紫色的花，出去後右轉，看到一個蓮花池，再往前走就是了。」

紫衣點了點頭。「不認識路的話，問一下路上的姊姊們就行了。」

見葉如濛面色仍有些遲疑，紫衣勸道：「小姐，紫衣必須在您的身邊隨侍保護，讓寶兒去就可以了，能進園子裡的都不是普通人，就算有什麼事，也不會和一個小丫鬟計較的。」

「是啊！」寶兒道：「我去拿吧，而且……」寶兒說著，有些難為情。「我想……我想出恭。」她從來沒見過這麼多華衣貴人，緊張得一直想上廁所，憋得好辛苦，而且這種跑腿的事，本來就該由她來做，怎麼能煩勞紫衣姊姊。

葉如濛猶豫了片刻。「那妳快點回來，走路注意些，別衝撞了人。」

寶兒笑咪咪道：「寶兒知道，看見貴人就福身，如果他們生氣，寶兒就快點跪下磕頭！」

葉如濛見到寶兒的笑，心裡越發踏實起來，寶兒笑起來真的和孫氏相像極了，一笑嘴邊就有兩個深深的梨渦，孫氏也有，到時寶兒只要在孫氏面前一笑，只怕不等那孫氏自己懷疑，旁人便先開始懷疑起來。

葉如濛也笑咪咪的。「那妳快去快回吧！」

看著寶兒離去的背影，她有些隱隱的歡喜，彷彿待會兒便能看到寶兒母女兩人相認的情形，一時間又有些感慨。

寶兒離開後，不敢走得太快，一路低著頭靠邊走。

快到月洞門時，寶兒腳步也輕快起來，出了這個月洞門就沒有太多人，也不怕衝撞到他們了。

就在這時，從月洞門外迎面走來一個年輕的少婦，少婦穿著粉色的繡桃花高腰襦裙，身後跟著兩個身著黃色羅衫的丫鬟。寶兒見了，連忙急急止住步子，低著頭站在一邊，準備讓她們先行。

「寶兒！」身後，忽然有人喚了她一聲。

那少婦一聽，忽然身子一顫，驀地看向寶兒。

寶兒這會兒正好轉過頭去，顏如玉只能看到一個黑漆漆的後腦勺。

寶兒一見，是葉如瑤身邊的丫鬟吉祥在喚她，連忙小跑過去。「吉祥姊姊，怎麼了？」

吉祥皺眉道：「妳不好好待在四小姐身邊，上哪兒去？」

寶兒連忙回道：「小姐喚我去給她拿鞋子。」

「拿鞋子？」吉祥不明所以，皺了皺眉，有些不放心地看著她。「妳走路也注意點，妳頭都快低到地上了，還能看清路嗎？當心衝撞了宮中的娘娘。」

寶兒連連點頭。「是、是，吉祥姊姊說的是！寶兒先走了。」寶兒說著朝她咧嘴一笑，露出深深的兩個梨渦。

寶兒轉過身子，笑還未來得及收起，一張和孫氏極為相似的笑顏便落入顏如玉的眼中。

寶兒微微抬起頭，嗯，吉祥姊姊說要看路。

顏如玉死死盯著寶兒迎面走來，交疊在小腹前的手緊緊絞著帕子。

寶兒只注意到有一個粉衣少婦帶著兩個黃衫丫鬟站在月洞門前，也不敢抬頭看她們，只是福了福身，便貼著門邊往右邊轉過去了。顏如玉的視線一路跟著她，隨著她的轉身，寶兒露出耳後一顆紅痣，映在白皙的耳垂上，十分顯眼，顏如玉臉色頓時煞白。

「去！」顏如玉顫著手指著寶兒的背影，對身後的丫鬟綠意道：「跟著她，一定要跟緊了，查出她的身分！」

「是，夫人。」綠意連忙尾隨跟上寶兒。

眼看著寶兒的背影消失在羊腸小徑上，顏如玉身子終於忍不住一軟，她身後的丫鬟紅雪見狀連忙扶住她，顏如玉忽地一驚，一把甩開了紅雪的手，整個人撐靠在冰涼的石壁上，待她站穩了，卻發現自己手心都是汗，雙手顫抖得厲害。

不可能，不可能，只是碰巧罷了，世間哪裡會有這般巧合之事！

她懊悔地閉上雙眼，終究是她當年太年幼，竟然會做出那樣的決定，留下了這麼大的隱患，以至於讓自己日夜不得安寧！

若是能回到當年，寶兒和那個人販子，都不應該留活口！尤其是那個人販子！

——未完，待續，請看文創風577《旺宅閒妻》2

筆鋒犀利　精彩可期／落日圓

2017年11月出版

旺宅閒妻

葉家有女初長成，葉如濛已屆婚齡竟有三家求娶，
當朝第一才子、將軍之子，連容王爺都親自上門提親！
來者個個不凡，可葉四姑娘自有所愛，早已情定那個「他」……
冷面腹黑爺大展攻妻心計，能否抱得美人歸？即將真相大白！

文創風 576 1

歷經父母雙亡的變故，前世於她如惡夢一場！
重生後葉如濛已然覺悟，欲保爹娘周全就得早些提防暗算，
尤其是本家府裡姊妹，越是和善可親越是蛇蠍毒婦；
至於那袖手旁觀、權傾朝野的幫凶——容世子祝融，
原就冷漠嚴酷難以親近，她怕他怕極了，打定主意避而遠之！
不料這未來的王爺行事詭奇難料，兩人到哪兒都能遇上，
以往對誰都不屑一顧，如今卻跟她主動攀談又贈予玉珮，
前生軌跡本不應有變，偏偏和他有關就是截然不同，
真真傷腦筋，他究竟玩的是哪招，她怎地看都看不懂？

文創風 577 2

任誰也沒想到，祝融這麼個冷漠寡言的男子竟是天下第一癡情種！
想他俊美冠絕京城、貴為皇親，又是朝中棟樑，
然而葉如濛回絕提親可沒在客氣，認定他冷面腹黑非良人之選。
堂堂王爺被嫌棄得莫名其妙，但姑娘無情沒關係，他可不當負心漢，
誰教她多年前救了他？救命之恩永難忘，護花使者他當定了！
明的不行就來暗的，姑娘不想見他的俊顏，他便蒙面登場；
投其所好張羅美食送上，月夜傳情別具浪漫；
只盼能討得那粗神經天下無敵的美人歡心，
再苦再累，爺兒心甘情願呵……

文創風 578 3

葉如濛原以為自己已夠謹慎，只要少回本家大宅這是非地，此生當可平靜過日，
怎知世事如棋變化多端，偏她棋力最差又率直無心機，渾然不覺殺機四伏，
這回再遭姊妹暗算被綁至荒山，歷經九死一生，方知最毒婦人心！
若非蒙面黑衣人拚命相救，她極可能小命去矣……
這番折騰真真嚇壞了她，都怪祝融的求娶激起眾女子妒意，
連帶讓她成為眾人眼中釘，她想到他就氣得牙癢癢，偏又奈何他不得！
對比祝融的強勢霸道，蒙面黑衣人便溫柔深情許多，
總在她遇險時伸出援手，在她有困惑煩惱之時出現討她歡心，
可他神秘的身分始終成謎，直覺告訴她此人不簡單……

文創風 579 4 完

沒有人明白，為何生性冷情的祝融會對葉府四姑娘如此執著？
唯有他知道，兩世的糾葛已將二人綁在一起……
旁觀者清，他瞧出葉氏本家野心極大，背後動向隱藏不可外洩的秘辛，
拚了命的排擠失勢的嫡系，意欲毀去葉如濛一家，讓她這正宗嫡女無活路走！
前世自己的疏忽令她含恨而終，此番重生歸來，誓要彌補心中遺憾——
明裡早將她一家納入保護範圍；暗裡更親自守護，有難願為她當。
任憑京城多少女子傾心，心心念念只有她，好不容易守得雲開見月明，
偏偏未來岳父從中作梗，竟將女兒許配他人?! 真真令他頭大！
這段姻緣若破局，恐怕此生含恨而終的就是他了……

文創風 576

旺宅閒妻 1

國家圖書館出版品預行編目資料

旺宅閒妻 / 落日圓著. --
初版. -- 臺北市 : 狗屋, 2017.11
冊 ; 公分. --（文創風）
ISBN 978-986-328-793-3（第1冊：平裝）. --

857.7 106016732

著作者	落日圓
編輯	李佩倫
校對	沈毓萍　周貝桂
發行所	狗屋出版社有限公司
地址	台北市104中山區龍江路71巷15號1樓
電話	02-2776-5889～0
發行字號	局版台業字845號
法律顧問	蕭雄淋律師
總經銷	知遠文化事業有限公司
電話	02-2664-8800
初版	2017年11月
國際書碼	ISBN-13　978-986-328-793-3

本著作物由北京晉江原創網絡科技有限公司授權出版

定價250元
狗屋劃撥帳號：19001626
網址：love.doghouse.com.tw　E-mail：love@doghouse.com.tw